Roda Roda · Die Panduren

RODA RODA

DIE PANDUREN

Roman einer Landschaft

Langen Müller

Erstveröffentlichung 1935

Durchgesehene Neuausgabe 1990

Schutzumschlaggestaltung: Werner Rebhuhn, Cuxhaven,
unter Verwendung des zeitgenössischen Kupferstichs
»Herr Baron von Trenck, Sr. Königl. Maj. zu Ungarn u. Böhmen
Obrist Lieutenant von einem Corpo Panduren«
(Bildarchiv Preußischer Kulturbesitz, Berlin)
Satz: Fotosatz-Service Weihrauch, Würzburg
Gesetz aus 10/12 Punkt Souvenir, System Berthold
Druck und Binden: Wiener Verlag
Printed in Austria 1990
ISBN: 3-7844-2293-4

Die Ahnen

1

Die Landschaft der Panduren ist das kleine Stück Ebene rechts der Drau, zwischen Drau und Papuk. Bis Ende des Weltkriegs war da österreichisch-ungarisches Regiment; seither ist das Gebiet südslavisch.

Papuk – den Namen haben die Leute in der Stadt erfunden. Die Bauern sagen einfach: Gebirge; sagen es mit einem Unterton von Grauen – und das, obwohl der Papuk nicht tausend Meter Höhe überschreitet. Doch er ragt so plötzlich aus dem Tiefland, waldig, steilfinster und zerrissen, daß er für die Bauern unten die Grenze der Welt bedeutet; ihrer Welt; und sie fürchten sich vor dem unbekannten Dunkel.

Die Ebene ist ein Garten an Fruchtbarkeit, vom Gebirge angenehm bewässert. Nur am Saum der Drau ist stellenweis Ried und Sumpf.

Im Sommer – und der Sommer ist lang – ist es hier warm wie im Mistbeet. Von Juni bis September fällt kaum ein Tropfen Regen; dann magern die Flüßchen ab zu fadendünnen Rinnsalen – Straßen und Wege zerbröseln zu knietiefem Staub. Ein Ferkel zockelt hin und wirbelt eine Wolke auf, als brenne die Bezirksstadt.

Der Winter ist mild. Fällt einmal Schnee, bleibt er drei Tage liegen; schmilzt und löst den Staub des Sommers auf zu abgründigem Brei. – In der feuchten Jahreszeit – November etwa bis Mai – ist wahrhafte Rasputitza, Unwegsamkeit – wie in Rußland.

Doch alles hier ist bereit zu zornigen Ausbrüchen: Einmal in zehn Jahren kann die Landschaft einschneien, daß man

eben noch die Schornsteine der Dörfer wie Pilze aus der Decke ragen sieht. Im Sommer kann ein Wetter und Hagel die Ebene überfallen, daß die Kommoden aus den Bürgerhäusern davonschwimmen.
Unwegsam also das halbe Jahr – sommers ist es heiß und staubig. Wer nichts dringend zu schaffen hat bei den Panduren, bleibt lieber weg.
So ist die Landschaft recht wie eine Insel: zugänglich von allen Seiten, ja. Doch wer Teufel hat Lust, da anzutäuen?
Man lernt in der Schule: Die Landschaft liegt dort und dort. – Niemand aber kennt sie.
Sie lebt für sich und ändert sich im Lauf der Jahre kaum.

2

Es müssen von jeher Menschen in dieser Landschaft gewohnt haben, das ist klar.
In Mirkowo der Pfarrer ist Franziskaner. Er nennt sich einen Guardian – man wird erfahren, wieso und warum.
Dieser Pfarrer von Mirkowo also – oder Guardian – weiß Bescheid in Gegenwart und Vergangenheit. Er hat ein dickdickes Buch, darin steht die ganze Weltgeschichte. Das Buch ist zusammengestellt von einem Gelehrten, Gymnasialprofessor in Slavonisch-Brod.
Es heißt ausdrücklich in dem Buch: Auch schon vor Türkenzeiten haben Menschen hier gelebt; die Ruine ob Mirkowo zum Beispiel, in den Bergen, war eine Ritterburg. – Man weiß nichts von diesen Rittern und Menschen, gar nichts.
Dann kamen die Türken, um das Jahr 1500. Wer irgend konnte, floh.

Wer da blieb, erlag. Türkische Horden, Tataren voran, überfielen Dörfer und Weiler, brandschatzten Klöster und Güter, knüppelten die Bauern nieder. Die Kinder schleppten sie fort – die Mädchen auf die Sklavenmärkte, die Knaben reihten sie in ihr Heer.
Weiler und Güter verbrannten – auf den Mauerresten, den verkohlten Sparren siedelte sich Moos an, Schellkraut, Bockshorn, Brennesseln – in den Ackerfurchen wuchs Klatschmohn, gelber Senf und Ginster; bald allerhand Gestrüpp; das Gestrüpp verdichtete sich und hob sich – und das überall, auf jedem Fußbreit Bodens, von der Drau bis ans Gebirge. Aus den Bergen rückte schrittweis der Wald vor: Weißbuchen, Rotbuchen und Eichen – von der Drau das Dickicht: Weiden, Erlen, Espen. In der Mitte vereinigten sie sich und durchdrangen einander: im Schatten gärte der Sumpf, reichte bis an die Berge – von den Bergen, unaufhaltsamer Strom, wälzte sich der Wald, reichte bis an die Drau.
Noch trieben Wolf und Luchs ihr Wesen, Schwarzwild, allerhand ungeschlachtes, giftiges Geschmeiß.
Doch der Urwald rankte sich und schwoll und quoll zu einer dicken Schimmelkruste und überkrustete die Landschaft. Es reckten sich die Stämme und traten einander nieder, sanken um, und auf den morschen, klafterdicken Stümpfen wurzelten und wuchsen neue Stämme. Sie zehrten und sogen einer des anderen Mark und rangen einander das Licht ab und würgten einander den Atem ab und verstopften jeden Spalt Sonne und erstickten und verdarben. Furchtbare, faulende Üppigkeit – darin war nicht Raum mehr für das Tier. Als sei die Schöpfung unvollendet stecken blieben am dritten Tag.
Nur die türkischen Machthaber hatten da und dort ihr Schloß mit Gärten rundum, ihre Wachtürme.

Nur ein armes verfallenes christliches Klösterchen hielt sich hundert Schritt Bodens frei, mit der Axt, und baute Korn darauf und Kohl. Vier, fünf Mönche, alt und verprügelt. Sie mußten sich durch Fußfall, Jammern und kleine Geschenke immer von neuem Duldung erkaufen von den Türken: eine geistliche Pfründe – der Moslem ließ sie in Ruh.

Und wo ein Waldbrand ein wenig Lichtung geschaffen hatte, trieben wilde Hirten Schweine auf Eichelmast; das Schwein ist ein unreines Tier – der Moslem scheute die Berührung.

Auf unsichern, finstern Pfaden tappten die Streiter des Islams von Wachturm zu Turm.

Das dauerte – dauerte viele, viele Jahre – unermeßliche Ewigkeit.

In dieser Ewigkeit, im Urwald verscholl alles, was ehemals dagewesen war, vor den Türken – kein Name blieb übrig, nicht die blasseste Erinnerung.

Die Vergangenheit war ausgelöscht. Die paar Leute – Hirten, Mönche – wußten um ihre Volkheit nicht mehr – vegetierten und vertierten.

Als sei die Schöpfung stecken blieben am dritten Tag.

3

Es war der Gipfel osmanischer Macht. Vorderasien gehörte ihnen und Nordafrika; hüben die Balkanhalbinsel, Ungarn, Rumänien, Podolien, die Küsten des Schwarzen Meers. Im Serail zu Stambul – man lese Pfarrers Weltgeschichte – glänzte alle Pracht der Erde. Der Sultan gebot – Fürsten dreier Erdteile lagen im Staub, küßten den Saum

des großherrlichen Mantels. Sultans Kadunen badeten in Rosenwasser, schmückten ihre Stirnen mit den Diamanten Indiens. Eunuchen flüsterten – der Sultan runzelte die Stirn – der Henker köpfte Sultans neunzehn Brüder.
Osman der Zweite war zwölf Jahre alt, als er sich das Schwert der Kalifen um die Lenden gürtete. Vier Jahr darauf war er ermordet. Es folgte der blödsinnige Mustafa – nur für ein paar Monate; ihm wieder ein Zwölfjähriger: Murad der Vierte. Er starb kinderlos, mit neunundzwanzig. Seinen Bruder, Ibrahim, brachten die Janitscharen um ... Und erhoben einen siebenjährigen Knaben auf den Thron.

4

1683 wurden die Türken vor Wien geschlagen. Dann drängte man sie aus der Steiermark und den Voralpen.
Längs der Donau rückten deutsche Truppen an und verstärkten sich unterwegs durch Grenzer, Kroaten. Wie sie vorwärtskamen im Holz und Unterholz, weiß Gott allein. Genug: im Jahr 1700 – oder etwas früher – haben christliche Soldaten wieder die Landschaft betreten zwischen Drau und Papuk.
Die Deutschen, und Grenzer mit ihnen, stießen im Wald plötzlich auf Mirkowo – eben Guardians Pfarrort.
Mirkowo war damals ein uraltes steinernes Schloß mit Gräben rundum, Dorngeheck, Blockhäusern für Mann und Pferd: Vorwerk der Türken.
Einen Augenblick standen die Deutschen verdutzt; dann regten sie sich. Die Stallungen, von Holz, waren bald eingeäschert. – Um das Schloß aber anzugehen, die festen

Mauern und den Graben davor, hätten die Kaiserlichen Geschütz gebraucht. Geschütz war nicht da, war nicht heranzubringen. Dann wenigstens: Sturmgerät; Wurfbrücke, Leitern, Planken, Schanzzeug und Körbe.
Mit unsäglicher Müh, sag mir woher, schleppten sie Beil und Sägen an. Und unterhandelten indessen mit den Türken; vielleicht werden sich die Türken einschüchtern lassen.
Wirklich, sie ließen sich einschüchtern: Als die Deutschen – mit all ihrer Ungenüge – das Schloß berannten und wiederum berannten und schon Pechkränze auf das Dach geflogen kamen, da ergaben sich die Türken auf Parole:
Die Deutschen übernehmen die Feste, nur die Deutschen – zu den Kroaten hatte der türkische Hauptmann kein Vertrauen, die müssen vorher eine Meile zurück und dürfen sich vierundzwanzig Stund nicht von der Stelle rühren. Die Besatzung liefert das Geschütz aus, wie es steht – die Munition, wie sie liegt – und das Obergewehr. Jedem Offizier gebühren sein schlechtestes Pferd und die Waffen – dem Mann an Bagage, wieviel er kann unter dem Arm tragen. So ziehen die Türken ab. – Das war die Kapitulation.
Die Grenzer, Kroaten, aber hielten sich nicht daran – sondern als die Türken aus dem Schloß waren, fielen die Grenzer über sie her und metzelten sie nieder.
So ist Mirkowo, das Vorwerk der Türken, in kaiserliche Hand geraten: durch Untat und Wortbruch.
– »Mir« bedeutet »Frieden« im Slavischen, »gemeinsames friedliches Eigentum«. »Mirkowo« – »Friedensort«; und wurde blutig erstritten.
Es lastet ein Fluch auf Mirkowo, der ältesten Niederlassung – von Anbeginn.

5

Nun aber, wie Poldsdorf ist gegründet worden. Auch dieser Bericht steht in der Weltgeschichte und liest sich ergreifend:

Von Mirkowo zwei Stunden weiter im Wald residierte der Beglerbeg, der türkische Landvogt.

Als er hörte, was in Mirkowo geschehen war: da wußt' auch er, der Landvogt, was ihm – jachrosunillach! – bevorstand. Er beschloß, die ganze Landschaft zu räumen, und schickte Harem und Habe voraus nach Poldsdorf. Zur Bedeckung gab er die eigene Leibwache mit, achtzig verläßliche Leute.

Poldsdorf hieß damals noch Kula – es ist erst später Poldsdorf genannt worden, angeblich nach Kaiser Leopold.

In Kula – Poldsdorf – hatten die vornehmen Türken ihre Sommervillen, Kulen, ganz versteckt im Grünen. Die Kolonie war palisadiert, und rings breiteten sich, heißt es, wundervolle Gärten mit den schönsten Rosen und lustigsten Wasserkünsten. Die Brustwehr war gut zu verteidigen – die Villen standen ja auf dem Hügel, und von drei Seiten schlängelt sich der Fluß.

Nach einer Rast in Poldsdorf will der Harem weiter – der Zug ist schon geordnet – vorn und hinten die Leibwache, in der Mitte der Harem auf Pferden, und auf Pferden und Eseln Hunderte von Truhen voller Gold und Silber – da tauchen am Waldsaum die ersten deutschen Reiter auf.

Die Kadunen und Odalisken springen jaulend aus den Sätteln und fliehen in ihre Kulen – die Leibwache stellt sich an die Palisaden zum Kampf.

Es war ein Sonntag, ein sonniger Tag, im ganzen Feldzug der heißeste, und muß mörderisch gewesen sein. Die Leibwache wehrte sich verzweifelt. Im Geräufe standen nur

Deutsche gegen Türken; die Grenzer hatte man eigens in Mirkowo zurückgelassen – es wird doch so viel Beute geben, und die Grenzer nehmen gern alles für sich. Und strenger Befehl war: Poldsdorf darf nicht verbrannt werden – sonst gehen die Schätze zugrunde.
Bis Mittag dauerte es – der Zaun war von Eichenbohlen und kreneliert. Dreimal stürmten die Deutschen – dreimal vergebens. Endlich waren sie klüger, nach soviel Blutvergießen: mit Pallasch und Faschinmesser säbelten sie Getreide ab rings auf den Feldern, und im Schutz der Garben stürmten sie zum viertenmal; da erst konnten die Zimmerleute Bresche hauen. Die Palisade krachte zusammen, immer breiter – die Odalisken und Mägde in den Häusern heulten hundertstimmig auf – und die Deutschen brachen in den Hof.
Mit welchen Verlusten! Wenn es Rubine gilt und Diamanten, turniert man anders als um Taffetfahnen: auf türkischer Seite tot der letzte Mann; vom Kaiserlichen Regiment, zweihundertfünfzig Degen, tot drei Viertel. Dabei hatten die Deutschen abgewechselt – wer verwundet war, humpelte, die Pferde halten, und der Heile mußte vor ins heiße Bad.
Auch die vier Kadunen, Hauptfrauen des Landvogts, Albanerinnen, hatten mitgefochten. Die Erste Kadune, eine Schöne aus Reggio, fiel, mit der Flinte in der Hand, als letzte Streiterin.
Man schnappte den Leichen ab, was sie Dienliches an sich hatten – im Jenseits werden sie es doch nicht brauchen; die türkischen warf man ins Wasser, die Christen schichtete man auf einen Stoß und fing zu begraben an.
Abends kam Prinz Eugenius, der edle Ritter, und musterte die Beute; man hatte sie aus den Truhen geholt und im Hof ausgelegt. Der Türke – ob auch nur ein-

facher Landvogt – war reicher gewesen als mancher Statthalter; dank den vielen Klöstern, Kirchen und Schlössern, die er geplündert hatte, bis hinauf nach Ungarn und der Steiermark.

Da gab es Krüge, Kannen, Schüsseln, Teller von Gold, auf das üppigste inkrustiert: Zoll und Tribute des Dogen von Venedig an den türkischen Nachbarn; herrliche Geschmeide, im Lauf der Jahre zusammengeraubt von Altären und aus Schatzkammern; Waffen, besät mit Edelsteinen; Teppiche aus Ispahan und seidne Zelte, fünf- und mehrfach mit Korduan appliziert; gestickte Frauenkleider, Kaschmirtücher; Kissen von Brokat und Sammet und sechsthalb Lasten bares Geld. Die Pferde allein mit ihrer kostbaren Beschirrung hätten, sagte der Quartiermeister, das vergossene Blut gelohnt.

Hinten im Hof saßen die Mägde und Odalisken aufgereiht – leisweinend, tränenüberströmt. Man hatte ihnen die Schleier abgerissen – sie wühlten die Gesichter in ihr Haar, gegenseitig in ihre Schöße, in die Mäntel.

Der Prinz schenkte ihnen keinen Blick, kein Wort. Er wandte sich seinen Getreuen zu, den Überlebenden des Regiments. – Ein Schrecken: »Dio mio! Das sind alle?«

»Jawohl, alle, hochfürstliche Durchlaucht!« antwortete einer mit Namen Ferdinandus Brunnschmidt, gemeiner Arkebusier, der Älteste. – Denn die Offiziers und Unteroffiziers hatten ins Gras gebissen samt und sonders.

Da feuchteten sich des Feldherrn Wimpern. Stand nicht ein Söldner da ohne träufelnde Binde um den Kopf, ohne schwarze Wunde in der Brust, ohne Schramme auf der Stirn.

»Poveretti!« sprach der Prinz, »ihr habt es teuer gezahlt. Doch ihr sollt auch eure Freude haben: Zunächst seid ihr ledig von jedem Dienst in diesem Krieg und werdet eure

Wunden heilen; dann aber gehört euch von unsrer Beute der zwanzigste Teil.«
Da trat Ferdo, Ferdinandus, vor, aller Augen ruhten auf ihm, und sagte – – was er aber sagte, war begleitet vom zirpenden Jammer der Mägde wie von Saitenspiel:
»Hochfürstliche Durchlaucht! Wir Reiter haben uns besprochen – gehorsam dem beschworenen Artikelbrief des deutschen Soldaten – und mich haben sie zum Mundwalt bestellt: Daß wir sollen Dienstes ledig sein in diesem Krieg und unsre Wunden heilen für den nächsten, danken wir Eurer hochfürstlichen Durchlaucht von Herzen. Auf den Zwanzigsten von der Beute aber verzichten wir. Wir haben das Anwesen da geschont und nicht gezündet, wiewohl uns anders wäre leichter worden, es zu nehmen. So bitten wir siebzig Blessierten – oder einundsiebzig, wenn der rechts dorten bei Leben bleibt: daß man soll die Kleinodien alle ins hochfürstliche Hauptquartier wegführen und uns das blanke Dorf hier zu eigen lassen – mit Feld, Wald und Gärten – als freien Bauern.«
Der Prinz furchte die Stirn. – »Noch etwas?«
»Ja, halten zu Gnaden«, antwortete Ferdo und verbeugte sich grüßend. »Noch etwas: Unter diesen Mägden sollen wir wählen dürfen – jeder eine. Sind an die achtzig – wir haben sie gezählt – wird reichlich langen.«
Der Prinz schüttelte den Kopf. – »Narren, die ihr seid! Weibernarren! Aber gut – ich wußte ohnehin nicht, wohin mit dem Pack. Du als Ältester fang an. Such dir die Schönste!«
Da grüßte Ferdo und lachte breit; schritt ohne Zögern aus und holte sich eine aus der Reihe; hatte sie wohl schon lange ausersehen. Sie erschrak – dann verstand sie – sprang auf und folgte ihm stolzblitzend und verschämt.
Im Nu – mit ein wenig Drängen, Hast und Stoßen hatte jeder sein Mädchen.

Dann war ein Murren, kleines Gefluch am Flügel: »Caramba!« und »Carajo!« Ein Spanier kam und zerrte schimpfend jemand mit sich: »Was habt ihr mir da aufgebunden?«
War es ein Knabe von sechzehn oder siebzehn, in Schleier und hauchdünnen Pluderhosen. Offenbar hatte die Mutter ihren Jungen in Frauenkleider gesteckt, um ihm das Leben zu retten.
»Ein Mann – ein Mann!« Und sie wollten ihn niedermachen.
Der Prinz gebot Einhalt. – »Per Giove!« rief er. »Che fiore di gioventù! Un vero Ganimede! Der Junge gehört mir – als mein Diener. Her mit ihm!«
Und der Spanier mußte sich von den paar alten Frauen, die noch übrig waren, eine nehmen.

So ist Poldsdorf gegründet worden, es steht in der Weltgeschichte: aus einem zerschlagenen deutschen Regiment und einem flüchtigen türkischen Harem. Jeder Soldat hat sein türkisch Haus bekommen, ein Weib, ein Pferd – von den mindern – und einen Esel. Damit durfte er die Wirtschaft anfangen, als freier Bauer.
Wiewohl es aber hieß: alle gold- und silberne Beute ins hochfürstliche Hauptquartier – ist manche Spange und Agraffe damals stecken blieben in Poldsdorfer Brotsäcken; sonst wären die Bauern – und Brunnschmidts besonders – so reich und übermütig nicht geworden.
Auf ihre Freiheit sind – und waren die Poldsdorfer von jeher – eitel wie die Gecken. Sie meldeten sich, vor Gericht zum Beispiel:
»Ferdo Soundso, adliger Bauer von Poldsdorf« – nie anders.

Später haben sich dicht an Poldsdorf andre, Fremde, angebaut. Die hatten natürlich nicht das Eugensche Patent – sie waren Untertanen der Gutsherrschaft. Daraus ist im Lauf der Jahre viel Verdruß erwachsen.

6

Zu Mirkowo, im eroberten Schloß, hatte sich ein Mann festgesetzt, irgendeiner – festgesetzt ohne Schrift und Siegel. Vielleicht hatte ihn das Heer als Wächter da vergessen? Er fragte niemand – so horstete er eben im zerschossenen Gemäuer – und viele Jahre fragte auch niemand nach ihm.

Als man ihm aber zum erstenmal seinen Namen abverlangte, hieß er Mirkowitsch, ganz einfach – und statt eines Besitztitels wies er die Pistole vor; das war damals ein starker, ein schwer widerlegbarer Beweis.

Er wird sich dann ein Weib zugelegt haben und Kinder. Den Boden weitum, den Wald? Wer Lust hatte, konnt ihn abbrennen und stocken – so war die Fläche sein für zwanzig, dreißig Jahre. Nach soviel Jahren aber zogen einen nicht sechs Büffel, nicht zwölf Tafelrichter vom ersessenen Eigentum.

Mit der Zeit hieß der Landhaber: Mirkowitsch von Mirkowo; die Nachkommen: von Mirkowitsch. Und irgendwie, irgendwann wurden sie – im Volksmund – Barone.

So stellt wenigstens der Pfarrer von Mirkowo – der Guardian – heute den Ursprung dar seiner Nachbarn, des Geschlechtes Mirkowitsch. Die Familie, die Herrschaft Mirkowitsch ist nebenher entstanden, außerhalb der Gesetze

– wie einst, vor Zeiten, der Uradel – doch vier, fünf Jahrhundert zu spät. Niemals, sagt der Guardian, haben die Mirkowitsch eine Belehnung ex officio empfangen.
Unbestreitbar sind die Mirkowitsch – neben den Poldsdorfer Bauern – die ältesten Ansiedler in dieser Landschaft. Was sie sich aber aufspielten, wie sie sich später abschliffen und reckten, die Mirkowitsch: etwas von ihrer niedern Herkunft ist an ihnen bis heute haften blieben.

7

Daß aber Maria Theresia dem Baron Trenck die Herrschaft an der Drau geschenkt hat, ist nur Geschwätz. Die Kaiserin hat damals noch gar nicht regiert.
Sondern, sagt der Guardian – und so steht es in der Weltgeschichte:
Als die Türken vertrieben waren, blieb zwischen Essegg und Mirkowo nur Poldsdorf aufrecht und bewohnt – ansonsten war das Land menschenleer. Deserteure und Galgenstricke trieben sich um und schlugen einander tot und raubten einander aus. Es gab zwei dickwaldige Einöden: desertum primum et secundum.
Behörde über das Land war die Kaiserliche Hofkammer, militärisch unterstand es dem Essegger Generalrat. Die Hofkammer teilte das Land in Distrikte, Prädien, Donationen und begann es langsam zu besiedeln: aus der Türkei liefen Serben zu; aus Deutschland – Luxemburg, Schwaben, Hessen – ließ der Kaiser auf der Donau Leute kommen. Wer da kommen wollte, hatte Vorspann und Reise frei, überdies der Mann acht Kreuzer, das Weib sechs

Kreuzer täglich aus der Hofkasse. Grundfläche bekam jeder nach Gefallen – drei Jahre steuerfrei und auf immerwährende Zeiten frei von aller Herrschaft – außer der kaiserlichen. In den übrigen Provinzen waren damals die Bauern noch leibeigen.

Nun, und die Festung Essegg hatte ihre Besatzung – Kommandant war der Obrist Freiherr von der Trenck. Nicht etwa Friedrich Trenck, von dem man manchmal hört, Adjutant des Königs von Preußen. Nein, der preußische Trenck, der die Prinzessin geliebt hat, ist in den Kerker gekommen und ist dann geköpft worden.

Obrist Trenck aber, Kommandant von Essegg, war Oheim jenes Friedrich. Er hatte die Schwertgewalt inne im Distrikt; und von jedem Schiff, das die Drau hinauffuhr oder querte, zog er sechs Gulden Maut ein, bis man es ihm verbot; er allein übte die Schankgerechtigkeit aus, und die Metzger in der Festung mußten – reverenter – von jedem geschlagenen Vieh die Zunge auf die Kommandantur liefern und vierthalb Pfund schieres Fleisch. 2500 Gulden bezog der Obrist jährlich an Gehalt, ohne die Pauschalien der Festung, und es gehörten ihm zwei Drittel von den Geldstrafen, die er verhängte. Nun, er wird nicht wenig verhängt haben: nach etlichen Jahren konnt er planen, sich im Desertum ein großes Stück Boden zu kaufen.

Der Kaiser selbst hatte sich nämlich die Verfügung über zwei Herrschaften vorbehalten, die schönsten. Eine davon bekommt Graf Sokoly als Donation; der Kommandant von Essegg aber, Obrist Trenck, darf wählen – als der verdientere, und weil er bar bezahlt. Über die Sokoly gehen allerhand Fabeln um. Sicher ist – so steht es in der Weltgeschichte: Auch die Sokoly sind zugewandert, aus Bosnien. Sie haben sich drüben Sokolowitsch geschrieben und Soccoli. – ›Sokol‹ bedeutet: ›Falke‹ oder ›Held‹. Ein Sokolowitsch ist zu Stambul Großwesir gewesen, unter zwei Sultanen. Ein Soccoli kämpfte im Sold der Republik Venedig gegen ihn, wurde päpstlicher Conte, kaiserlicher Reiterführer. – Die Sokoly sind ein großes, uradliges Geschlecht.

Die Trenck stammten aus Ostpreußen.

Trenck also, der die Wahl hatte unter den beiden Gebieten, nahm die größere Hälfte, den Streifen an der Drau – sie aber war die sumpfige. Sokoly bekam das kleinere Gut, doch seins war trocken, der Kreis am Gebirge. Zuerst schien Trenck der Betrogene zu sein. Später, viel später, lang nach seinem Tod, hat sich sein Stück Sumpfland dennoch als das reichere erwiesen. Es umfaßte die ganze Niederung am Strom und die Prädien rundum – man kann sagen: das halbe Königreich. Wenn man bedenkt, was die Bereiche heute für ein Vermögen sind, in sieben Händen: so graut einem; das Schloßgut allein hat Wald und Äcker über zwei Tagereisen.

Wie der Kaiser immer teilte, so erhielten beide Grundherren das Privileg: Überall sonst im Reich gehen die Majorate nach der salischen Erbfolge, vom Vater auf den Sohn, und wenn kein Sohn da ist, im Mannesstamm weiter – bis sie, nach Aussterben des letzten Mannes, heim an die Krone fallen. Kaiser Karl aber hatte selbst keinen Sohn, wollte sein Reich der Tochter sichern, Maria Theresia – da gab er im kleinen ein Beispiel: Trenck und Sokoly sollten ihre Güter nicht fernen Seitenverwandten hinterlassen müssen, wenn sie ohne Söhne blieben, sondern beide hatten das Privileg der kognatischen Sukzession: bei ihnen wird, wo Söhne fehlen, die eigene Tochter jedem andern Erben vorgehen.

Obrist Trenck hatte einen Sohn mit Namen Franz – und dieser Franz Freiherr von der Trenck, geboren in Kalabrien, erzogen von den Ödenburger Jesuiten, in Rußland zum Major ernannt, wegen Händelsucht verurteilt und ausgewiesen – er ist der berühmte, der gefürchtete Pandurenführer worden. Auf der Pfarre von Mirkowo hängt sein Bild; es ist trüb im Firnis, nachgedunkelt von Rauch und Alter. Doch man sieht, welche Sorte Mann der Pandur Trenck gewesen ist: Übergroß, gertenschlank, von eisernen Kräften. Schwarz von Haar, mit langem Schnurrbart, krummer Nase. Unbändig wild von Geschau und Brauen wie ein Auerhahn.

8

Sokolys Besitz hieß ganz von selbst: Sokolowo. Man kann sich denken, wie es zuging: Der erste Sokoly erschien mit kaiserlichem Brief in der Wildnis – als neuer Herr – und sah sich um.
Da fand er – ganz wider Erwarten, in den Urkunden hatte kein Wort davon gestanden – drüben in Mirkowo einen Nachbarn: Mirkowitsch.
Dem Ahnherrn Sokoly fiel gar nicht ein, den Eindringling fortzugraulen oder auch nur zu fragen ... Erstaunte Augen wird Sokoly geöffnet haben – das ist alles. Geizig sind die Sokoly nie gewesen oder neidisch.
Es wohnt einer in Mirkowo, auf meinem Grund, in der feuchten steinernen Baracke? Laß ihn hausen und glücklich sein! Vielleicht war diesem Sokoly sogar genehm, ein Menschenwesen unfern von sich zu wissen – keinen Vollbürtigen – immerhin einen Wirt und Genossen, mit dem man alle heilige Zeit Rede und Gegenrede wechseln konnte und kleine nachbarliche Liebesdienste tauschen.

Schloß und Dorf Mirkowo, zwei Stunden von Sokolowo, gehörten also den Baronen Mirkowitsch, aus eigenem Recht. Die Mirkowitsch blieben auf ihrem Fleck; ja, da sie nicht angefochten wurden von dem einzigen, der es mit Fug konnte – sagt der Guardian von Mirkowo, der Franziskaner – saßen sie um so fester.

Um das Herrenhaus von Sokolowo wuchs – wiederum ganz von selbst – ein Gehöft um das andre, später ein Flekken, endlich das Städtchen Sokolowo, wie es heute steht.

9

Das Gut Sokolowo und das Trencksche waren gegeneinander nicht abgegrenzt, viele Jahre – was lag diesen Kavalieren an einer Quadratmeile Wildnis? Erst unter Franz von der Trenck und Albin Sokoly, den Söhnen, rief man die kaiserliche Entscheidung an.
Und die Hofkammer in Wien entschied: Wo die Gemarkung zweifelhaft ist, soll ein Landmesser die mittlere Linie pflocken zwischen dem Draustrom und der künftigen Heerstraße, die man bauen will von Essegg nach Mirkowo.
Unterhielten sich die beiden Gutsherren eines Abends beim Wein über den blödsinnigen Spruch, den man in Wien erlassen hat, am grünen Tisch.
Denn was ist die Drau und wo fließt sie? Ein launenhafter Strom, der hundert Buchten hat und tote Arme – Kolken, Bruch und Auen übergießt und wieder trockenlegt, jeden Tag anders.

Wo ist die Essegger Straße? In stadio deliberationis. Wo wird sie führen und wann? Welchen Hügeln wird sie ausweichen, welche überklimmen? – Der arme Landmesser, der die Grenze festlegen soll, kann schaffen bis an sein seliges Ende und schuften und Diäten fressen auf Kosten der Gutsherrschaften, so wird sein Enkel noch nicht fertig mit der Markung sein.
So höhnten und murrten sie beim Wein, Graf Albin Sokoly und Trenck mit dem wilden Geschau – dazwischen rühmten sie sich ihrer Pferde, wer die bessern habe – und bei Wein und Spiel einigten sie sich auf Spiel und Wette: Nächsten Sonntag werden beide Herren zu Pferde steigen, Sokoly auf dem höchsten Grat seines Besitztums in den Bergen – Trenck an der Drau, das Pferd wird mit den Hinterhufen noch im Wasser stehen. Glock zwölf, wenn es Mittag läutet, beim ersten Schlag reiten sie los. Und wo sie einander begegnen am nächsten Morgen und nachbarlich die Hände reichen – dort wird zum ewigen Gedenken eine Hunke aufgeworfen, ein Erdkegel, dort soll die Grenze sein, so wird es in die Landtafel eingetragen.
Jeden Sonntag werden sie losreiten – jede Woche eine Meile weiter östlich – immer Sokoly vom Rücken des Gebirges und Trenck von der Drau – und die Pferde dürfen nicht gewechselt werden – sieben Hunken werden die Grenze sein.
Sokoly war's hochzufrieden – er vertraute seinem Schimmel, einem Araber; auf dem trockenen Gelände hoffte er flott fortzukommen und ein gewaltig Stück Land unter sich zu bringen. Ritt auch den ersten Sonntag über Stock und Stein – ruhte ein wenig – Montag früh kam er bis Kapelna – da erst traf er auf Trenck.
Trenck aber schonte sein Pferd.
Und von Woche zu Woche gewann er Boden.

Am vierten Montag verfehlten sie einander und fanden sich erst nach langem Suchen bei Nacht im Wald. Wußten nicht einmal, wo sie waren. Bis Sonnenaufgang, erzählt man, saßen sie bei einem Feuerchen – dann erst, nach vielem Rufen fanden sie einen Sauhirten, der grub ihnen die Hunke. Und sie waren aus falschen Richtungen aufeinandergestoßen, bei Poldsdorf. Diese Stelle heißt Sauspitz; hier schneidet die Sokolysche Grenze mit einem tiefen Zwickel ins Trenckische. Poldsdorf, die adlige Gemeinde, kam gerade zwischen Sokoly und Trenck zu liegen.
Sokolys Schimmel ist von da an krumm gegangen vom nächtlichen Irren über Rinnsal und Wurzel – und was Sokoly auch Kurschmiede herbeirief und roßkundige Zigeuner: der Schimmel blieb drei volle Wochen krumm.
Trenck wollte von der Abrede zurücktreten, tat wenigstens so ... Sokoly nahm keine Gnade an. Es blieb dabei, sie ritten jeden Sonntag – Trenck seinen flinken Gaul, Sokoly den lahmen.
Das Gut Walpo, ehedem das Trencksche, reicht bei Essegg fast bis an die Straße.

10

Als Maria Theresia den Thron bestieg und sah ihr Reich auf sieben Seiten angegriffen – von Friedrich dem Großen, Bayern, Frankreich, am Ende kommt auch noch die Türkei – da erschien Maria Theresia vor dem Landtag in Preßburg, mit ihrem Kindlein Joseph auf dem Arm, und begehrte Hilfe von den Ständen.

Begeistert zückten sie die Schwerter und schrien: »Moriamur pro rege nostro!«
Schrien – reisten davon und ... taten nichts; monatelang. Die Preußen fielen in Schlesien ein – Bayern, Franzosen drohten in West und Süden.
In dieser gefährlichen Stunde meldete sich Trenck. Er hatte auf seinen Gütern Panduren, Haussoldaten, wider die Räuber unterhalten; trat vor Maria Theresia und erbot sich, tausend Mann zu stellen auf eigne Kosten.
Der jungen Kaiserin gefiel der junge, kühne Kerl mit seiner krummen Nase, dem wilden Geschau; und sie gab ihm den Werbebrief.
Er fuhr, nein, er brauste heim.
Hier an der Drau war das Räuberwesen von jeher fein geregelt. Die Bauern hielten Freundschaft mit den Räubern, besonders die Hirten; sie boten den Räubern Unterschlupf, Nahrung, schweigsame Hilfe. Die Gutsherren zahlten Ablöse. Kriegte die Wache einen Bösewicht unter, teilte sie mit ihm und ließ ihn laufen.
Franz von der Trenck erneuerte und verkündete das Räuberpatent: Wer reuig aus den Wäldern heimkehrt, genießt im Namen der Kaiserin Generalpardon. Wer einen Spießgesellen einbringt, tot oder lebendig, bekommt fünfzig Gulden.
Die aber fortfahren in Greuel und Frevel: man wird ihre Häuser schleifen, Weib und Kinder aus dem Land jagen, ihre Namen an den Galgen nageln. Und der ertappte Räuber soll gerädert werden, sein Kopf wird gepfählt. Wer den Räubern aber Beistand geleistet hat, verfällt dem Tod durch den Strang.
Da kamen sie alle aus Wäldern und Schluchten gerannt und geschlichen und nahmen Handgeld im Corpetto Trenck, bei den Panduren.

An der Drau hatte man eben eine gewaltige Bande umzingelt; Trenck reihte sie ein, Mann für Mann.
In drei Wochen hatte er seine Legion beisammen: Räuber, Diebe, Mörder – und Haussoldaten. Poldsdorf kam vollzählig, aus freien Stücken. Wo es zu stechen und zu stehlen gibt, da lassen sich die Poldsdorfer nicht lumpen.
An der Spitze solcher Heeresmacht aber trieb nun erst Trenck Schatzungen ein »für Werbungs-, Montur- und Armaturauslagen« – vom Bischof, von den Klöstern und Pfarreien, von Herrschaften, Dörfern und Häusergruppen. Alle mußten zinsen; dem obersten Räuberhauptmann, nein, dem kaiserlichen Obristleutnant Franz Freiherrn von der Trenck. Den Bauern des Bischofs allein, das steht in der Weltgeschichte, erpreßte er 4105 Florin.
Sechs Kreuzer Sold täglich gab er dem Mann. Jedem einen roten Mantel mit Kapuze; zwei Pistolen, Säbel, Büchse und ein langes Messer nach Türkenart. Das Haar trugen die Panduren geschoren, nur vom Wirbel hing nach links aus der Kapuze ein dicker Zopf. Zweihundert Zelte, Pulver und Blei lieferte die Festung Essegg, auf Befehl der Kaiserin. Die Panduren führten Halbmond und Roßschweife als Feldzeichen und vornan eine Janitscharenmusik, Trommeln, Becken und Pfeifen – die erste Militärmusik Europas. Fünfzig Harambaschas waren Unterkommandanten: lauter Poldsdorfer; vier Barone waren Hauptleute: Laudon, Erbach, Hadik – und ihr ältester, Stellvertreter im Kommando, Mirkowitsch von Mirkowo, zählte siebzig Jahre.
So rückte das Corpetto Trenck zufelde, 1. April 1740, aus Essegg.
Am 15. Mai meldete sich Trenck beim Kaiserlichen Feldmarschall in Schlesien. In sechs Wochen und drei Tagen von der Drau nach Schlesien: eine Leistung.

Zur Schlacht von Mollwitz waren sie zu spät gekommen – die war schon geschlagen. Was aber sonst vorging in Schlesien – ohne die Panduren geschah es nicht.
Sie überrumpelten Kosel und zündeten Zobten an. In Oberösterreich überfielen sie Steyr, Linz – in Bayern Schärding, München und verbrannten Cham. Aus Cham hat sich Trenck das Schwabenkatherl mitgebracht, ein frisches Mädel; sie ist lang bei ihm geblieben.
Alle Städte, die sie betraten, haben die Panduren blank ausgeplündert – sie verstanden ihr Handwerk von Grund. Wenn sich eine goldne Halskette nicht gleich öffnen ließ, packten sie die Frau am Schopf, schnitten ihr die Kehle durch – so konnte man die Kette bequem abheben. Wenn ein Ring nicht vom Finger wollte – ritz-ratz – steckten sie den Finger ein. Waren Männer von sechzig unter ihnen und liefen wie die Wölfe. Sie haben im Elsaß gekämpft, auf der Schulterleiter Mauern erstiegen – ein Mann auf des andern Schulter – haben Redouten, Fleschen und Epaulements gestürmt, ihre Roßschweife auf hundert Ravelins gepflanzt, Kanonen vernagelt und den Franzosen manches erschrockene Mon Dieu vom Maul gesäbelt.
Die Franzosen schüttelten die Allongeperücken vor Verwunderung über solche Barbaren – »da es doch gar nicht Mode sey, mit dergleichen Leuten zu fechten«.
Bei Weißenburg gelang den Franzosen, zwei der Kerle zu fassen; sie taten die Gefangenen in Käfige und ließen sie zu Straßburg für Geld sehen.
Hat ein barmherziges Fräulein sie dieselbe Nacht befreit und zu sich ins Bett genommen, beide.

Einst waren unter dem Prinzen Eugen deutsche Krieger in Belgrad eingerückt. Nun machten die Slavoniter im Elsaß und Holland ihren Gegenbesuch.

Bei Linz meuterten die Panduren, denn es war Winter, und sie fraßen Wochen nichts als trocken Brot. Das Brot war schimmelig. Sie warfen es dem Kommandanten vor die Füße.
Hob Trenck den Arm und rief in die tobende Schar: »Habe ich das schlechte Brot gebacken?«
»Nein, nein.«
»Wer sonst hat es getan?«
»Der Harambascha der Bäcker«, schrien sie zu tausend.
»Wer ist der Harambascha der Bäcker?«
Man schleifte ihn herbei.
»Knie nieder«, sagte Trenck, »und bete!«
Und zu den Panduren: »Ist dies der Schuldige?«
»Jaaaa – jaaaa«, brüllten sie.
»Stille!« gebot Trenck. »Wir wollen Gericht über ihn halten. Bei Gericht aber muß Stille sein. Antreten in Rottenpaaren, in Zügen! In Kompagnien, Bataillonen! Ins Karree!«
Rasch fand man sich in die gewohnten Reihen. Trenck stieg zu Roß.
»Leute! Wer ist Ankläger?«
»Wir alle, Feldherr!«
»Ich will nur einen hören. Wählt den Unzufriedensten, nennt ihn, der am lautesten geschmält hat – und er trete vor!«
Es trat vor: der Pandur Ferdo aus Poldsdorf, Ferdinand Brunnschmidt.
»Gut«, sagte Trenck, »du wirst für alle sprechen. Knie nieder neben den armen Sünder und bete mit ihm!«
Trenck, zu Roß, hatte den Hut abgetan, bekreuzigte sich – erst griechisch, dann katholisch – und betete vor: »Vater unser, der du bist im Himmel...«
Das Karree kniete und betete. Inmitten der Harambascha

der Bäcker, neben ihm der Harambascha der Aufrührer – und vor beiden zu Rosse Trenck.
Nach dem Gebet bekreuzigte sich Trenck und sprach: »Ihr sagt, der Bäcker verdiene zu sterben für schimmelig Brot. – Ich aber sage euch: Ein Toter bäckt gar kein Brot mehr. Schimmelig Brot ist besser als gar kein Brot. Harambascha der Bäcker! Deine Todesangst war Sühne genug. Erhebe dich, Harambascha der Bäcker, und steh stramm! – Hier aber ist einer«, sagte Trenck und zeigte auf den Wortführer des Haufens, Ferdo aus Poldsdorf, »hier ist einer, der euch in Meuterei getrieben hat; in Ungehorsam gegen euern Feldherrn, die schrecklichste Sünde vor dem Gott der Heerscharen. Meuterei im Feld verdient den Tod. – Harambascha der Bäcker! Enthaupte ihn!«
Ferdo aus Poldsdorf neigte ergeben den Kopf – und der Bäcker führte, zitternd noch, den Streich. Ferdos Rumpf fiel vornüber, Ferdos Kopf rollt in den Donausand.

Obrist Trenck lag in Eisen, und der Hofkriegsrat zu Wien machte ihm den Prozeß. Was alles warf man ihm vor: Brandstiftung und Brandschatzung, willkürliche Hinrichtungen, Raub von Kirchengut.
Willkürliche Hinrichtungen – du meine Güte: was wußten die Exzellenzen des Hofkriegsrates viel, wie man Zucht hält unter Räubern!
Sie haben Trenck verurteilt.
Die Kaiserin begnadigte ihn zu ewiger Haft auf dem Spielberg, Brünn.
Dort hat er an seinen Wunden gelitten und hat gebetet.
Seine Panduren aber sind, Jahre später, 10. Oktober 1757, unter dem Grafen Hadik nach Berlin gestürmt: 900 deutsche Infanteristen, 2100 Slavoniter, 1000 deutsche

Reiter, 1100 Husaren, 6 Feldkanonen. Friedrich der Große stand in Leipzig.
Graf Hadik pochte ans Schlesische Tor von Berlin und forderte binnen einer Stunde 300.000 Taler und zwölf Paar Handschuhe für Maria Theresia.
Als er sie nicht gleich erhielt, schlug er das Tor ein und wollte die Spreebrücke besetzen. Man hatte sie an Ketten hochgezogen: der dritte Schuß eines Dreipfünders zerschmetterte die Ketten. Binnen acht Stunden hatte Graf Hadik 235.000 Taler; unterwegs sammelte er noch 300.000 ein. Mit Verlust von zehn Mann und vier Pferden kam Graf Hadik von seinem Streifzug; überreichte der Kaiserin galant die Handschuhe – und sie ihm das Großkreuz des Theresienordens, 6000 Dukaten und die Besitzverschreibung der Herrschaft Walpo. Die Panduren bekamen als Beuteanteil 25.000 Taler; Poldsdorf ist reich daran geworden.

Obrist Franz Freiherr von der Trenck aber war, nach vier Jahren Haft auf dem Spielberg, jung, noch keine fünfzig, doch fromm, gestorben. In seinem letzten Willen hatte er die Franziskaner von Mirkowo bedacht und die Einwohner von Cham, der bayerischen Stadt, aus der er sich sein Schwabenkatherl geholt hatte – sonst aber war die Stadt von den Panduren ausgestöbert worden und zu Ruß und Grus verbrannt.
In Brünn bei den Franziskanern, im Kleid des Ordens, in Ketten hat er sich begraben lassen: Franz Freiherr von der Trenck, Pandur.

Sein Geschlecht ist hierzuland erloschen.
Erloschen? Nun, man wird ja hören…

11

Der Guardian von Mirkowo verwahrt einen spassigen Brief; wer will, kann sich ihn abschreiben – der Guardian erlaubt es gern (schon um Mirko, den Gutsherrn zu ärgern) und hilft einem noch. Die Schrift ist nämlich altertümlich, kraus und gelb und gar nicht leicht zu entziffern. Gerichtet ist der Brief, sagt der Guardian, an einen seiner Vorgänger im Amt; er lautet:

»Hochwürdiger, lieber Pater,
diese Botschaft schickt ihnen von Paris am 16. Germinal des Jahres II Reb Hersch aus Essegg, was Sie haben getauft im Kloster Mirkowo auf Antonius de Padua Hirsch, aber getauft oder nicht, bleib ich Reb Hersch Essegg, denn warum, kann man machen mit Wasser aus ein Hirsch eine Nachtigall, so bin ich, was ich war.
Schreiben tu ich Ihnen, damit die Herren Barone auf Slavonien wissen, was aus ihnen wird in ein Jahr, denn warum, in ganz Europa, in der Welt wird sein in ein Jahr Revolution wie hier, wo heute hat lassen guillotinieren Robespierre den Danton, wird morgen wieder lassen, weiß ich, wer, guillotinieren Robespierre und St. Just.
Ich war Jude, Handelsmann in Essegg, hab gehabt für fünf Dukaten und etwas Douceur den gelben Zettel von Exzellenz General Guadagni, daß ich darf ungestört domizilieren und mein Handel treiben, hab ich gelaßt Kohlen brennen auf Halbscheid im Trenckischen Wald mit dreizehn Leute. Dreizehn Arbeiter hab ich gehabt, und ich hab verkauft meine Kohlen die Schmiede. Ein schwarz Geschäft, aber ruhig. Denn warum, der Waldbereiter war jubilierter Korporal, hat gesoffen, wenn ich ihm hab gegeben, hat er nicht gesehen, ob ich brenn Grünholz oder

Fallholz, Eiche, Nuß, Esche, Ahorn und Birke, das war verboten, nur Buche war erlaubt, von Windbrüche. Die Arbeiter waren alt ruhige Leut; haben nichts gewüßt von Uhr, von Betten, aber geschaut haben sie, daß meine Meiler nicht ersticken und reißen und sich setzen, hab ich gehabt mein mühsam Leben die Woche auf die Dörfer mit die Schmiede, und Sabbathabend und Sabbath und Sonntag bin ich gewesen zu Haus in Essegg bei meine Kinder und hab gelesen behaglich meine Bücher.

Meine Kinder aber waren fünf, das Sechst hätt sollen kommen, alle von ein Weib, ein sehr ein brav schön Weib, Täubele. Alles verdank ich Täubele. Sie ist gewesen bitten für mich bei Exzellenz General Guadagni, wie ich nicht hab können bekommen den gelben Zettel zum Domizil, sie hat durchgesetzt, und sie ist gewesen bitten um die Köhlerei bei Herrn Baron Trenck, hat sie auch durchgesetzt. Gleich nach mein Unglück ist sie gestorben, ist gegangen in Wasser.

Mein Unglück aber war den zweiten Abend nach unserm jüdischen Fest Laubhütten, Georgi im Christlichen Kalender, 1742.

Ist gewesen bei Trenckische Panduren ein Bürschel von siebzehn oder, weiß ich, achtzehn, Iwo Mirkowitsch, hat sich geheißen Baron und Hauptmann, haben die ältesten Panduren ihm müssen gehorchen, warum, weil er war Hauptmann, das Bürschel, und warum war er Hauptmann, wegen Tapferkeit, nein, aus Schlesien ist er doch weggelaufen, gelaufen bis nach Haus, nach Mirkowo, sondern unehelicher Sohn war er vom alten Broder Obristen Trenck, tragt ja im Gesicht das Trenckische Wappen: die Geiernas und Brauen wie ein Auerhahn, so eine Nas und solche Brauen hat kein andrer Mensch als wie ein Trenck, und in der Matrikel steht Baron nur, weil der Baron

Trenck dem Guardian hat anbefohlen, daß er muß schreiben Baron. Also Baron von Trencks Gnaden und Mirkowitsch von der Hure, die hat doch überhaupt nur zum Schein den alten Mirkowitsch geheirat, wie sie schon hochschwanger war von Trenck, das ist der Stammbaum der Familie Mirkowitsch, im Schild haben sie vielleicht einen goldnen Strick und eine silberne Waschschüssel, er soll ein kaiserlich Diplom vorweisen, wenn er kann.

Heut bin ich 75, ich sag nicht bis 100, denn was soll mir das Leben, Täubele is gangen in Wasser, alle meine Kinder sein tot, und die Kindskinder sind mir fremd. Damals war ich 25, hab gehabt ein lang schönen Bart, wie wir Juden, nur sehr lang, hat man mich geheißen: Reb Hersch im Bart.

War ich gewesen mit Ware auf die Dörfer bei die Schmiede seit gestern nacht, war ein Donnerstag, ich müde von der ganzen Woche. Komm ich in das Wirtshaus Poldsdorf, setz mich an Tisch und eß, was ich mir hab mitgebracht an Brot und Eier, denn warum, in eim Wirtshaus darf doch ein frommer Jud nicht essen, ich war fromm.

Schon wie ich anfang zu essen, kommen mit groß Geschrei herein vier Offiziere von Trenck, drei besoffen, sie werden wieder hinaus in Krieg, es ist Krieg in Bayern.

Setzen sich nieder am andern Tisch und saufen und singen, mich haben sie wollen schimpfen und hinausjagen, aber Laudon hat gesagt, laßts ihn in Ruh, er ist ein armer Mensch, nicht vier gegen Einen.

Muß ich sein eingeschlafen vor Müdigkeit bei allem Lärm, eingeschlafen gelehnt am Tisch, und der Bart ist gewesen breitlang vor mein Gesicht.

Erwach ich plötzlich von einem höllischen Gelächter, hör ich Laudon sagen, was habts ihr getan, das war nicht schön, schlag ich die Augen auf.

Gleich hätt ich mögen aufspringen, aber das kalte Entsetzen hat mich nicht gelaßt, denn warum, das Bürschel Baron Mirkowitsch ist grad gehupft von mein Tisch, hat sich zugeknöpft die Hosen, vor meine Augen auf mein Bart war die Schande, während ich hab geschlafen, hat er mir, mit Verlaub, auf mein Bart hofiert.
Ich bin endlich hoch und hinaus an Brunnen, hinter mir die Barone haben sich zerrissen vor Gelächter, nur Laudon hat gesagt: was habts ihr getan, es war nicht schön.
Ich bin an Brunnen, aber abwaschen hab ich's nicht können, und wenn ich hätt gewaschen sieben Jahr, hat die Schande geklebt in mein Bart.
Ich hab nie mehr können essen vor Ekel, nie mehr hab ich meine Kinder geküßt, nie mehr, warum, der Ekel hat geklebt in mein Bart. Täubele ist gangen in Wasser.
Wenn ich hab wollen anheben zu reden mit ein Bauern, hat er mir gesehn auf mein Bart und hat gelacht.
Wenn ich hab geredet mit ernste Menschen, bin ich verstummt, weil ich hab gemeint, sie schaun auf mein Bart und lachen.
Hab ich meine Kinder verstoßen zu Verwandte, bin ich fort aus Essegg in mein Poldsdorfer Wald zu die Köhler, hab mir mein Bart abgeschnitten. Ist der Ekel gewesen vor mein Mund, ich hab ihn gesehn. Den Mund hab ich mir nicht können abschneiden, die Augen nicht ausstechen.
Ist der Älteste von unsrer Essegger Gemein zu mir kommen in Poldsdorfer Wald, hat gesagt: Reb Hersch, was grämt ihr euch. Keiner von unsre Leut wird handeln mit dem Bürschel Mirkowitsch, wird sein Hafer verdumpfen und sein Vieh krepieren, niemand wird ihm kein Korn Getreid abkaufen, niemand keine krepierte Haut, so wahr ich leben und sterben will in Frieden, hat das Bürschel sein Straf.

Indem der Ältester noch redt, hab ich gemeint, er seht auf mein Bart und lacht. Wo er doch hat geredt von Sterben, da lacht man nicht, und ich hab doch gar kein Bart mehr gehabt.
Hier war nicht möglich zu leben, wo die Leut wissen.
Hab ich Kohlenmeiler gelaßt sein Meiler und bin in die Welt.
Eh daß ich aber bin in die Welt, haben mir müssen schwören die Ältesten von der Essegger Gemein: daß sie wirklich nicht werden abkaufen dem Bürschel Mirkowitsch kein Korn Getreid, kein Horn, kein Häut, so wahr sie wollen gesund sein bis an ihr End und sterben in Frieden.
Haben sie mir gelobt auf die Bücher. Ist mir auch ganz gut gangen in der Welt, auf Wien, ich bin nicht dumm, hab ich gekönnt verdienen. Verdienen ja. Nur nicht vergessen.
Es hat mich in der Welt nicht gelassen, Herr Guardian. Warum, weil ich hab mir müssen denken, du schindst dich, und jener ist glücklich, was dir hat auf den Bart hofiert.
Hab ich mir ein Pistol gekauft und bin zurück.
Ich hab nicht brauchen lang warten. Der bayerische Krieg war noch nicht vorbei, aber das Bürschel ist schon wieder gewesen heimgeloffen aus dem Feld. Wie ich geh bei Poldsdorf, kommt mir auf der Straß entgegen ein braunfleckiger Hund, hab ich doch gewußt am Hund, das Bürschel ist nicht weit, hab ich mich hingestellt mit der gespannten Pistol in der rechten Hand und dem Mantel ein Stückerl darüber.
Auf das schreitet auch schon das Bürschel, pfeift sich und lacht. Kommt so nah an mir, daß ich ihn hätt können fassen mit die Hände.
Daß er hat gelacht, hat mich gebrannt zum Wüten. Ob er mich erkennt oder nicht, ohne Bart, darf er nicht lachen.
Hab die Pistole gehoben.

Daß ich die Seele beladen tu mit Sünde, hat mir nichts verschlagen. Denn warum, laß mich es bereden mit Gott, Gott wird mir verzeihen, er weiß.
Aber schön ist der Baron gewesen, mit schön wildem Geschau und Brauen wie ein Auerhahn, groß und aufrecht, nicht wie einer, was ist immer aus dem Feld heimgeloffen, sondern wie ein Held hat er ausgesehn, hab ich mir gesagt, alter unnützer Jud, darfst du töten so ein schön gesunden Menschen.
Ich hab Geld gehabt erspart. Das Bürschel war schuldig auf alle Seiten, bei Christ und Juden. Auch bei Juden, denn warum, weil ich gewesen bin in der Fremde, ist bei die Alten das Gelöbnis in Vergessenheit gesunken, und Junge waren da und Neue in der Gegend, die haben nichts gehabt geschworen. Von sie alle hab ich die Schulden von dem Bürschel zusammengekauft in fünf, sechs Tag und hab ihm den Prozeß gemacht in Essegg beim hohen Gericht. Von seinem Boden hab ich ihn nicht können jagen. Aber den gelben Schein zum Domizil hab ich verloren, es war in Essegg schon ein andrer General.
Damals, hochwürdiger Guardian, daß Sie es nur wissen, ich sag es frei, hab ich mir gesagt: Ein Jud kann nicht recht behalten in Slavonien, bin ich gegangen mich taufen mit meine Kinder. Warum, mir hat mein Bart mehr gestunken, als wie mein Gott mir geduftet hat, vielleicht ist Weihrauch gut für meine Seele.
Zehn Jahre hab ich geführt Prozeß gegen Baron Mirkowitsch, ich hab kaum bestritten zu verdienen, was die Advokaten gekostet haben. Hab trocken Brot gegessen, und zwei Advokaten haben gegessen Wild und Fisch.
Das war schon im Jahr 78 auf 79. War wieder Krieg. Mein Bürschel ist nicht mehr in Feld, er hat doch geheirat die Schwabenkatherl, von sein leiblichen Bruder Panduren-

trenck die Geliebte, ist er Familienvater, er fühlt sich mit 54 schon zu alt für'n Krieg, aber ich mit 62 war jung und bin hinaus, liefern für die Armee. Ich hab Depots aufgestellt in Mähren und Oberschlesien, hab dick verdient, daß meine Advokaten können lustig leben.
1784, wie die Armeen sind wieder ausmarschiert im Streit um die Schelde, hab ich übernommen 5481 Mann zu verpflegen von Slavonien bis Luxemburg.
Ist leider worden der Barrierentraktat geschlossen, hab ich alles wieder verloren.
Ich war voraus in Luxemburg, Herr Guardian. Jahre hab ich gebraucht, wieder abzustoßen, was ich zuviel hab gehabt eingekauft in Spekulation auf den Krieg, damit ich soll vermeintlich dem Bürschel die Schlinge können um den Hals legen auf seine alten Tag. Mich hat die Angst gewürgt, je älter er ist geworden, daß er mir stirbt ohne Züchtigung für mein beschissenen Bart.
Endlich, Herr Guardian! Ich bin in Paris. Bürger Samson arbeitet, der Scharfrichter. Achtzehn Guillotinen schneiden täglich die Gurgeln von Chevaliers und Barone.
Gestern hab ich gesehen hinrichten auf der Place de la Bastille einen Trenck. Nicht unsern Panduren Franz, der ist schon lang verreckt im Kerker, sondern Friedrich, seinen Vetter. Es ist eine hübsche Arbeit gewesen von Bürger Samson, warum, der Herr Baron Trenck war sieben Fuß, und das Brett nur sechsthalb, haben die Knechte müssen schnallen den Baron erst über die Knie, daß er hineinpaßt. Sein wild Geschau hat geleuchtet wie ein Blitz, ist wie ein Blitz erloschen.
Heute hat mich empfangen Bürger Robespierre, Präsident des Direktoriums der Republik, und hat mich ernannt, mich Bürger Antoine Hirsch, zum Bürgerkommissar der Illyrischen Provinzen.

Noch weht die glorreiche Tricolore nicht über Illyrien. Aber in sechs Monate, so Gott will, ist die Revolution nach Mailand, Venedig getragen, und wenn sich meine Glieder noch regen, ich bin 77, mach ich in ein Jahr mit Bürger Samson Ordnung unter die slavonische Barone.
Es sein doch alles Panduren, Räuber. Ist denn ein Baron im Land, dem Franz Trenck nicht hat Hörner aufgesetzt, Grafen haben ihm ihre Weiber und Töchter zugeführt, und die Baronessen sein selbst zu ihm gesprungen, dem schönen Mann. Mit die Panduren wird Bürger Samson verfahren nach dem Räuberpatent.
Das, Herr Guardian, geb ich Ihnen zu wissen, damit sich die Herrn Barone können beizeiten vorbereiten auf Samson, ich werde sie nicht viel warten lassen.
Ihnen aber, Herr Guardian, bin und bleibe ich dankbar für jedes gute Wort, was Sie haben verschwendet an

Antonius de Padua,
Reb Hersch aus Essegg.«

So lautet der Brief und nicht anders.
Es haben sich ihn viele abgeschrieben in Mirkowo – der Guardian erlaubt es, weil er in Fehde liegt mit Mirkowitsch. Da haben manche aus bösem Willen allerhand hinzugesetzt oder auch weggelassen.
Sind ganze Legenden entstanden um den Brief. – Dies aber ist er wirklich.

12

Das Kloster der Franziskaner, dicht am Schloß Mirkowo, besteht alles in allem aus einem Haus mit sieben Zimmern – davon ist eins etwas größer und heißt Refektorium.
Und ob das Haus überhaupt ein Kloster ist oder nur Pfarre, der Kleriker darin ein Guardian oder einfacher Frater – darum eben dreht sich der hundertjährige Streit.
Wirklich: der hundertjährige. Es hat nämlich schon Kaiser Joseph das Kloster säkularisiert. Die Brüder Franziskaner aber wollten die Aufhebung nicht wahrhaben und appellierten in Wien. Ist nach Jahren eine Hofkommission erschienen und hat den Franziskanern recht gegeben, auf Grund eines Reskriptes von anno Schnee.
Sagt der Gutsherr, Baron Mirkowitsch: Gewiß, die Hofkommission hat für die Franziskaner entschieden – sie ist damals aber irregeführt worden; das Reskript hat sich gar nicht auf das katholische Kloster Mirkowo bezogen, sondern auf ein griechisch-orthodoxes, das aber ist längst ausgestorben, eingegangen.
Der Prozeß schwebt – schwebt von jeher – bei kanonischen und staatlichen Behörden. Einmal bekommen die Franziskaner die Oberhand – dann jubelt der Guardian, und die Familie Mirkowitsch widerspricht: Der Papst ist da nicht maßgebend, wir haben eine Landesregierung – wir rekurrieren nicht einmal, das römische Urteil ist eo ipso null und nichtig. Trumpft der Guardian auf: Ha, die Appellationsfrist ist unbenutzt abgelaufen – folglich ist das Urteil in Kraft.
Der Prozeß schwebt – kein Teufel kennt sich aus.
Die Barone Mirkowitsch aber, zu Mirkowo, sind vom Prozessieren nicht dick geworden; arme Hunde wie eh und je.

13

So ließe sich aus der Geschichte erzählen – immerzu erzählen, tausend und eine Nacht.
Es gibt hier längst keinen mehr des Namens Trenck.
Sein Blut aber lebt fort, sein Geist, sein Same, in Schloß und Dorf; beherrscht – nebst Jupiter Pluvius – von jeher die Landschaft.
Äußerlich sichtbar geboten und gebieten zwei Familien: die Sokoly – und, im Abstand von ihnen, die Mirkowitsch. Dann ist noch der Guardian – es sind da die Poldsdorfer Bauern. Die Vier sind und waren immer: Sokoly – Mirkowitsch – der Guardian – die Bauern von Poldsdorf.
Gleichgültig, wie Graf Sokoly jeweils mit Taufnamen hieß im Lauf der Jahrzehnte und Jahrhunderte oder wie Baron Mirkowitsch hieß oder der Pfarrer: ein Geschlecht glich aufs Haar dem nächsten. Man unterscheidet ja auch die Äpfel nicht – es heißt nicht einer ›Kaspar Apfel‹ und sein Nachbar heißt ›Johann‹; sondern der Baum läßt Knospen schwellen im März, blüht im April, setzt im Mai kleine Früchte an, die Früchte röten sich, reifen, und im Oktober fallen sie ab. Jahrs darauf gibt es wiederum Knospen zu ihrer Zeit, Blüten, Früchte, sie röten sich zu ihrer Zeit und reifen. Und wenn ein Graf Sokoly zwanzig Jahr alt war, trieb er es genau, wie sein Vater es getrieben hatte mit zwanzig – und jeder Baron Mirkowitsch fing nach Antritt der Herrschaft Streit an mit seinem Pfarrer und raufte sich mit ihm, bis er siebzig wurde; versöhnte sich mit Gott und Kirche, empfing die letzte Ölung und starb.
Immer wieder kam ein neuer Pfarrer, harmlos, schlank und fromm, nach Mirkowo – wurde, ohne recht zu wollen, uneins mit dem Gutsherrn; es fiel ein gereiztes Wort – der Pfarrer ließ es sich nicht bieten – nach ein paar Jährchen

war der Krach da – Justament im Schloß – und eine Stinkwut beim dicken, schlagflüssigen Pfarrer.
Die Bauern von Poldsdorf? Bauern sind eine wimmelnde Herde; die gedeihen, mehren sich und kommen um wie das liebe Vieh – ewig die gleichen, dieselben.
Wie sie auch einzeln nacheinander hießen – die Sokoly, die Mirkowitsch, die Pfarrer – sie waren immer die gleichen; dieselben.

14

Es steht geschrieben in der Weltgeschichte, daß sich die Sokoly »früh dem erbländischen Adel anglichen«. Sehr vornehme Familie. Ihre Söhne gingen ins Wiener Theresianum, wurden hohe Beamte, Offiziere. Ein Sokoly war zu Napoleons Zeiten General und Regimentsinhaber; seine Töchter heirateten in gute deutsche Häuser – eine wurde Sternkreuzdame und Hofdame der Kaiserin; von den Söhnen war der ältere Husar, der andre war Kürassier in Vaters Regiment. Warum nicht auch der ältere in Vaters Regiment gedient hat, weiß man nicht mehr; wahrscheinlich hat er sich mit dem Vater nicht vertragen – ist bei den Sokoly immer so gewesen.
Beide aber, Husar und Kürassier, waren berühmte Raufer.
Muß eine erregte Zeit gewesen sein in der Armee – die Jahre nach Napoleons Sturz. Es gibt noch Leute, die haben als Knaben die Großeltern davon erzählen hören. Hierzulande, wo so wenig vorgeht – ein Tag fließt wie der andre – da hält sich das Gedächtnis gerade an die Kinderzeit frisch, und Erinnerung überdauert die Geschlechter.

Man muß solch einen Steinadler von Greis einmal bei guter Laune antreffen; dann weiß er allerhand.

Napoleon besichtigte auf der Lobau seine Garde. Da fiel ihm ein weißhaariger Hauptmann auf.
»Mon capitaine«, sprach er, »wie kommt es, daß Sie in Ihren Jahren eine so niedrige Stellung bekleiden?«
»Sire, ich hatte eben immer Unglück.«
»Reichen Sie um Ihre Pensionierung ein«, sprach der Kaiser. »Ich kann Menschen, die Unglück haben, in meinen Reihen nicht brauchen.«
Dieser Geist hatte auf das österreichische Heer übergegriffen. Das Kriegerleben war eine Hasardpartie geworden – man gewann und verspielte sein Schicksal. Die Abenteurer aller Erdteile fanden sich in der Armee zusammen – Fürsten und Libertiner. Da gab es Leute, die hatten hundertdreißig Schlachten und Gefechte mitgemacht, vierundzwanzig Pferde unter dem Leib verloren – wie General Sokoly – Leute, die es von der Pike bis zum Marschallstab gebracht hatten, und andre waren verbitterte Subalterne blieben.
Nun war nach der Absetzung Napoleons eine lange, eine endlose Friedenszeit über Europa gekommen – für den Ehrgeiz der Tausende ohnmächtige Enttäuschung, für die Streber ein grausamer Halt, und die Erfolglosen waren verzweifelt.
Die österreichischen Regimenter hatten dazumal das Inhaberavancement; das heißt: der Oberstinhaber, hochadliger Herr, durfte die Offiziersstellen seines Truppenkörpers nach Gutdünken besetzen. Der Krieg hatte Hunderte von jungen Grafen auf Adjutantenposten gelockt, in Ordonanzdienste. Bei Friedensschluß löste man die Stabsquartiere auf – und all die verwöhnten jungen Her-

ren fluteten nun zurück in die Garnisonen, fanden durch Fürsprache von Tanten und Basen Unterkommen bei der Truppe. In den Regimentern stockte die Beförderung schon des Friedens wegen – da sah man die Eindringlinge um so scheeler an. Es wurde Ton, daß sich jeder ins Regiment Eingeschobene mit allen rangjüngeren Offizieren schlagen mußte; denn er hatte sie in der Rangnummer geschädigt.
Und die Duelle wurden blutiger jeden Tag. Nicht nur die Gegner kämpften, bis einer dalag oder beide – die Sekundanten setzten die Partie fort.
Der Husar Sokoly soll der beste Tänzer gewesen sein auf dem Wiener Kongreß und kam in der Leute Mund als Herzensbrecher. Er geriet in Händel wegen einer Hannoverschen Prinzeß. Mitten im Menuett führte er sie zurück auf ihren Platz. Als man ihn zur Rede stellte, sagte er: er fühle sich zu schwach, die gewaltige Prinzeß von der Stelle zu bewegen – und selber tue sie es nicht. Die Hannoveraner wollten dies harte Urteil auf ihrer Prinzeß nicht sitzen lassen und forderten den Husaren. Sie, als Beleidigte, hatten die Wahl der Waffen und bestimmten: sechs Kugeln und Fortsetzung »mit beihabender Klinge«. Die Hannoveraner führten die langen Degen – der Husar seinen Krummsäbel. Die drei Hannoveraner bekamen Kugeln ins Gekröse; doch eh sie starben, stachen sie die Husaren ab. Beide Gegner und vier Sekundanten, alle sechs liegen auf dem Wiener Militärfriedhof in einem Grab.

Dieser schreckliche Fall war es, der den Kaiser Franz so sehr erregte. Er befahl: die Krakeeler rücksichtslos in die Provinz zu schicken – mochten sie auch noch so gute Namen tragen.
Sokoly, der Kürassier, wollte den Tod seines Bruders rä-

chen, des Husaren. Vielmehr: am Tod des Bruders lag dem Kürassier wahrscheinlich nichts, er wurde ja nun Erbe; aber, ein Raufhans mit Brauen wie ein Auerhahn, wollte der Kürassier nicht dulden, daß jemand über einen Sokoly triumphierte: so machte er es kurz und provozierte, damit es in einem ging, die Herren der Hannoverschen Gesandtschaft, insgesamt ihrer neunzehn.
Kaiser Franz fuhr böse drein; erklärte die neunzehn Forderungen für null und nichtig und verbannte den Kürassier nach Gospitsch. Gospitsch liegt in der Obern Militärgrenze, im ödesten Karst – und das einzige Wahrzeichen der Zivilisation dort ist auf dem Markt »die große Uhr«.
Kam der Raufer, der Kürassier Sokoly, des Abends dort an in dem einsamfinstern Nest, setzte sich in die elende Schenke und würgte an seinem Grimm.
Drüben in der andern Ecke des Wirtszimmers hockte ein alter mürrischer Kerl mit aufgeknöpftem Grenzerrock; rauchte seine Pfeife, starrte in die Kerzenflamme und trank einen Schoppen Wein.
»Ah«, dachte sich der Kürassier, »sicherlich mein neuer Hauptmann.« – Und in seiner ungestümen Verachtung erhob er sich, schritt durchs Zimmer auf den einsamen Zecher zu und stippte ihm die Asche der Zigarre auf den Glatzkopf.
Dann ging er auf seinen Platz, als wäre nichts geschehen, der Kürassier.
Und der Alte drüben blieb stumm sitzen, als wäre nichts geschehen.
Der Kürassier lachte hitzig vor sich. Da war er ja in ein prächtiges Korps geraten: sie lassen sich Zigarrenasche auf den Kopf streuen und mucken nicht.
Der Alte drüben hatte ausgeraucht, stand schwerfällig auf, kam schwerfällig daher, mit der kalten Pfeife in der

Hand, und goß langsam die Pfeife aus – dem Kürassier grade auf den Kopf.

Sokoly schnellte auf, wie von der tollen Kuh gebissen.

»Herr«, brüllte er, »was unterstehen Sie sich?«

»Nun, nun«, sagte gütig der Hauptmann, »ich dachte, Bruudär, er koommet aus Wien und ist mein Leutnant. Ich dachte, ich armär Hauptmann von der Grenze – wo er mir frühär hat Zigarränasche auf den Kopf gestreuet – es wird Mode sein in Wien – ich wollte von ihm lernen.«

Sokoly bebte vor Zorn.

»Da!« schrie er und drückte dem Hauptmann die Kerze in die Hand. Klirrte durch das Zimmer an die andre Wand, legte die Pistole an und blies mit einer Kugel die Kerzenflamme aus.

»So, Herr Hauptmann! Jetzt wissen Sie, mit wem Sie zu tun haben. Sie werden mir auf der Stelle Genugtuung geben für die Beleidigung. Auf der Stelle!«

»Aabär gern, Herr Bruudär!« Der Hauptmann zündete die Kerze ruhig wieder an und reichte sie dem Grafen. »Ich weerde Ihnen Genugtuung gebän. Aber Sie haben schon einmal geschossän – jetzt komme ich. Borgän Sie mir die andre Pistole und stehen Sie still!«

Schwerfällig schritt der Hauptmann hinüber; und legte auf die Kerze des Grafen an.

Er zielte umständlich – suchend – immer wieder anders – und der alte Arm wackelte im Zickzack.

Sokoly erbleichte. »Herr Hauptmann«, sagte er, »Sie können ja gar nicht Pistole schießen.«

»Kann ich freilich nicht«, antwortete der Hauptmann lächelnd. »Wir an der Grenze duellierän nicht; ich will es jetzt erst lernän.«

Der Kürassier sank zähneklappernd auf die Bank.

Der Hauptmann zahlte seinen Schoppen und ging.

Am nächsten Morgen meldete sich der Kürassier Sokoly gehorsamst zum Dienst in der Grenzerkompagnie.

15

General Sokoly hat das alte hölzerne Kastell Sokolowo eingerissen und ein neues Schloß gebaut, von Stein. Es soll ganz nach dem Muster von Trianon gehalten sein, auch in den Maßen.
Dicht am Schloß aber, nur durch einen Streif Rasen getrennt, steht auf jeder Seite ein Empirehaus; sehr hübsche Fassaden. Es wohnen jetzt die Beamten drin. – Diese zwei Häuser am Schloß waren zu Generals Zeiten ein Heerlager von Kürassieren – alles Veteranen der Schlacht bei Leipzig. Der General war doch Regimentsinhaber gewesen; in seiner schrankenlosen Noblesse wollt er seine Offiziere samt und sonders lebenslang versorgen.
Nun aber war der älteste Sohn, der Husar, zu Wien im Zweikampf gefallen. Der Jüngere, der Kürassier, war somit Majoresco; hatte in Gospitsch bei den Grenzern üble Erfahrungen gemacht und das Militär satt bis an die Krawatte.
Er nahm Abschied von den Soldaten, der Jüngere, kam heim, setzte den Vater alsbald unter Kuratel, wegen Verschwendung; hat die versoffenen Leipziger Veteranen hinausgeschmissen und seinen Vater in eins der Empirehäuser getan, das vordere. Viele Jahre hat der Vater keine Silbe mit dem Sohn geredet, immer nur infernalisch geflucht, in dreizehn Sprachen. In dem Haus ist er dann gestorben, und sein letztes Wort war: Porca Donna scrofulosa.

Der Kürassier Sokoly war nach aller Beschreibung: hochgewachsen, gertenschlank, schwarz, mit buckliger Nase, Feueraugen und Brauen wie ein Auerhahn.
Noch zu Vaters Lebzeiten ließ er hinter die beiden Empirehäuser zwei neue bauen – alle vier mußten haargenau gleich sein, haargenau – und niemand wußte, warum.
Er hat später vier Mätressen hineingesetzt – und so viel Wert auf Gleichheit der Häuser hatte er gelegt, damit keine Eifersucht sei unter den Frauen. Eine ist dennoch aufsässig worden: sie habe, wo sie weiter von der Straße im Park wohne, die geringere Aussicht. Hat der junge Sokoly sie alsogleich ganz auf die Straße gesetzt, damit sie sich besser umsehen kann, und hat sich statt ihrer eine Neue angeschafft, Bürgerstochter aus Essegg. Huit, wie waren die vier von nun an still! Wohnten bis an ihr Ende friedlich in den vier Häusern – auch nach ihres Herrn Tode – das hatte der Verstorbene im Testament ausdrücklich angeordnet. Die Jüngste, die Esseggerin, hat Rathsamer geheißen; mit Taufnamen Meta; die nächstältere Fanni Gunt. Im Schloß hängen ihre Bilder. Eben jetzt ist ein Rathsamer gräflich Sokolyscher Rentmeister – und der Sekretär ein Gunt; große Herrschaften machen sich die Untertanen selbst.

Und heute noch bilden sich die Bäuerinnen auf den Dörfern ein, jeder Sokoly dürfe vier Frauen haben wie ein Türke.
Eine Volksmeinung, für deren Erhaltung die Sokoly übrigens seit Generationen gesorgt haben.
Einmal fragte sogar eine richtige Dame in Essegg den Grafen Albin, jawohl, unsern Albin, Herrn auf Sokolowo, ob es wahr ist – das mit den vier Frauen – sie hatte es von ihrem Dienstmädchen gehört. Antwortete Albin, völlig

ernst: »Gewiß. Wußten Sie das nicht? Es steht doch im Koran. Und einer meiner Ahnen ist Großwesir gewesen – da ist das Vorrecht in der Familie geblieben.«

16

Die Poldsdorfer, ihre Nachbarn, machten den Sokoly immer viel zu schaffen.

Die Siedelung ist doch einst aus einem Regiment entstanden und einem Harem.

Es wachsen im ganzen Land nicht wieder Frauen, so schön, rotbackig wie die Poldsdorfer Äpfel, so gefallsüchtig und ... willig. Sie gehen immer geschminkt, selbst zum Kartoffelhacken.

Es waren nicht lauter Deutsche gewesen im deutschen Regiment, das vor Zeiten Poldsdorf erobert hat – auch Wallonen, Ungarn waren in dem Regiment, Welsche, Polen – weiß Gott, was sonst für Menschheit. Unter den Frauen wieder gab es katholisch, abtrünnig und jüdisch Volk, Walachinnen, Serbinnen und Schwarze.

Man redet jetzt meistens slavisch in Poldsdorf, wenig deutsch; aber vor nicht gar langer Zeit – um 1860 noch, sagen alte Leute, fand man in Poldsdorf Ehepaare, die schwatzten unter sich und mit ihren Kindern espagnol oder arabisch, und manche wußten nicht einmal, wie die Sprache ihrer Mutter hieß und woher sie stammte.

Und widerspenstig sind die Poldsdorfer von je gewesen: Ihr Dorf ist doch klein, gegen das Sokolysche Gebiet scharf abgegrenzt durch das Wasser; das rechte Ufer frei von Abgaben und Fronden, außer den kaiserlichen – das Poldsdorf links des Flusses ist altsokolysches Eigentum.

Wenn nun im adligen Poldsdorf ein Haus ausstarb, gleich setzte sich ein Sokolyscher Leibeigener hinein, sagte, er sei nun frei – und es bedurfte ziemlich vieler Prügel, um ihm die Rechtslage klarzumachen. Oder es heiratete ein freier Poldsdorfer nach links und beanspruchte Haus, Grund und Boden dort, die doch gräflich waren, ohne Zehnten und Fron für sich. Gewildert haben die Poldsdorfer alle, links und rechts. In dürren Jahren unterstützten die Sokoly ihre Untertanen; murrten die freien Poldsdorfer und verlangten desgleichen. Wirklich hat ihnen vor Zeiten General Sokoly aus Gutmütigkeit das Weiderecht im Sauspitz eingeräumt, als stets widerrufliches Geschenk. Und damit die herrschaftlichen Besitztitel nicht verjähren, pflegt man das Weiderecht alle neunundzwanzig Jahre für einen Sommer einzustellen. Man kann an den Fingern abzählen, wie oft die Poldsdorfer sind mit bewaffneter Hand wider Ordnung und Herrschaft aufgestanden; wieviel Sokolysche Förster sind umgebracht worden; wieviel Poldsdorfer am Galgen endeten: immer einer hüben, einer drüben alle neunundzwanzig Jahr.

Man zeigt in Poldsdorf noch die zwei Grenzsteine, wo man früher die ungehorsamen Bauern daraufgezogen hat, und sie versohlt hat. Zum Dank dafür stürmten, im wilden Jahr Achtundvierzig, die freien Poldsdorfer das gräfliche Wirtshaus und ließen den Sokolyschen Forstmeister barfuß auf den Flaschenscherben tanzen.

17

Man kann sagen: Im Jahr 1870 ist dies Land rechts der Drau entdeckt worden; von phönikischen Holzhändlern aus Wien.

Es kam zuerst einer und sah die Sokolyschen Wälder. Himmlischer Gott, was waren es Stämme! Man mußte sie mit Pulver sprengen, um sie in die Säge zu spannen. Wenn man eine Eiche aushöhlte, nur so zum Spaß, gab sie eine Laube ab, darin konnten vier Menschen am Tisch sitzen und Schnaps trinken – der Wirt hatte noch Raum, die Gäste kreisum zu bedienen.

»Der Herr Graf schlaft – der Wald wachst«, war eine Redensart hier. Nun, die Sokoly hatten Jahrhunderte geschlafen; der Wald war Jahrhunderte gewachsen.

Dem ersten Holzhändler folgten Scharen seinesgleichen. Das Waldgeschäft kam wie ein Fieber. Man spekulierte in zehntausend Joch Eichenwald, man kaufte unbesehene Schläge auf dem Papier, schob sie auf dem Papier weiter und hatte Millionen daran erschachert.

Die Gutsbesitzer hart an der Drau gaben ihre Wälder hin für ein Butterbrot; sie kannten ihren Wert nicht. Die Sokolyschen Wälder am Gebirge wog man mit Gold auf.

Die Forstmeister fuhren in Viererzügen; Verwalter hielten sich Zigeunerkapellen; Direktoren verschrieben sich Balletttruppen.

Aus unwegsamen Sümpfen, auf tiefbreiigen Pfaden schleiften Tausende von Büffeln, tausend Knechte die Stämme an die Sägen. Die Äxte schlugen, die Bäume krachten, die Sägen kreischten. Es brüllten die Knechte, es stöhnte das Vieh. Poldsdorf war auf den Beinen, verdiente und soff. Und über allem Wald rauchten Wolken von Schweiß, rauchten Schwaden der Brände: denn was da im Weg stand an Unterholz und Dickicht muß in Flammen aufgehen, damit die Königin des Waldes aufs Schafott komme: die schwere Eiche.

Die Äxte schlugen, die Bäume krachten, die Sägen kreischten; es brüllten die Knechte, es stöhnte das Vieh: furchtbare Carmagnole. Anton Hirsch, Holzhandlung, Wien und Essegg, gab den Takt an. – Ein Nachkomme von Reb Hirsch, Antonius de Padua? Er hat zehn Jahre sein geliebtes Frankreich mit Faßdauben versorgt.

In den gerodeten Waldgrund, schwarzüppige Erde, säte man Mais. Oh, man hat nicht viel geackert, nie gedüngt, Mais wuchs von selbst – wie Bambus, anderthalb Klafter hoch – wuchs unermüdlich, ein Menschenalter. Als wollte diese Erde in einem Menschenalter nachholen, was an Fruchtbarkeit sie Jahrhunderte versäumt hatte.

Die Sokoly hatten gar nicht Speicher genug, die goldnen Maiskörner zu bergen.

Damals ist Holz verbrannt, vermorscht – mehr Mais verfault, als Anton Hirsch und Albin Sokoly bei aller Emsigkeit verkaufen konnten.

Die Sokoly waren überaus reich: durch Heirat gehörte auch noch das halbe Trencksche ihnen, als Mitgift.

Die Sokoly, zwei Linien, hielten zwei Bezirke umklammert und gedrosselt mit Privilegien, Gerechtsamen, Zinsen und Pönen – die Städtchen und Dörfer. Sokolysch waren Nagel und Stein.

In siebzehn Gemeinden, eh man einen Nagel in die Wand schlug, eh ein Mädel nach einem Burschen schielte, fragten Vater und Mutter: »Was wird Seine Gnaden dazu sagen? Wird der Herr Graf nicht ungehalten sein?«

Denn Sokoly, Kürassiers Sohn, war rechts der Drau der Liebe Gott: gut und gerecht, doch unerbittlich im Zorn, dachte voraus – und voraus mußte man seine Wünsche

erfüllen, eh er sie gedacht hatte. Der Graf konnte lohnen wie ein Gott und strafen wie der Teufel.
Der Herr Graf war allmächtig. Ein Wort von ihm – und der Erzengel Gabriel war aus dem Dienst entlassen.
Und reich ist der Herr Graf – sagten dazumal die Leute – er könnte den Vollmond übergolden. Mit dem großen Rothschild könnt er Färbel spielen um Dukaten, Jahr um Jahr, und immerzu verlieren – er hätte zuletzt immer noch mehr als sie alle zusammen haben: der große Rothschild – die Bürgerschaft in den Sokolyschen Städtchen – die Bauern in den Sokolyschen Bezirken – die Kirchen – die Klöster – und die Barone Mirkowitsch – alle zusammen. So stellten sich's die Leute vor in Poldsdorf.

18

Alte Leute erinnern sich Sokolowos noch als eines Dorfes. Der große Platz vor dem Schloß war das halbe Jahr eine einzige Drecklache, wo man knietief einsank, wenn man die Bordsteine verfehlte – und sommers lag, wiederum knietief, der Staub. Den Hügel abwärts zog sich die Straße nach Essegg – nach Westen, in unbestimmter Breite lief der Weg gen Mirkowo. Rund um den Platz ein paar Lehmbaracken; Kirche – Schenke – Gemeindeamt – Gericht – Kauflädchen und bescheidene Wohnungen; alles wie zufällig hingesetzt, wo der Boden eben trocken war; und alles gräfliches Eigentum oder herrschaftliche Stiftung.
In den Jahren des großen Holzgeschäftes ist Sokolowo Kleinstadt worden. Da kam Geld ins Land – man wußte gar nicht, wohin damit. Die Holzwucherer fuhren im

Braus an und praßten. Sonntags strömten die Förster, die Bestellten, Direktoren, ins Städtchen und spielten und soffen. Handelsleute siedelten sich an – vielleicht hundert oder noch mehr Häuser sind damals entstanden – alles Backstein, richtig unterkellert, eine hübsche Kirche obenan – Gasthof – Bezirksamt. Sogar gepflastert ist der Markt worden.

Es kam der Krach – der Zauber war dahin – und alles blieb stehen, wie es eben gestanden hatte: das Schloß vornehm hinter dem Gitter – die vier Empirehäuser rechts und links im Park – und vorn die schläfrige Kleinstadt – mit Bürgern, die lange nicht merkten, daß sich die Zeiten geändert hatten – die lange nicht wußten, was sie nun mit sich beginnen sollten, und sich schließlich langelangsam nach neuem Erwerb umsahen: Getreide – Agentur – Versicherung ... in jeder Sparte fünf und zehn Mann – hätte einer vollauf gelangt.

Das Schloß Sokolowo selbst? Jede Generation hat daran geflickt und geändert. Einmal ist es auch ziemlich gründlich abgebrannt. Es hatte angeblich vorher Türmchen gehabt mit Kupferdächern; die erneuerte man nicht, seitdem ist alles unter Ziegeln.

Doch das Schloß ragt stolz in den alten Bäumen – dahinter wie ein riesiger Teppich hügelab dehnt sich der Rasen mit Springbrunn und Rabatten; erst wenn man Sokolowo von der Gartenseite sieht, straßabgewandt, wird man inne, welch schöner, sicherer, vornehmer Herrensitz da steht.

Die Enkel

19

Albin Sokoly, jetzt Majoratsherr, der große Blonde – man könnte ihn für einen Schweden halten. In seiner Jugend trat der Nordische an ihm noch mehr hervor. Er hat es von seiner Großmutter, die war eine Baltin.
Er ist auch sehr langsam gereift. Als sich Julius Sokoly, Albins jüngerer Bruder, nicht nur die Sporen verdient hatte, sondern saftige Hiebe – in mannigfachen Abenteuern – da rieb sich Albin noch tiefschläfrig seine himmelblauen Augen.
Man kann aber nicht sagen, daß Albin Beifall hatte beim Vater mit seiner ruhigen Art. Im Gegenteil; der alte Sokoly mochte den jüngeren, den ausgelassenen Sohn weit lieber.
Die beiden Brüder sind im Alter nicht sehr verschieden. Sie kamen auch zusammen auf das Gymnasium – und als Julius da nicht guttat, holte man sie auch zusammen wieder heraus und hielt ihnen einen Hofmeister, der bereitete sie für die Universität vor.
Die Matura haben sie in Essegg abgelegt, beide Brüder gleichzeitig. Julius erzählt sehr lustig von der Prüfung. Der Geographie-Pater fragte ihn um die fünf Weltteile. Julius – sein Hofmeister war ein Ungar gewesen – Julius antwortete ohne Zögern:
»Éwropa, Ázsia, Borneo, Schumatra, Cäläbäsch.«
»Das sind die fünf Weltteile?«
»Ja«, sagte Julius. – Da er also von fünf Fragen zwei richtig beantwortet hatte, bekam er die Note »sehr gut«.
Albin traf es besser. Er sollte die sieben Weisen des Altertums nennen und begann:

»Hosea, Joel, Amos, Obadja ...«
Der Pater unterbrach ihn rasch: »Wissen Sie was, Graf? Sagen Sie uns lieber die zwölf kleinen Propheten!«
So ergatterte Albin ein »vorzüglich«.

Sie haben dann beide Jura studiert, Albin und Julius. Der alte Sokoly wollte hoch hinaus mit seinen Söhnen.
Sie nahmen sich Zeit mit dem Ministerwerden.
In Poldsdorf, das doch zur Hälfte gräflich ist, wohnte eine Witwe, die hieß mit Zunamen Komossar oder ähnlich. Man nannte sie die Alte Katze, weil sie einmal Zwillinge geboren hatte. – Bei den Bauern ist es eine große Schande, Zwillinge zu gebären, man nennt solche Weiber Katzen. – Sie hatte an die fünf Joch Grund, also ziemlich viel für solche Leute, aber es ging ihr dennoch schlecht, denn ihre Söhne, eben die Zwillinge, waren gestorben, und sie mit ihrer Tochter allein konnte die Feldarbeit nicht bestreiten.
Damals waren die beiden Sokoly auf der Universität.
Na, mit der Juristerei strengte sich wenigstens Julius, der lustige, nicht sehr an. Die Universität hat er wohl überhaupt nie gesehen. Wenn man ihn von Sokolowo weg ins Semester schickte, fuhr er senkrecht nach Budapest, da ist es viel fescher. Und wenn er wieder nach Hause kam, sagte er jeden Abend nach dem Essen artig Gute Nacht, schloß seine Zimmertür, zündete seine Studierlampe an – und fort war er zum Fenster hinaus – husch in den Stall – und auf und davon zur Alten Katze.
Das war in Poldsdorf allgemein bekannt. – Die Tochter der Alten Katze hieß Zeza, Cäcilie. Der Dudelsackpfeifer sang im Wirtshaus: »Unsre Zeza kriegt einst gräfliche Kinder.« – Im Slavischen reimt sich das und klingt viel hübscher.

Julius Sokoly hatte an der Geschichte doppelten Spaß. Zeza war ein holdes Ding, an die fünfzehn – das Mädel hatte einen Mund wie ein Herz-As. Aber geradezu possierlich war, wie sich ihre Mutter benahm. In Poldsdorf lachten sie sich bucklig über sie. Oft machte sich irgendein Herr, zum Beispiel ein Beamter, den Witz und hielt bei der Katze um die Hand der Tochter an. Dann lächelte die Alte geschmeichelt und sagte: »Sie sind sehr gütig – aber meine Zeza ist schon vergeben, die wird Gutsherrin.« Die Alte bildete sich nämlich steif und fest ein, Julius werde das Mädel heiraten – weil er ihr einen Dukaten Angeld gegeben hatte, wie das bei den Bauern Sitte ist.
Zeza kam in die Hoffnung. Julius erfuhr das süße Geheimnis zunächst nicht – er studierte schon wieder in Wien, auf der Orientalischen Akademie, Diplomatenklasse. Und als Zeza richtig ihren Jungen kriegte, war Julius in Konstantinopel, bei der Botschaft als Attaché. Zeza unterfing sich nicht, ihm zu schreiben – die Alte Katze verstand gar nicht zu schreiben. Papa Sokoly mischte sich nicht ein. – Mama Sokoly war indigniert über die schmutzige Liaison ihres Herrn Sohnes und schwieg sich in ihren Briefen nach Konstantinopel gründlich aus. Albin Sokoly aber, Juliussens Bruder, war viel zu faul, den Bruder zu verständigen. Zeza in Poldsdorf wartete, schlug alle Bewerber aus, wartete geduldig, daß ihr schöner, lustiger Graf zurückkäme, um sie zu heiraten: er hatte ihr doch den Brautdukaten gegeben. Wartete gläubig und verblühte.
Erst viele Jahre später bekam Julius durch Zufall zu hören, daß er glücklicher Vater ist.

20

Das Leben in Kospel – man liest ja, es soll sich jetzt ganz anders anlassen, völlig europäisch; als Julius Attaché dort war, ging es wenig vergnügt zu.

Die Türkinnen waren tief verschleiert und bewacht – an die kam man nicht heran. Und die übrigen einheimischen Frauen hatten die türkischen Sitten angenommen. Julius litt sehr.

Was an Zerstreuung möglich war, kam vom Petit Club: der Club hatte einen privilegierten Kuppler, Muschu Soundso. – »Muschu« bedeutet: Monsieur. – Man gab Muschu seinen Auftrag, händigte ihm die Kaution ein, hundert türkische Pfund Gold – und er brachte einem für zwei, drei Stunden eine kleine Griechin. Wenn man das Kind aber nicht unbeschädigt zurücklieferte, verfiel die Kaution. – Das mag ja manchmal ganz nett sein; aber auf die Dauer? Mit achtundzwanzig Jahren hatte Julius genug von Bosporus und Dardanellen und kehrte heim.

Man kann sagen, daß Albin, der ältere, erst um die Zeit so recht erwachte.

Die beiden Brüder sind ohne Gewalt und großen Kampf fertig mit ihrem Vater worden. Die Drohung mit der Kuratel hat genügt: so ist Papa freiwillig ins Empirehaus gezogen, das historische Ausgeding der Sokoly.

Papa war aber auch nicht knurrig, im Gegenteil – nur schon recht stumpf. Er hat immer gesagt: »Ich bin eselsfroh, daß ich auf meine späten Tage Ruh hab von der Sauwirtschaft – und im übrigen soll mich die Welt inklusive meiner Herren Söhne zwerch in Asche legen.« – Ein heiterer, gemütlicher Herr, noch als schneeweißer, und trotz der angedrohten Kuratel mit der Familie auf dem besten Fuß, auch mit den Söhnen.

Er jagte – noch als Achtziger – fürs Leben gern. Das Jenseits stellte er sich vor als ungeheuern Sumpf mit vielem herrlichem Wassergeflügel – und der Gedanke an das schöne Waidwerk drüben, sagte er, mache ihm das Sterben leicht.

21

Albin übernahm das Gut. Er hätte nun können wie der Teufel dreinfahren, das Oberste zu unterst kehren – doch großes Getue war nicht seine Art. Das Uhrwerk, ob auch lange nicht gesäubert und geölt, ging schlecht und recht – da steckte er es mit lässiger Gebärde in die Tasche und ließ es weiterlaufen; hatte es dem Vater gut genug geschienen, will er nicht anspruchsvoller sein.

Nach der ungeheuern Eichenschlachtung da vor dreißig Jahren war Friede im Land. Der Wald hatte sich ins Gebirge zurückgezogen: wertlose, schwer zugängliche Buchenstände, die man nur mal anhieb, um des Winters den Ofen zu heizen. In der Ebene – ja, da und dort im Busch, an den Grenzen Sokolowos schnarchten noch etliche kleine Sägen, um nicht ganz stillzustehen, und arbeiteten Restchen auf; die großen Sägewerke waren längst verrostet und verfallen.
Das große Gut trieb Ackerwirtschaft. Frag nicht, wie: Riesige Flächen, Tafeln, jede ein Gut für sich, ließen sich den Pflug gutmütig gefallen; einen modernen Sackschon Pflug sogar. Sechs Ochsen schleppten ihn; ein Mann schritt mit »He – Bimbo« und »Hüh – Patko« voran – sechs weiße, schlanke, langgehörnte ungarische Ochsen

folgten. Auf den Sterzen lag schweißtriefend der andre Mann.

Wenn geackert war – und die Ochsen gingen flott genug: ungarische, keine trägen Ochsen – dann ratterte die Sämaschine drüber.

Und Stille, Dürre und Erwartung – bis Juli.

Im Juli traten die krainischen Mäher an, endlose Plänklerketten. In der zweiten Linie ihre Weiber und Mädel, die Binderinnen.

Dann erschienen wiederum die Ochsen; je sechs vor einem haushohen Erntewagen karrten den Segen nach dem Vorwerk; da ward er in Schober geschlichtet.

Endlich die Dreschmaschinen, von Grenzern bedient. Die Körner kamen unter Dach, auf die Speicher; das Stroh baute sich wiederum zu Schobern.

Die Ochsen hatten Stallungen, ebenso die Arbeitspferde. Kühe aber und Jungvieh weideten im Freien, nur im Winter trieb man sie unters Flugdach ein.

So fehlte der Wirtschaft das Wichtigste: der Dung. Von Kunstdünger wußte man nicht einmal den Namen. Man molk Milch: soviel die Küche brauchte. – Albin Sokoly hatte zweitausend Stück Vieh; klingelte er nach einem Butterbrot, lief der Diener bestürzt zum Krämer in den Laden.

Das Getreide – Weizen und Mais – der Meterzentner brachte acht, zehn Kronen »ab Drau«; nach der Drau dehnte sich der Weg tiefbreiig sieben Meilen.

Schweinezucht im Wald; Schafzucht hatte man aufgegeben – es lohne sich nicht, sagten die Verwalter.

Sieben Monat im Jahr waren die Wege grundlos – fünf Monat, wo sie fahrbar waren, hatten die Gespanne in der Furche zu tun.

Man hatte Hunderterlei versucht – vor allem Straßenbau:

weit ringsum keine Steine; brachte man sie aus dem neunten Bezirk herbei, versanken sie spurlos im Brei.
Man kaufte Älpler Zuchtstiere – sie vertrugen nicht die Hitze; englische Böcke – sie gingen in der Kälte ein.
Man holte Slowaken aus den Karpathen als Arbeiter: sie liefen davon oder soffen sich tot – je nach Veranlagung der Seele.
Einmal schlug ein fremder Kavalier vor, der zur Jagd da war: ganz einfach, Albin sollte doch eine Schmalbahn legen auf dem Damm nach der Drau – der Weg ist eben breit genug, Schwellen liefert das Sägewerk, man braucht nur die Brücken etwas zu versteifen.
Hättet ihr die Poldsdorfer erleben sollen und die übrigen Bauern in der Nachbarschaft! Aus tiefster Ehrerbietung und Anhänglichkeit standen sie auf wie Ein wilder Mann und brüllten: Niemals, nie werden sie dulden, daß eine Eisenbahn ihnen die Fuhrlöhne abringt, die Pferde scheumacht, die Ernte zündet.

Nun, Graf Albin, wenn er ernstlich wollte – bei der Regierung hätt er seine Bahn schon durchgesetzt. Doch er wich jeglichem Hader aus, und alles blieb beim Alten.
Dabei lebten die Poldsdorfer Bauern wie Herrgott in Frankreich: Nur ein Tröpfchen Regen – und das Brot wuchs auf dem Feld – Kohl, Kürbis, Gurken, Bohnen und Melonen wuchsen im Garten, Nüsse, Kastanien, Tabak – Bienen summten – Trauben hingen und Pflaumen, daraus man Schnaps brennt – die Kühe gediehen, die Sauen und die Ferkel – Flachs gab die Hemden, Schafwolle die Kleider. – Was braucht der Bauer mehr, um froh zu sein?

22

Albin also hatte das Gut übernommen und Julius, dem jüngern Bruder, eine anständige Apanage ausgesetzt.
Sagte Julius: So, jetzt verlieb ich mich.
Hielt auch Wort und verliebte sich: in die ältere Wallheim, vom reichen Harry Baron Wallheim die Tochter.
Alle Wallheim sind streng und geizig – woher sonst hätten sie ihr Mordsgeld? Kantig und eckig vor Härte. Den Töchtern hat man es nicht gleich angemerkt – als Mädel fühlten sie sich ganz pakschierlich an.
Julius fand: es wäre hübsch, wenn Albin die andre Wallheim heiratete. Den Gefallen tat Albin seinem Bruder ohne weiteres. Er nahm die Sache nicht sehr wichtig.
Noch weniger – er überlegte nicht einmal. Denn schon bei einem Weilchen Nachdenken hätt' er sich sagen müssen: Gut, für Julius, den Zweitgebornen, ist die Wallheimsche eine passende Partie; ich aber, der große Sokoly, Majoratsherr – auf Mitgift muß ich nicht aus sein, da spreche ich für mich die reizvollste Komtesse beider Welten an, eine, vor deren Schönheit euch die Augen übergehen sollen. Und wenn keine Göttin, dann eine Prinzeß aus königlichem Haus.
Nein, er begnügte sich mit der Wallheim – aus Faulheit, nur weil ein stärkerer Wille, Julius, ihm das Beispiel bot. Und empfand, das kann man ruhig sagen, schon während der Brautzeit deutliche Abneigung gegen seine Erkorene; eine Abneigung, die er nur nicht zeigte, weil ein Kavalier von seinen Gnaden um einer Kleinigkeit willen, wie es eine Ehegemeinschaft ist, sein gegebenes Wort nicht bricht.
So war Doppelhochzeit überkreuz: die ältere Wallheim mit dem jüngern Sokoly – und umgekehrt. Auch die Schwestern waren im Alter nicht sehr auseinander.

Eine Beziehung zu seiner Frau hat Albin auch dann nicht gefunden. Sie ist immer eine Wallheim für ihn blieben. Er verstand nicht ihren Ernst und lehnte ihren Eifer ab, ihre Betriebsamkeit: innerlich und – wenn es ihm gar zu arg wurde, nach Überwindung seiner Scheu für Deutlichkeit – auch laut.
Julius ging mit seiner jungen Frau auf Reisen und ließ sich später in Essegg nieder, als Privatmann.

23

Die jüngere, die Albin Sokoly ist nur fromm geworden, daß ihre Gebeine dufteten – und tüchtig im Rechnen; doch ihren Albin zu beherrschen, versuchte sie erst gar nicht; ein verschrobener, im Grund herzensguter, wenn auch dürrer Schragen.
Die andre Schwester aber, Gräfin Helen, die von Julius – Herrgott! Eine Heugeige, wie alle Wallheim: man hat müssen auf einen Baum klettern, um sie nah zu sehen – und dabei ein Drache von Weib. Julius Sokoly hat oft versichert: »Ich hab das bequemste Leben auf Erden: wann ich mir will eine Zigarette anzünden, halt ich sie meiner Frau unters Nasenloch – und wann mir ein Jagdhund räudig wird, braucht ihn meine Frau nur anzukucken, so is er hin.«

24

Albins Ehe war eigentlich glücklicher, als man erwartet hatte. Sie löste sich nämlich stillschweigend auf. Die Gräfin gebar eine Tochter, Kiki – Katharina. Die Ärzte empfahlen ihr Schonung – und sie zog sich mit dem Kind in den Gartentrakt von Sokolowo zurück. Ließ sich auch die Mahlzeiten dort servieren, ihre vorgeschriebene Kost. Kranke beobachten sich, machen Aufhebens von sich – und gerade das widerstand Albin.

Das Kind, Kiki, war ihm unausstehlich: zudringlicher Beweis einer fatalen Ehe. Er sagte es nicht, wollt seine Abneigung gegen Frau und Tochter sogar verbergen – und ging seiner Wege. So entfremdete sich das Ehepaar immer mehr.

Man sah die Gräfin fast gar nicht. Einmal, im Übermut, machte sich Albin den Scherz, die Gräfin einigen Fremden als entfernt verwandte Stiftsdame vorzustellen, und freute sich diebisch, als sie Komtesse zu ihr sagten und sie für eine alte Jungfer hielten. – Die Gräfin aber verstand den Scherz übel und reiste auf ihr Gut, das Wallheimsche, in den Banat.

In der Nachbarschaft, Mirkowo, war damals das Ehepaar Mirkowitsch gestorben, tief verschuldet. Der kleine Baron Iwo blieb als Waise zurück. Zählte vierthalb Jahr, ein häßlicher Schreihals und sommersprossig. Ausgesprochen boshaft konnt er mit vierthalb unmöglich gewesen sein – doch er galt aller Welt dafür, weil sein Vater so gewesen war – niemand wollte an das Kind heran. Gräfin Albin hat ihn gleich zu sich genommen.

Sie ist dann immer öfter nach dem Banat, ist immer länger dort geblieben. Zuletzt hat sie ihren Sitz ganz dahin verlegt, und man hat nicht mehr viel von ihr gehört.

Man wußte nur, daß sie eisern Haus hält und doch wieder nur den Kindern lebt – dem eigenen, Kiki, und dem kleinen Iwo Mirkowitsch, der war um einiges jünger als Kiki.

Ansonsten hat die Gräfin für Neger gestrickt. Offenbar stellte sie sich Afrika recht kalt vor. Sie strickte, sagt Albin, dicke Bauchbinden und Leibchen für die Neger.

25

Pater Cyrill, der Guardian von Mirkowo – stattlicher Mann, wohlbeleibt, kräftig und beweglich. – Freitags muß der Barbier aus diesem schwarzen Wald von Locken erst mühsam die Tonsur bloßwühlen, um sie auf neu zu putzen... auch gut gefärbt ist der Guardian, das Kloster hat immerhin etliche Weingärten... die Bäuerinnen laufen sich die Beine ab nach Guardians geistlichem Zuspruch... überdies läßt ihn zu den hohen Kirchenfesten die Gräfin Sokoly kommen und öffnet ihm als gläubiges Beichtkind die innersten Fältchen ihrer Seele... nur schnupfen, schnupfen darf der Guardian dann nicht, und er tut es so gern... – sollte man da nicht meinen, der Guardian sei so munter und glücklich, wie er sich gibt? – Doch er hat es durchaus nicht leicht.
In dem wechselvollen Prozeß zwischen den Franziskanern und der Patronatsherrschaft ist das Hauptgebäude des Klosters verfallen, und niemand hat es wieder aufgerichtet. Die Äcker, Hutweiden, der Wald des Klosters sind in zweiter, fünfter, neunter Hand; vielleicht die Hälfte aber hat Mirkowitsch, der Patronatsherr.
Das ganze Kloster besteht aus einem Häuschen, daß einen Gott bewahre: Das Dach ist zerdeppert und hängt schief darüber wie ein Sturmhut. Die Decke läßt Wasser durch, ungeheure, feuchte Flecken malen Wolken an die Wände. Macht aber der Diele gar nichts aus – die fault

allein für sich, vom Schwamm. Morsch die Türen und Fensterrahmen – schließen nicht – es zieht. Dennoch riecht und dumpft die Bude süß und sauer, je nach der Witterung. Einmal vor Jahren hat Frau Gräfin den Guardian besucht, hat vor dem eignen Atem geschaudert und auf ihre Kosten die Pfarre tünchen lassen: ist der Kalk höhnisch wieder abgefallen, kaum daß er getrocknet war.
Pater Cyrill, der Guardian, wäscht sich selten; wie könnt er – er hat keine Jalousien; und merkt gar nicht mehr, wie schmutzig er ist.
Er sammelt Steine, Seltenheiten aller Art – selbst Käfer sammelt er – die Schuljungen von Mirkowo müssen beitragen. Als er noch flinker laufen konnt, fing er auch Schmetterlinge und spießte und ordnete sie – und sämtliche Bücher der Welt hat er, in hohen Stapeln; nur sind auch die Bücher feucht, wie alles in Mirkowo, blättern sich träg und lautlos und vergilben.
In Klosters sieben Zimmern haben die Fratres nicht Platz. Gehen sie also über Sommer nach Albanien, als Seelsorger der Hirten auf den Almen; dann ist Pater Cyrill allein in Mirkowo und bloß Pfarrer. Im Herbst kehren die ausgesandten Brüder nach Mirkowo zurück »in ihr Mutterhaus«, pferchen sich zu dritt und vieren in die Stübchen und schreiben geistliche und politische Berichte an die Propaganda Fide und das Ministerium des Äußern; dann ist Pater Cyrill stolzer Guardian, doch sehr beengt im Raum. Droben in Albanien müssen die Fratres Schnurrbärte tragen, sonst würden sie verachtet und beschimpft. Sie kommen auch nach Mirkowo immer mit gewaltigen Schnurrbärten zurück – erst in Mirkowo wird rasiert; und im Frühjahr, etliche Zeit vor ihrer Abreise auf den Balkan, lassen sie ihre Schnurrbärte wieder stehen, damit sie schon richtig kriegerisch einrücken in ihre Kirchspiele.

Ein halbes Jahr also ist der arme Pater Cyrill ganz allein Guardian in partibus infidelium; im Winter, wo er seinen Schäfchen gebieten darf, hat er die Bude zum Erdrücken voll. Kein sehr angenehmer Zustand: Unter den Schäfchen nämlich sind etliche rauhhaarige Schöpse, die streiten untereinander und mit ihrem Oberhaupt, streiten um die Zellen und das Licht, mäkeln am Essen, verdrecken Flur und Betten, saufen mächtig, sitzen immerzu auf dem Abort, daß der Guardian, des lieben Friedens wegen, schließlich in den Garten muß; im Winter.

So hat Pater Cyrill ein wahres Kreuz zu tragen.

Und diese Armut! Er bezieht ja die Congrua als Pfarrer, gewiß. Gräfin Sokoly gibt ihm jährlich 1200 Kronen überdies. Die Brüder aber? Kriegen nur von der Propaganda ein paar Groschen, und sommers, in Albanien, vorweltliche Stolagebühren:

für eine Messe	34 Heller
für Kopulation eines Ledigen	68 Heller
für Kopulation eines Witwers	2 Kronen
für stille Totengebete	24 Heller
bei Weihung des heiligen Öls	22 Heller
Einführung der Neuvermählten in die Kirche	6 Heller
Vorsegnen einer Wöchnerin	6 Heller

Selbst diesen Bettel zu zahlen, weigern sich die Hirten. Eine Beerdigung trüge noch was: 2 Kronen 60; den Pfarrkindern aber beliebt, stets außerhalb des Sprengels zu sterben, auf Diebsfahrten.

Dies ist Schicksal und Lage des Klosters Mirkowo in Slavonien und besonders des Guardians Cyrillus; wirklich, man sollt es in die Zeitung setzen, damit da endlich abgeholfen wird.

Dann noch die Geschichte mit den Jalousien...
Doch davon am besten gar nicht reden.

26

Albin Sokoly – die Gräfin, wie gesagt, lebte weit weg im Banat – Albin etablierte sich wiederum als Junggeselle. Er brauchte sich nicht beliebt zu machen, er ist es von Anbeginn.

Noch nie hat er Menschen in ihrem Recht gekränkt, nicht einmal irgendwo sein klares Recht behauptet. Keine Unwahrheit kommt aus seinem Mund, kein Versprechen, das er nicht über Pflicht hinaus erfüllt.

Sein Vermögen würde ihm erlauben, an Glanz alle zu überstrahlen. Er trägt sich lächerlich bescheiden, sitzt auf dem ältesten Sattel, und wenn ein ausgesucht verblichener Lodenhut vergessen am Nagel hängt: das ist Albins Hut.

Der Hut, der Sattel aber sind von den besten Firmen in London. Albins lustiger Bruder Julius hat die Mär erfunden: Albin habe einen Poldsdorfer Bauern in Sold, der müsse die neuen Sachen vorher vertragen – und Albins Schuster in Wien liefere die Stiefel schon geflickt.

Albin macht sich nichts aus Wein. Er geht auf die Jagd – doch auf Plätze, wo er schwerlich wird zu Schusse kommen. Selbst seine Zurückhaltung ist so leise, daß sie niemals auffällt.

Er macht sich nichts aus Wein. Doch er liebt es, wenn die Menschen trinken. Sie sind dann, sagt er, heiter, mitteilsam, phantasievoll. Denn die meisten – alle außer Albin – haben Sorgen; Eitelkeit und Schüchternheit – darin stekken sie mit beiden Beinen, oft mit Haut und Haar. Wein hebt die Menschen empor aus dem Alltag; »Wein macht sie zu Künstlern«, sagt Albin. Er will Geselligkeit – so formt er sich frohe Gesellen: mit Wein. Ein schöner Luxus, der dem Betroffenen nicht wehetut.

Albin hatte es mit den Bauern. Was gingen sie ihn eigentlich an? Die Gutshoheit war doch längst abgelöst, seit Menschenaltern. Albin Sokoly, der Menschenfreund, spielte den Bauernrichter.
Sie blickten zu ihm auf wie zu einem Vater und ließen gutwillig ihre Händel von ihm schlichten. Oft kam einer und verlangte, zum Beispiel, einen Paß von ihm, zu einer Fahrt nach Ungarn. Albin Sokoly ließ ein Papier schreiben; und wirklich, es genügte: den Bauern und den Behörden. Die Behörden in ihrer Überschlauheit dachten sich – und alle Welt, die es besser nicht verstand, dachte sich: der Graf habe große Dinge vor mit seinem Verlangen nach Volksgunst – er wolle, studiert hat er ja, vielleicht Abgeordneter werden, Regierungschef... Und mit dem künftigen Vorgesetzten mochte niemand Finger ziehen.
Albin Sokoly hatte an die fünfzigtausend Joch zu eigen – das Majorat Sokolowo mit Appertinenzen – also fast den ganzen Bezirk. Da konnt er freilich lustig leben und spürte gar nicht, wenn er in schlechten Jahren den Poldsdorfern drei, vier Waggon Halbfrucht oder Mais gab zum Brotbacken. War es nämlich mit der Ernte schiefgegangen, so standen ihm die Bauern in Haufen um die Veranda und warteten, bis er vom Spaziergang kam, um ihn anzubetteln. Er schrieb sich auch nicht erst auf, wem er was geborgt hatte, und Gott allein weiß, wer das Korn wiederbrachte und wer nicht.
Albin kannte jeden Knecht in der Umgebung, jeden Rain.

Morgens ritt er aus, täglich eine andre Richtung – durch das freie und Sokolysche Poldsdorf – und schwatzte mit den Leuten auf dem Feld und lachte. Die Mädel wußten schon immer seinen Tag und kämmten sich abends vorher die Zopfhauben, zwei geschlagene Stunden, um ihm ja zu gefallen. Sogar ihre Dukaten und Theresientaler nahmen sie mit zur Feldarbeit und steckten sich Entenfedern an die Schläfen wie am Sonntag.
Doch wenn eine wollte ins Schloß geholt werden, und sei's nur ein einzigesmal – das mußte schon eine wirkliche Schönheit sein, womöglich eine schlanke. Und acht Tage vorher kein Knoblauch war Parole. Denn Knoblauch oder Zwiebeln haßte Albin auf den Tod. – Eine ganz gewöhnliche Altglauberin aus dem freien Poldsdorf, nicht einmal sehr hübsch im Gesicht, aber prächtig gewachsen, ging einen ganzen Winter durch nach Sokolowo und bekam auch später einen Grund im Sokolyschen Poldsdorf geschenkt. Sie heiratete einen Tischler – der Meister rechnete wahrscheinlich, Albin würde die Altglauberin auch weiterhin bevorzugen. Doch der gute Tischler täuschte sich gehörig: von der Hochzeit an wie abgeschnitten. Albin lachte und sagte, die Meisterin rieche nach heißem Leim.
Im ehemals gräflichen Teil von Poldsdorf, vom Tischler übern Bach, lebte ein Kräutler namens Ferdo. Ein sonderbarer Kauz – so arm, daß er manchmal Brot von Bastmehl aß, sagt man. Almosen annehmen wollt er trotzdem nicht. Riet man ihm, er sollte zum Grafen bitten gehen, drehte er sich allsogleich um und knurrte – wiewohl ihm der Graf doch gewiß gern einen Sack Brotfrucht gegeben hätte. Man erzählte, Ferdos Vater sei, als Junge, einmal unbotmäßig gewesen gegen Albins Großvater, den Kürassier; zur Strafe habe ihm der Kürassier damals ein

Stück Feld weggenommen. Alles noch im Vormärz, zur Zeit der Leibeigenschaft.
Die Weiber von Poldsdorf gingen gern zu dem alten Kräutler, in der Dämmerung. Sie pflegten sich mit ihm durchs Fenster zu beraten, wenn sie krank waren; die Mädel kamen mit ihren geheimen Beschwerden. Er gab ihnen allerhand Wurzelwerk – Knochen, in der Tasche zu tragen. Und: es half. Reine Einbildung, per se. Immerhin – Schwindel oder nicht – die Wirkung war da. Man braucht noch lange nicht an der Wissenschaft zu zweifeln, wenn man sagt: sie blickt einstweilen nicht in alle Zusammenhänge. Graf Albin, zum Beispiel, hatte sich einmal vom Kräutler eine Roßkastanie holen lassen und behauptete, seitdem kein Reißen mehr zu spüren. Er trug Ferdos Kastanie auch immer bei sich – er und andre Herren im Bezirk.
Eins steht fest: daß der alte Ferdo seinen Sohn, Tuna, löffelweis mit Wolfsmilch fütterte. Vertrauenswürdige Leute haben es mit eigenen Augen gesehen. Wolfsmilch von Elfenringen ist nämlich nicht giftig – im Gegenteil, sehr gesund für die weiße Milz. Und Graf Albin erzählte oft genug, er habe Ferdo nachts bei schönem Mond auf Elfenringen tanzen sehen.
Um diesen Tuna kreisten in Poldsdorf ganze Sagen: er soll gar nicht mehr richtig gelebt haben, viele Jahre vorher gestorben sein – und wenn der alte Kräutler ihm nicht tagtäglich den Löffel Wolfsmilch eingeflößt hätte, wär er augenblicklich tot hingefallen.
Er ging umher und redete wie ein Lebender – doch alles nur Schein. Solchen Unsinn glaubt ein aufgeklärter Mensch selbstverständlich nicht. Doch auch dabei muß ein Körnchen Wahrheit gewesen sein; Tuna war wirklich gelb im Gesicht und eingefallen, hatte eisige Hände und

alterte nicht. Er getraute sich auch nicht am Friedhof vorbei.
Die Mädel von Poldsdorf scheuten ihn wie der Satan die Messe. Er aber war hündisch hinter ihnen her. Auf der Straße grinste er sie an und schlich abends im Dorf umher, um an ihre Fenster zu pochen. – So trieb er es, bis ihn einmal die Burschen gehörig auswamsten. Seitdem durft er nicht mehr aus dem Haus.
Nun sagt man, daß eine gewiße Kata, Bauerntochter, unmäßig erpicht war, auch einmal aufs Schloß zu gehen. Wo sie konnte, lief sie dem Grafen Albin in den Weg. Ein Mädel war glücklicher als sie gewesen und rühmte sich vor ihr der Gunst des Grafen. Da lauerte ihr Kata auf und zerschnitt ihr die Röcke. Es half aber kein Schminken und keine Pomade – dem Grafen stand Kata nun einmal nicht zu Gesicht, wie die kleinen Gestalten überhaupt nicht. In ihrem Kummer und Ärger ging sie eines Abends zum alten Kräutler und begehrte einen Liebestrank. Von Stund an war ihr Tuna, Kräutlers Sohn, auf den Fersen.
Graf Albin hörte von einer andern, die mocht es ihm unter Lachen und Höhnen erzählt haben, von seiner Poldsdorfer Anbeterin; hielt einmal richtig vor Katas Gartentür und rief Kata heraus. Sie folgte dem Ruf, zitternd und purpurrot vor Glück, und gefiel dem Grafen so gut, daß er eine ganze Stunde mit ihr redete und scherzte und ihr auf die Backen klopfte. – Den Tuna sahen drei, vier Zeugen, die eben vorbeigingen, aus einer Scheune lugen.
Am selben Tag war Kata tot. Ihr Kopf ein formloser Brei, und daneben lag ein Flußkiesel, groß wie eine Melone, über und über schwarz von Blut.
Vom Täter nirgends eine Spur. Die Zeugen erinnerten sich an Tuna, der hatte doch aus der Scheune gegrinst –

und ganz Poldsdorf sammelte sich vor Kräutlers Haus, um den Mord am Mörder zu rächen.
Ehe die zornige Menge noch Zeit hatte, Gewalt an Türen und Fenster zu legen, öffnete der alte Ferdo und zeigte der Meute... Tuna. Tuna lag längelang auf der Diele hingestreckt, aschfahl, und die Augen verglast. Kein Zweifel, der Alte hatte dem Sohn absichtlich keine Wolfsmilch zu trinken gegeben, um ihm Mißhandlungen zu ersparen. – Entsetzt vor dem häßlichen Tod verstummten die Bauern.
Plötzlich schrie der Tischler: »Zündet das Haus an!« und eilte hinaus um Stroh. Die Besonnenern packten ihn aber und hielten ihn fest. Mit solch einem alten Kräutler ist nicht zu spaßen – der weiß und kann allerhand. Am Ende rächt er sich am Dorf, rächt sich mit Hagelschlag, wenn man ihn reizt.
Kata war also umgebracht und Tuna tot – man wußte nicht, wie. Die Herren vom Gericht besichtigten die Leichen. Sie nahmen ein Protokoll auf, darnach war Tuna, der Mädchenmörder, eines natürlichen Todes gestorben, an Lungensucht. Es galt nun, die zwei zu begraben.
Das Mädchen wurde am andern Vormittag vom Popen eingesegnet. Ein überaus langer Zug von Weibern und Männern geleitete sie zur Ruhe; bis aus Mirkowo waren die Leute herbeigeströmt, es war ungeheure Aufregung in der Landschaft.
Nachmittag kam der Guardian, um Tuna zu bestatten, fand ihn aber noch nicht einmal aufgebahrt. Der Tischler war nämlich so arg bedroht worden, daß er den Sarg sein ließ und auf und davon in den Wald ging, nur um dem Drängen des Guardians auszuweichen. Zersägt und entstellt, wie ihn die Gerichtskommission zurückgelassen hatte, war Tuna auf dem Estrich liegen blieben.
Der alte Kräutler, der Ministrant und eine Betschwester,

die tat es dem Guardian zuliebe – sie hockten beim Leichnam nieder und nähten ihn in ein zerrissenes Leintuch. Auf Guardians Wagen fuhr man langsam dem Kirchhof zu – der Kräutler auf dem Bock, der Leichnam im Fond – Guardian und Ministrant gegenüber auf dem Rücksitz.
Eh, da gab es was zu schauen. Die Poldsdorfer hatten sich rings an der Kirchhofmauer verschanzt und Wachen ausgestellt und riefen: sie lassen sich lieber hinmetzeln, als daß sie Tuna ein Bett gönnen von Erde. Vergebens trug der Ministrant, ja der Guardian selbst den Pferden das Kreuz vorauf – die Poldsdorfer öffneten nicht.
Albin war in Essegg gewesen, zur Sitzung der Kongregation. Dort hörte er von den Beamten, was in Poldsdorf vorgefallen war – nur ungefähr, die Regierung hatte kurze telegraphische Meldungen. Sofort fuhr Albin heim. In Sokolowo erst ging ihm auf, in welch abscheuliche Bauerntragödie er da war verwickelt worden. Denn all die Missetat ging ja am Ende zurück auf eines törichten Mädels ehr- und liebessüchtiges Verlangen, auch einmal beim Herrn Grafen im Bett zu schlafen.
Augenblicks stieg Albin zu Pferd und jagte nach Poldsdorf.
Er kam eben zurecht zum Aufruhr an der Kirchhofsmauer.
Er befahl und beschwor – umsonst.
Einer von den Brunnschmidts war der ärgste Schreier.
– »Gehen S', Herr Graf«, bat der Guardian, »hauen S' dem Kerl mit der Reitgerten ein paar um die Ohren. Ich därf leider nicht – im Ornat.« – Der Bursche hob voraus die Hände übern Kopf; hätte sich gewiß lassen zu Hackfleisch stückeln, ohne sich zu rühren, wenn Graf Albin ernstmachte.
Ratlos stand der Graf, ratlos der Guardian vor der ent-

schlossenen Schar. Als sie sich umblickten – kein Wagen, keine Leiche. Der alte Kräutler war in Guardians Kutsche losgefahren mit der Leiche, im Trab davon, bergauf.
Bei dem Feld, das ihm einst vor 1848 soll gehört haben, wendete der Kräutler das Gespann auf einem Karrenweg, und langsam, vom Kirchhof konnte man ihm nachsehen, fuhr er auf die bare Kuppe – die Kuppe schimmert weither, selbst von der Drau, hellgrün inmitten der dunkeln Buchen. Oben hielt der Kräutler, hob mühsam den toten Sohn vom Wagen, nahm ein Grabscheit, das hatte er mitgeführt, und grub, grub, der Hundertjährige, bis in die Nacht. Um die Pferde kümmerte er sich nicht. Die weideten Schritt vor Schritt und gingen endlich durch; vom Wagen blieb da und dort ein Trumm liegen – ein Gaul kam fast heil auf die Mirkower Pfarre in den Stall zurückgerannt, der andre stürzte eine Lehmwand ab und brach beide rechten Beine. – Albin hat dem Guardian ein neues Pferd geschenkt, einen Glanzrappen.
Das Bezirksamt wollte den Leichnam wieder ausgraben lassen – es ist doch nicht erlaubt, einen Toten nach Gutdünken wo immer zu verscharren. Graf Albin lehnte ab. Man solle die Bauern nicht mutwillig nochmals aufbringen.
Auf Tunas Hügel nun ist der wunderbare Baum erstanden, von dem man soviel redet. Man sieht ihn aus Meilenferne, er wächst gerade auf der Bergspitze. Niemand hat ihn gepflanzt, und es gibt auch sonst nirgends Bäume dieser Art. Er ist schon gut schenkeldick, hat eine helle Rinde wie Holunder und sehr viel Äste, daumenstark. Alljährlich bis Anfang Mai bleibt er kahl, dann setzt er Blüten an von Rosenfarbe, fast wie Reiherbüsche, nur länger und dünner. Vor Ostern treibt der Baum Grünes – nicht Nadeln noch Blätter, sondern etwas wie Flaschenbürsten. Samen

gibt er keine. Viele haben versucht, Ableger von ihm zu ziehen: vergebens. Ein seltsamer Baum. Die Leute gebrauchen die Blüten gegen das Fieber und einen Absud der Blätter zum Blutstillen.
Einmal kamen die Gymnasiasten aus Essegg eigens des Baumes wegen auf die Höhe. Nicht einmal der Professor hatte je solch eine Gattung Baum gesehen und schickte einen Zweig davon an die Universität nach Wien – da zerbrachen sich die größten Gelehrten vergebens die Köpfe, um dem Baum einen Namen zu finden.

27

Albin Sokolys Tochter war also drüben im Banat, bei ihrer Mutter, und dort war auch der kleine Iwo Mirkowitsch; Iwo um einiges jünger als Kiki.
Diesem Jungen – und dem Mädelchen erst recht – waren schon durch Abstammung und Erziehung ihre höchst merkwürdigen Schicksale vorgezeichnet.
Albin scherte sich um sein Töchterchen nicht im geringsten.

Albin wird morgen vierzig.
Früh um neun war eine Fahrt nach den Wirtschaftshöfen angesagt – der Kutscher stand pünktlich im Park vor der Veranda. Alle drei Verwalter haben den Herrn Grafen zu begleiten – es gilt große Beschlüsse: Das Gut Sokolowo wird in Zukunft tiefackern, den Boden rübenfähig machen. Man wird einen Dampfpflug einstellen – wo? In vier, fünf Jahren legt man den Grundstein einer Zuckerfabrik; bei Poldsdorf – oder näher nach Essegg zu? – Albin ließ

den Verwaltern sagen: er habe heute keine Lust, der Kutscher möge wieder ausspannen.
Der Stallmeister wartete: ob der Herr Graf vielleicht Leda, die Schimmelstute, werde zum erstenmal versuchen wollen. – Der Stallmeister wartete vergebens.
Man brachte die Post – Albin ließ sie unberührt.
Desgleichen das zweite Frühstück.
Der Förster hatte einen Sechserbock ausgemacht – Albin sollte ihn gegen Abend schießen. – Der Kammerdiener schickte den Förster heim.
Für acht war ein hübsches Ding, Poldsdorferin, aufs Schloß bestellt, eine ganz neue. – Sie mußte wieder umkehren.
Am liebsten hätte Albin auch die Béziguepartie mit Amperg abgesagt. Er fühlte sich heute nicht wohl in seiner Haut.
Er fühlte: die Tage verrannen ihm nutzlos. Vierzig – und das Ergebnis? Da stand er, der Magnat, Besitzer einer schier unüberblickbaren Fläche Bodens. Was hatte er für die Landschaft getan? – für die Leute? – was für sich?
Das Zeitunglesen machte ihm längst keinen Spaß mehr. Was schrieben sie denn, die Zeitungen? Von Politik und Gesellschaft! Politik war ihm Hekuba, da wollt Albin Lorbeeren nicht pflücken. Nach dem Hof, gesellschaftlichen Ehren zog es ihn noch weniger.
Bücher lesen? Die Romane spielten in einer Welt, die ihm fremd war, uninteressant: unter Bürgern. Liebe, Hunger, Eitelkeit – die Süchte der Bürger berührten ihn nicht.
Wissenschaftliche Bücher – ja, die würden ihn fesseln. Schriften, die da aufzeigen, wie man der Menschheit dienen kann, den Armen und Bedrückten. So oft er versucht hatte, sich in dergleichen zu versenken – ihm wurde schmerzlich bewußt, daß er die Bücher einfach nicht ver-

stand. Seine Vorbildung – das bißchen Gymnasium – genügte nicht; weitere Studien hatte er im Ernst nicht betrieben.

Die Pflicht, den Nebenmenschen, den Nächsten, vor allem aus dem Elend zu erlösen, stand für Albin fest – was denn andres konnte seine Schickung sein auf Erden? Wie aber Hand anlegen, wo? Ein paar Waggons Brotfrucht jährlich verteilen an Hungernde – über das Almosengeben kam Albin nicht hinaus. Er wußte keine bessere Methode.

In Wien hatte einmal ein Kaiser Joseph der Zweite regiert, Sohn Maria Theresias, zur Aufklärungszeit. Der Augarten war bis dahin dem Adel vorbehalten gewesen – Joseph gab ihn jedermann frei, ohne Standesunterschied. Die Edelleute murrten: wo werden sie in Zukunft unter sich sein können? Der Kaiser antwortete: »Wollt ich nur Umgang haben mit meinesgleichen, müßt ich in die Kapuzinergruft hinabsteigen«. Da liegen nämlich die Habsburgischen Kaiser begraben.

Wie Joseph der Zweite hatte Albin weit rundum niemand, der ihm gleichstand.

Albin fühlte sich einsam, unzufrieden. Mißlaunig setzte er sich mit Willi Amperg zum Bézigue. – Mit ihm pflegte Albin die Abende zu verbringen: bei Wein, manchmal recht viel Wein und sanftem Kartenspiel.

Die Amperg ... schwer zu sagen, wer und was sie eigentlich sind. Dem Leichtfuß Willi war Albin einigemal bei Julius in Essegg begegnet und hatte Gefallen gefunden an seinem unbekümmerten Temperament. Honette Familie, gewiß, und mit den Sokoly irgendwie, weitschichtig, verschwägert. Es gibt solche Leute: passable Menschen – doch ohne Habe und rechten Beruf. Wie eine Billardkugel

langsam hinrollt, ziellos ... Plötzlich fällt sie in ein Loch: dann hat sie ihre Bleibe.
Mutter Amperg soll einmal Freundin gewesen sein eines Onkels Sokoly; vielleicht bezieht sie eine kleine Rente von ihm. Der Sohn wuchs heran, ein wohlgestalter Junge. Bis eben die Billardkugel ihr Loch fand, und Albin Sokoly in Willi Amperg einen Kumpan.
Willi mußte aber doch von irgendwas leben – Wein ist nicht nahrhaft. Da gab ihm Albin das Vorwerk Poldsdorf in Pacht. Das Vorwerk liegt im Sauspitz – wo das Gebiet von Sokolowo so tief ins Walposche schneidet – etwas abseits und gehört zum Kirchspiel Mirkowo. Willi von Amperg richtete sich ein, in einem netten kleinen Haus – da hatte bisher der Verwalter gewohnt. Willi brauchte keinen Verwalter, die alte Frau Amperg besorgte alles. Er konnte sich voll seiner Bestimmung widmen: Albin die Zeit zu vertreiben. Nebenbei heiratete er – eine ewige Braut, die blasse Frau Mali, Offizierstochter.
Willi Amperg war ein angenehmer Kamerad; harmlos, immer heiter. Er hatte die seltenste, die glücklichste Eigenschaft angenehmer Kameraden: stets gern den andern zuzuhören; ebensogern zu reden – doch nie über sich selbst.

28

Der Urahne Sokoly soll einst an Sankt Georgi die heilige Taufe empfangen haben. Zum Andenken daran halten die Sokoly alle zehn Jahre zu Georgi Familientag.
Eine von sämtlichen Verwandten sehr gefürchtete Gelegenheit, einander wiedersehen zu müssen. Die Brüder Sokoly, Albin und Julius, verstehen sich ja ganz gut; treffen

sich aber oft genug, in Essegg, ohne das Beiwerk der Sippe – was brauchen sie den Familientag? – Die übrigen? Können einander samt und sonders nicht schmecken. – Doch der Brauch ist nun einmal da, von alters. Man muß die Zähne zusammenbeißen und den Brauch üben. Muß liebreich lächeln; mit zusammengebissenen Zähnen.

Julius Sokoly, der lustige, und seine Frau, der Drache, sind etwas früher in Sokolowo eingetroffen; den Rest der Verwandtschaft erwartet man.
Plötzlich fährt ein Ponywagen auf der Rampe vor – und ihm entsteigt ein Mädelchen, ein magres Ding, braunhaarig, ungekämmt, rotgebrannt von der Sonne, staubüberkrustet.
Wer ist es? Kiki. Albins Tochter. Kiki, ganz allein. Aus dem Banat hierhergefahren, fünfzehn Meilen. Für ein zwölfjähriges Mädel immerhin eine Leistung. Kein Zweifel, sie ist ihrer Mutter durchgegangen.
Albin war recht betreten. Nicht eben erfreulich, eine durchgebrannte Tochter im Angesicht der versammelten schmälsüchtigen Cousinage aufnehmen zu müssen – sei die Tochter auch erst ein Kind.
Man säuberte und striegelte die Kleine oberflächlich, speiste sie, säuberte und striegelte sie ausführlich. Fragen stellte Albin mit Absicht nicht vor so viel indiskret gespitzten Ohren.
Zu Onkel Julius aber, der sich mit aller Welt so gut verstand, faßte Kiki rasch Zutrauen und klagte ihm: sie könne sich mit Iwo nicht vertragen, Iwo Mirkowitsch, dem Bengel; er quäle sie und haue sie immerzu, und die Mutter halte ihm die Stange. Dem Ziehsohn also gegen die eigne Tochter. – Vorgestern hat er versucht, sich das Pony anzueignen, Vater Sokolys Geschenk an die Tochter – Mutter

sprach das Pony dem Ziehsohn zu, wider alles Recht. Hat die Kleine gestern morgen kurzen Prozeß gemacht, heimlich ihr Pony angeschirrt, ganz allein, und ist ohne Abschied losgezogen. Den halben Weg ging sie zu Fuß neben dem Wagen her, »um das Pferdchen zu schonen«. Mittags hielt sie an einem Wegrain und ließ das Pferdchen weiden. Bis Abend mußte sie im Wagen sitzen – ihre Füße trugen sie nicht mehr. Die Nacht hatte sie in Essegg verbracht, bei Onkel Julius; aber niemand als die Dienerschaft war zu Hause, Kiki hat sehr geweint. Die Diener stellten das Pferd im Wirtshaus ein, fütterten es, wollten die Kleine nicht weiterziehen lassen. Sie aber bestand auf ihrem Willen – und nun ist sie da. Wird auch nie, nie mehr zurück zu Mama kehren.

Als sie von ihrem Pony erzählte, heulte sie. Über Mama redete sie trotzig und trocken.

Die Gräfin nämlich, die Wallheimsche, hielt es mit Kiki genau wie Albin; auch sie sah in Kiki das Schloß sozusagen jener Kette, die sie in der Ehe trug. Nur war die Gräfin weniger gut erzogen als Albin, vielleicht empfand sie heißer: Albin ließ Frau und Tochter links liegen; die Gräfin nahm den Streit mit sich auf, zwang sich zur Mutterliebe – und wenn sie mal in einem erregten Augenblick dem Haß unterlag, sagte sie es Kiki rund heraus. Ich verabscheue dich – du bist der ganze Vater – pack dich zu ihm!

Sagte es zweimal im Ärger – das drittemal zum Familientag, machte sich Kiki eben auf die Beine.

Daß Kiki der Mutter durchgegangen war, schien Albin begreiflich, völlig in der Ordnung; er hätte – wo die Wallheimsche so freudlos ist – desgleichen getan. Daß Kiki aber gerade zu ihm gelaufen war – wo er ihr doch gewiß nie Mut dazu gemacht hatte und nie Wert gelegt auf ihre Zuneigung: das fand er sonderbar, ganz unerklärlich. Das

Kind kommt plötzlich zum Vater – was ist das nun? Etwa Stimme des Blutes?
Albin sah sich das Mädel an, zum ersten Mal, ganz sachlich: ein prachtvoller Kerl; wenn sie hält, was sie verspricht, wird sie den Männern viel zu schaffen machen. Er stand wirklich hilflos vor ihr: wie stellt sich ein Mann in der Blüte seiner Jahre zu einem Weibchen, und man darf ihr nicht den Hof machen? – weil sie die Tochter ist.
Andern Morgens traf auch Kikis Jungfer Agathe ein mit Iwo; die Gräfin hatte sie ausgesandt, damit Iwo der Kiki Abbitte leistet und Kiki wiederkommt. Und dem Guardian von Mirkowo, der ja ihr Vertrauensmann war, hatte die Gräfin telegraphiert: er soll sofort nach Sokolowo und das Mädel zur Vernunft bringen.
Es gelang ihm ohne Mühe. Der Guardian war mächtig groß und dick, hatte eine tiefe Stimme – das arme Kind konnt ihm nicht widerreden. Sie wird heimfahren – gleich nach dem Familientag – ja. Nur nicht mit Agathe und Iwo – noch weniger mit Mama – sondern wiederum im Ponywägelchen – darauf bestand sie; um ihr Pony ganz bestimmt zu behalten. Albin gibt ihr diesmal einen Reitknecht mit. Es ist ja ein verdammt weiter Weg.
So war alles hübsch geordnet.

Indessen hatten sich auch die übrigen Sokoly zum Familientag versammelt: der greise Onkel Kajetan aus Walpo mit seinem Großneffen Robida – Exzellenz Aim mit Kind und Kegel (weil doch Bertha Aim Großnichte ist von Kajetan) – zuletzt noch Gräfin Albin, die Wallheimsche, aus dem Banat – sie sehr ungern, doch es mußte nun einmal sein.
Gäste luden die Sokoly nicht, das versteht sich; man will sich doch einmal in zehn Jahren unter sich aussprechen

und auszanken. Nur der Guardian, als Schmalzel der Gräfin, saß mit bei Tafel – und dann ein gewisser Baron Panzer, ohne den kann der Walposche Kajetan keinen Schritt tun.
Doch es gab bei Sokoly kaum Anlaß zu Zank; die Rechte der beiden Linien, Walpo und Sokolowo, berührten einander nirgends; und die alte Hausstiftung für Junioren konnte nur an Julius fallen und an Robida, Großneffen von Kajetan – Anwärter sonst existierten ja nicht.
So streng die Sokoly aber unter sich blieben – man erfuhr all ihre Intimitäten durch die Amperg: denn Kajetan und Mama Amperg waren doch freund von anno dazumal, und eben an den Familientagen sahen sie einander wieder.
Es hat sich schon eine Art Zeremoniell gebildet. Am Morgen ist Messe in der Sokolower Kirche – auf Wunsch der Gräfin Albin, mit bischöflicher Erlaubnis gelesen vom Guardian. Nachmittag Ausflug nach Poldsdorf, Besuch bei den Amperg.
Der alte Kajetan redet sehr langsam, aber unaufhörlich mit der alten Amperg, die Jüngern langweilen sich und werden in den Frühling spazieren, durch Poldsdorf: Julius – seine Frau – und Kiki an Juliussens Hand voran – hinter ihnen das Ehepaar Albin.
Kiki – bei Mama zu Hause scheu und dumm – sie ist wie ausgewechselt in Gesellschaft von Onkel Julius; hat tausenderlei zu schwatzen.
Hält am Rand von Poldsdorf an einem Häuschen, das Julius so gut kennt – es ist das Haus der Alten Katze. Wieviel hundertmal ist der lustige Julius da eingekehrt, zu Zeza! Julius möchte Kiki fortlocken: »Komm, mein Kind! Ich zeig dir einen Brunnen, der ist so tief, daß du das Wasser gar nicht siehst«.

Kiki will aber nicht. Sie guckt interessiert einem Jungen zu, etwa ihrer Größe, aber sichtlich älter; er lädt Mist auf; ein lustiger, hübscher Junge.
Onkel Julius zupft sich nervös am Schnurrbart und schielt nach seiner Frau, die ist sehr haarig. Albin Sokoly schielt nach Julius; er weiß, warum.
Und Kiki fragt den Jungen liebreich: »Bist du ein Hiesiger? Aus diesem Haus?«
»Ja.«
»Wie heißt dein Vater?«
Der Junge schultert die Mistgabel wie ein Soldat und kräht stolz und fröhlich:
»Gospodin Graf Julius Sokoly de Sokolowo.«
Kiki überlegt einen Augenblick – dann ruft sie entzückt: »Aber! Da bist du ja mein Cousin! Bist du auch zum Familientag gekommen?«

So hat Julius um seine Vaterschaft erfahren – die Wallheimschen Schwestern waren äußerst verschnupft, beide – und Albin hatte die Sache ins Reine zu bringen. Er schenkte Zeza, der schmerzensreichen Braut seines Bruders, eine Kuh für ihr Gemüt – und den Jungen hat man bald darauf ins orthodoxe Seminar gesteckt, nach Karlowitz; der Junge soll dort Pfarrer werden, damit er nicht hier im Ort als ewiger Vorwurf umherläuft. Amperg konnte das durchführen, er hatte Beziehungen zum Karlowitzer Patriarchen, kaufte immer Wein von ihm.

29

Vom alten Wallheim, Albins Schwiegervater Harry von Wallheim, sagen boshafte Menschen: Als er das Gut Mo-

hatsch kaufte, hätt er es getan, weil dort einmal die berühmte Schlacht gekämpft worden ist: Harry Wallheim plante, in Mohatsch ein Bergwerk zu errichten, auf Menschengerippe zu schürfen, und aus den Gerippen wollt er Knochenmehl machen für seine Zuckersiederei.
Diesen Erwerbssinn, diese Phantasie hat Gräfin Albin Sokoly von ihrem Vater.
Einmal lud sie wieder den Guardian zu sich. Zufällig war einer der Fratres nicht nach Albanien gegangen, wegen Augenkrankheit, der konnt im Pfarrsprengel vikarieren – der Guardian blieb den Sommer bei der Gräfin im Banat. Er erzählte Wunder von ihr.
Sie schaffte genau wie ein Mann; hielt die Wirtschaft zusammen, lieferte Milch in die Stadt, brannte Ziegel, forstete auf und holzte ab; ließ Dämme bauen und künstliche Teiche graben, trieb Fischzucht und erzeugte Eis, um die Fische in die Welt zu frachten.
Daneben spielte sie Karten wie verrückt; auch das mit Glück: sie konnte warten – wenn die Chance günstig war, jagte sie mit ihrer unerschöpflichen Kasse die Partner in Schreck – mit Sätzen, daß niemand mitkonnte; als Hausfrau sagte sie Schluß an, wann es ihr paßte. So hat sie die leichtsinnigen jungen Leute der Umgebung ausgeraubt.
Sie hat Unsummen in ein Schwefelbad gesteckt und ganze Vermögen in ein Elektrizitätswerk; die Schwefelquelle erwies sich als überaus ergiebig, aber süß – dafür ging dem Elektrizitätswerk das Wasser aus.
Und bei alledem war die Gräfin fromm; strickte für die Neger und schrieb Liederbücher für sie, auf Deutsch und Ungarisch.
Über das Liebesleben der Gräfin schweigt der Guardian diskret.

Gräfin Albin Sokoly erzog die beiden Kinder, Kiki und Iwo Mirkowitsch.
Für Kiki hatte sie nichts übrig, das weiß man. Iwo Mirkowitsch hat ungemein viel von ihr gelernt: die phantastische Erwerbsgier – und das Kartenspielen. Sie bewunderte seine Gaben und hielt ihn fleißig zum Spielen an. Schon mit zwölf saß er Nächte am grünen Tisch. Das war eine pädagogische Maßregel, behauptete sie allen Ernstes: je eher der Junge mit dem Kartenspielen anfängt, desto gründlicher kann er es, desto kälter pointiert er – es verliert für ihn den Reiz des Verbotenen, und er hört früher damit auf. In Wahrheit war sie einfach äffisch verliebt in Mirko.
Als Kiki zur Erziehung ins Kloster kam, schickte die Gräfin auch ihren Herzens-Iwo auf die Schule, die Landwirtschaftliche Akademie.

30

Kiki ging mit vierzehn ins Sacré Coeur. Sie fühlte sich da gar nicht wohl. Mit Knaben aufgewachsen – Mirko und seinen Freunden – und nun unter lauter Mädchen: sie verging vor Scham, schlug die Augen nieder und konnte kein Wort an die Mädchen richten – die Nonnen mußten ihr's erst beibringen. Sehr langsam gewöhnte sie sich an Sprache und Sitten – die neue Umgebung erschien ihr unsäglich albern. Sie war daheim gewohnt, als Gendarm zu raufen – mit Mirko, dem Räuber – und wenn Mirko ihr einen Schopf Haar ausriß, schlug sie mit einem Knüppel zu.
Hier spielte man: Häschen in der Grube. La petite Kiki war – oh! – ganz ssrecklich unartig: sie sagte einmal zu

ihrer Schulgenossin, Comtesse Mary... – oh, la Révérende Mère, die Frau Oberin vermochte das entsetzliche Wort gar nicht zu wiederholen.
Kiki staunte ehrlich. Was will man von ihr? Ist ›Schwein‹ was so Arges?
Und als man Kiki dafür in die Bußzelle sperrte, empfand sie nicht demütige Reue, sondern ehrlichen sokolyschen Zorn.
Und als die ehrwürdige Mutter nach einer Viertelstunde Kiki mit süßen Ermahnungen beträufeln wollte und liebreich begnadigen, da barrikadierte sich Kiki hinter der Tür – wie die Türken in Poldsdorf – und rief: Niemand sollt ihr vor die Augen, oder sie erwürge ihn.
Was der Mama Wallheim ganze tausend Kronen kostete – goldgesticktes Prachtgewand für das Hochheiligste Herz Jesu – oder die ungebärdige Tochter wär im Bogen aus dem Institut geflogen.

Die Sommerferien verbrachte Kiki natürlich bei ihrer Mutter.
Da kam es zu einer seltsamen Geschichte:
Die Mutter, die Wallheimsche, in ihrem Tatendurst trieb auch allerhand Hokuspokus – Geisterbeschwörungen und Tischrücken. Ihr Medium: ein halbwüchsiger Junge, Prinz Báthory. Er war hier unbekannt und ist unbekannt geblieben, auch im Banat war er nur eben zu Besuch bei den Gutsnachbarn der Gräfin, unter dem Titel ›Volontär‹. Er soll hochaufgeschossen gewesen sein, der Junge, durchsichtigblaß, hellblond und außerordentlich hübsch.
Kiki, der Backfisch, wollte nichts von Iwo wissen, dem Lausbuben – die Mutter hatte ihre tausend Sorgen und kümmerte sich um Kiki nicht – in ihrer Verlassenheit

schloß sich Kiki ein wenig an den Prinzen Báthory, der stand ihr im Alter gleich.
Kikis Umgang mit Báthory brachte den Lausbuben Iwo ganz aus dem Häuschen. Er wurde richtig eifersüchtig. Verbissen, wütend, in seiner Eitelkeit gekränkt war der Bengel: Kiki und der Prinz ruderten auf dem Teich und nahmen Iwo nicht mit. Er hatte vielleicht Dienstbotentratsch aufgeschnappt: Dieser und jener Bursche im Stall »gehe« mit der und jener Magd – das sei eine Schande. Die Gräfin wieder sprach übel von Kalvinern. So mag sich in Iwo festgesetzt haben: es ist eine furchtbare Schande, daß Kiki mit dem kalvinischen Jungen »geht« – und er besprach mit dem Lehrling in der herrschaftlichen Schmiedewerkstatt, seinem Vertrauten, sie werden Báthory töten.
Sie machten wirklich Anstalten dazu. Iwo holte zwei alte Pistolen von einer Trophäe im Jagdsaal und lud sie.
Sie fuhren voraus auf eine kleine Insel im Teich und legten sich auf die Lauer, bis Báthory und Kiki kamen.
Iwo sprang aus dem Schilf und zielte auf seinen Nebenbuhler. Zum Glück ging die Pistole nicht los. Den Lehrling hatte der Mut verlassen – er blieb untätig.
Kiki und Báthory ruderten erschreckt ans Ufer; Báthory lief davon. Kiki schwieg über das Abenteuer.
Und es wäre nie an den Tag gekommen, wenn der Schmied nicht nach Meisterart seinen Lehrling am Ohr nahm und befragte: »Wo hast du den ganzen Nachmittag gesteckt?«
»Beim jungen Herrn Baron.«
Ein paar saftige Maulschellen – und der Lehrling gestand unter Rotz und Tränen: sie hätten eben nur ein wenig morden wollen – der Herr Baron den jungen Herrn Prinzen – und der Lehrling sollte gleichzeitig Kiki erschießen, »damit sie nicht um Hilfe schreit«.

Darob Erregung auf dem Wallheimschen Hof – die Geschichte sprach sich herum; Báthorys Verwandte holten erschrocken den bedrohten Prinzen, ihren Volontär, von der Wallheimschen und schickten ihn weg zu seinen Eltern.

Der Guardian erfuhr das alles von der Gräfin selbst, als er dort einmal vorsprach – und von nun an wurde er geradezu schwermütig.
Er hatte doch eine fixe Idee: seine Furcht vor »Panduren«. Und ein Pandur war für ihn, wer gewölbte dunkle Brauen hatte; Pandur war vor allem jeder Mirkowitsch. Die Familie Mirkowitsch, die Patronatsherrschaft, galt ja dem Guardian für eine Sippe von Teufeln.
Pater Cyrill hatte Kiki und Iwo gesehen – beide waren »Panduren«. Sie werden einander heiraten.
»Aber, Hochwürden! Der Kleine ist dreizehn und das Mädel fünfzehn. Sie prügeln sich spät und früh.«
Pater Cyrill schüttelte nur den Kopf und seufzte besorgt: »Panduro – Pandura – misera rura.«
Er meinte damit: dem armen Gut wird es schlimm ergehen, wenn Kiki einmal den jungen Baron zum Mann nimmt.
Graf Albin sagte ihm darauf: »Sie, Pater Cyrill, haben eine falsche Vorstellung von den Panduren – daher Ihre Abscheu. Das Bild von Franz Trenck auf Ihrer Pfarre ist ganz verräuchert, darauf kann man nichts ausnehmen. Ich werde Ihnen ein gutes Porträt schicken, damit Sie sehen, wie ein Pandur eigentlich dreinschaut.«
Und er schickte ihm einen Spiegel. Wirklich, der Guardian glich heruntergerissen dem Obristen Trenck – nur viel voller in der Figur – auch den Geierschnabel hatte er, das schwarze Haar und die hochgewölbten schwarzen Brauen.

31

Als Kiki aus dem Kloster Sacré Coeur endgültig wiederkam, hörte sie auf kein Zureden der Mutter mehr und richtete sich in Sokolowo ein, bei Albin, ihrem Vater.
Man war wirklich überrascht. Die meisten hatten ja fast vergessen, daß Graf Albin eine Tochter hat.
Am allerwenigsten war man auf solch ein Staatsmädel vorbereitet: die Schönheit vom Vater, das Temperament der Mutter. Umgekehrt wär's ein Malheur gewesen.
Und diese Unschuld (von der Mutter)!
Albin verwöhnte seine Kiki unmäßig. Sie hing am Vater auch wie eine Klette. Und Albin machte ihr nun in aller Form den Hof.
Das Mädel war bezaubernd. Augen hatte sie – geradezu unvergeßlich. Neben jeder Pupille noch ein Pünktchen im Weißen – so, als hätte sie doppelte Augen. Das Haar braun, in verrückten Ringeln, und gebaut war sie wie eine Najade; und eine Stimme hatte sie wie eine Lerche. Die schönsten Frauen sind die mit braunem Haar und hellem Teint. Ob die Augen blau sind oder grau – darauf kommt es nicht sehr an; wenn nur die Haut schneerieselweiß ist – wie bei Kiki.
Und so etwas wird einmal das Majorat erben, 50.000 Joch. Die Sokoly haben doch das Privileg der weiblichen Nachfolge.
Diese Unschuld, wie gesagt: mit achtzehn behandelte sie die Männer noch nicht anders als etwa die Dienerschaft: gnädig, aber ohne Interesse; die Klostererziehung hatte also doch durchgegriffen. Tiefe Freundschaft hatte sie nur mit Mali Amperg. Auch das lernt man im Kloster: Frauenfreundschaft.

Mali Amperg war damals etwa zweiundzwanzig – man sagte aber, sie fühle sich in der Ehe dort in Poldsdorf draußen nicht sehr zufrieden.
Sie war unbedeutend im Äußern, farblos – man hatte sie nie recht beachtet. Sie galt für eine laue Natur. Galt aber sicherlich mit Unrecht dafür – denn an Kiki schloß sie sich leidenschaftlich. Es gibt solche Frauen, besonders die aschblonden, langweiligen: sie hängen sich an eine jüngere, prachtvolle, und wärmen sich an ihrem Glanz; erhitzen sich vielleicht sogar an ihr. Von Poldsdorf ist nicht weit nach Sokolowo; Mali wich gar nicht mehr von Kikis Seite. Kiki tat und ließ nach Gefallen, was ihr eben durch den Kopf ging; Albin sagte zu allem Ja und Amen – vielmehr: er wurde nicht gefragt.
Kiki mußte ihr Gespann haben, selbstverständlich. Albin überließ ihr auch sein Leibpferd ›Leda‹, eine sehr figurante, fromme Schimmelstute, die ging unter dem Damensattel wie ein Uhrwerk. Außerdem hatte Kiki noch Reitpferde für den Groom und den Stallmeister. Schön, sie ritt noch nicht sehr firm – da brauchte sie einen Meister, der es ihr beibrachte. Alles vernünftig und standesgemäß.
Wie es aber im Gartentrakt von Sokolowo zuging, in Kikis Räumen: das war schon Cäsarentum. Agathe, Kikis Jungfer, hatte sich da als Königin-Mutter aufgetan und herrschte über eine wahre Hofhaltung von Geschmeiß. Fehlte nur noch, daß Albin ein Majestätsgesuch einreichte, wenn er Kiki Guten Morgen sagen wollte. Mali Amperg und Agathe überboten sich an Weihrauchopfern und gegenseitiger Ehrerbietung; und hätten einander wahrscheinlich am liebsten die Augen ausgekratzt.
Mali Amperg fuhr Rad. Sie hatte ohne Arg damit angefangen – um aus ihrer Einsamkeit nach dem Städtchen zu können, nach Sokolowo. Später – wer weiß? – fand sie

gelegentlich Fahrten bequem, zu denen man keinen Kutscher braucht, keinen Mitwisser... Auch kühle Frauen spielen gern mit dem Feuer. – Willi Amperg wars zufrieden. Es ging ihm ja knapp genug – seiner Frau ein Gespann zu halten, wär ihm nicht leicht worden. Und wenn Mali sich zu Rad vergnügte, blieb ihm, Willi, mehr Zeit für seinen Hauptberuf: Papa Albins Kumpan zu sein.
Mali Amperg radelt – da wollte es Kiki auch einmal versuchen; ließ sich von Willi Amperg zum Spaß im Park umherrollen, auf dem Rad – und so wurde der Wahnsinn auf Sokolowo endemisch.
Das der Hergang, wie Kiki überhaupt dazukam.

Albin Sokoly war selbst mit Fünfundvierzig viel zu jung, als daß er nicht gern Menschen bei sich gesehen hätte. Und er liebte und bewunderte seine Kiki so ausschließlich, daß er von nichts anderm mehr redete.
In solch weinseliger Stimmung verriet er, warum Kiki nicht bei Hofe vorgestellt werden konnte, en grande tenue: das Unglücksmädel hatte tätowierte Arme; ›Crescentia‹ auf jeder Seite. Sie hatte sich im Sacré Coeur den Namen ihrer Lieblingsnonne einstechen lassen.
Darauf tat sich Albin einen Batzen zugute: ein Kind mit dieser Inbrunst, dabei dieser Einfalt! Sie schwärmt für ihre Lieblingsnonne; ist es nicht rührend?
Rührend – gewiß. Ein Grund aber für den Vater, stolz zu sein? Gar so viel Arglosigkeit ist keine gute Mitgift, bringt später auch nur Verdruß. Denn jeder Mensch, ob Frau oder Mann, muß seine schmerzhafte Liebe vor der Ehe haben. Wenn man einem Mädel nicht Zeit läßt, sich beizeiten gehörig anzubrennen, kommt es später, in der Ehe, um so ärger.
Über Kiki kam es früh genug, vor der Hochzeit:

In Essegg bei den Ulanen war damals ein Leutnant Meier – von Meier; ein blutjunger Mensch, sehr verträumt und verschlossen. Später, nach Jahren, hat man entdeckt, daß dieses stille Wasser durchaus nicht harmlos war; sondern gefährlich, sogar tückisch.

Später, nach Jahren. Vorerst hießen sie ihn im Regiment ›das unverstandene Mädchen‹. Sie hatten ihn in den Fechtkurs kommandiert, weil man so gar nichts mit ihm anzufangen wußte. Es kam wieder, immer noch ungeklärt.

Aber ... er fuhr Rad. Das übt man im Fechtkurs. Seine Passion machte ihn bei Sokoly alsbald gern gesehen.

Für Kiki muß es eine Liebe auf den ersten Blick gewesen sein, lichterlohes Aufflammen. Denn der Roman der beiden war sehr kurz und nahm ein jähes Ende. Eine dunkle Geschichte – man ist auf Vermutungen angewiesen; denn Kiki hat sich niemand anvertraut – weder ihren Hofdamen Mali und Agathe, geschweige denn Albin.

Irgendeine Bewegung Kikis, eine Blutwelle vielleicht oder ein Erblassen, muß dem kleinen Meier verraten haben, wieviel die Glocke geschlagen hat – sonst wäre in ihm nicht dieser Plan gereift, der schon gaunerschlau war und gaunerkühn.

Er lenkte in der Offiziersmesse das Gespräch aufs Radeln und brachte fertig, daß man mit ihm wettete: er könnte nicht 50 Postmeilen an einem Tag abradieren, 380 Kilometer.

Niemand merkte was dabei. Niemand wunderte sich, als Meier zu trainieren begann. Am allerwenigsten Albin. Und der Preisradler wurde doch nur zweimal täglich Albins Gast. Essegg–Sokolowo – eben sieben Meilen – das traf sich vorzüglich.

Selbstverständlich fuhren Kiki und Mali Amperg immer ein Stück weit mit oder auch entgegen. Man interessiert sich doch für einen Sport, wenn man ihn schon betreibt. Einmal begleiteten Kiki und Mali – Albin im Wagen – den Leutnant in die Garnison, am Vormittag – man holte mit Hussahalloh den lustigen Julius aus seiner Wohnung – die ganze Gesellschaft aß bei den Ulanen in der Messe, und auch Albin und Julius legten bei dieser Gelegenheit Wetten auf die 50 Meilen.

Eben war Artur Thaler nach Essegg zurückgekommen, vom auswärtigen Dienst versetzt zur Regierung. Julius hatte mit Turi Thaler bei der Botschaft in Konstantinopel gestanden, war in früherer Zeit oft mit ihm gestartet, als Herrenreiter. Die alten Genossen waren erschüttert von dem Wiedersehen – kurz, man kam gewaltig ins Picheln; in so angenehmer Runde blieb Albin mit Vergnügen sitzen – und Kiki radelte mit dem Leutnant allein nach Hause. Albin kam des Abends und fand die beiden schon in Sokolowo: die Tochter und den Leutnant.

Endlich, zur Vollmondzeit, sollte die Wette ausgetragen werden.

Den Leutnant ließ eine Kommission um drei Uhr früh aus Essegg ab. Die beiden Sokoly, Vater und Tochter, waren vor Tag aufgestanden und erwarteten ihren Crack mit Tee und Spannung. In gemächlichem Tempo fuhr er ein und, als das Rad geölt und gereinigt war, wieder zurück. Um neun Uhr war Meier wiederum da. Er sollte ja die Strecke siebenmal fahren. – Indessen hatte der Vormittagszug einige Ulanen als Schiedsrichter gebracht, denn die Wettfahrt wird doch in Sokolowo enden. Diesmal blieb Meier etwas länger, frühstückte – und fort ging es.

So hatte er bis ein, zwei Uhr mittag glücklich fünfunddreißig Meilen weg – die Ulanen ihre gelinden Affen.

Meier nahm ein Bad. Da sagte Turi Thaler, der alte Herrenreiter:
»Paß auf, Julius, dein Favorit läßt dich noch im Stich.«
Und wirklich, als Meier aus dem Bad war, wollt er nicht recht. Wollte schließlich durchaus nicht mehr. Alles umsonst, er könne die letzten fünfzehn nicht machen – auf dem Weg nach Essegg schon gar nicht, der sei voll Staub und Löcher und gehe ihm bis daher.
Julius war erhitzt und schier ärgerlich. »Unsinn, mein Freund – du mußt, und damit basta! Sitz nur erst auf, tritt ein paarmal in die Pedale, wie es sich gehört – wirst sehen: die Schläfrigkeit ist im Nu überwunden. Was, Turi? Wie wir zwei noch im Training waren? Wie oft haben wir geglaubt, es ist Matthäi am letzten?«
Nein und nein – Meier will nicht – und den alten Weg am allerwenigsten.
Da gibt es eine Überraschung: Kiki springt auf, verschwindet und – husch – ist sie wieder da: in Dreß.
»Ich werde pace machen – kommen Sie, Meier!«
Sie sagt es – ihre Backen sind rot, und ihre Augen blitzen.
Meier kommt. Mali möchte mit; Kiki schüttelt sie ab.
Meier und Kiki werden nach Sankt Martin radeln.
»3 Uhr 21 nachmittags«, notieren die Schiedsrichter – und trinken weiter. Sie empfinden es als unliebsame Störung, als sie spät abend vor das Tor gerufen werden, die Ankunftszeit festzustellen.
»Aus Sankt Martin?« fragt Thaler.
»Ja.«
»Dann sind es 382 Kilometer. – Gratuliere. 10 Uhr 17 abends.«
»Hurra, Allheil! Gewonnen!« schreit Julius und hebt den blassen Meier auf den Armen vom Rad.

Nun, bis hierher war alles gut und richtig. Der Zucker aber liegt zugrund:
Die Ulanen mußten doch Sokoly Revanche bieten für die so oft beanspruchte Gastfreundschaft und gaben darum ein Essen. Die Ampergleute, Albin Sokoly und einige andre waren geladen. Kiki und Mali natürlich rechts und links vom Obersten, Albin zwischen zwei ärarischen Damen.
Gegenstand des Gespräches: die Distanzfahrt.
Nun war bei den Ulanen ein Major – verheiratet, also weniger auf dem Laufenden in Regimentsfragen – ein ganz einfacher Mensch aus ungehobelter Wiege und, wie die einfachen Menschen schon sind: wenn er endlich ein Thema hatte, ließ er es nicht wieder los. Er meinte, Kiki nicht besser ehren zu können als durch umständliches Ausfragen nach den Zeiten und Wegen.
Kiki wird immer befangener.
Alle beginnen aufzuhorchen – alle, nur der unglückselige Major nicht.
Und dann etwas Furchtbares:
»Nach Sankt Martin, Comtesse –?« fragt er verblüfft – »nach Sankt Martin? Aber ich bin doch eben vorgestern Nachmittag den Weg geritten? Da müßt ich den Preisradlern doch unbedingt begegnet sein …?«
Es liegt eine Wette vor. Ein Offizier behauptet, sie gewonnen zu haben, und hat den Preis angenommen. Lügt er – nun Oberst Orlik ist der letzte, nicht wie ein Heide dreinzufahren.
Aber wirklich, selbst dieser Kommißknopf von Orlik – als er Kiki sah – er konnte nicht anders, als dem Major auf den Fuß treten.
Kiki muß das Herz erstarrt sein. Kiki lachte mit offenem Mund, die Augen traten ihr aus den Höhlen.

»Herr Major«, sagte Albin Sokoly gemächlich und rauchte ein paar Züge, »Herr Major, Sie mögen aber komisch geritten sein. Ich bin nämlich mit meiner Tochter und dem Herrn Leutnant in Sankt Martin gewesen – zu Pferd. Und mir sind Sie auch nicht begegnet?«
»Ja ... ja ... jetzt ... ich ... erinnere mich«, stammelte der Major hilflos.

Jahre später, als Kiki der Situation längst entwachsen war, als sie gelernt hatte, Wichtiges leicht zu nehmen und über Torheiten zu lachen; als reife Frau hat sie eingestanden: in ihrem ganzen Leben war ihr kein so lähmender Schreck in die Glieder gefahren wie in der Offiziersmesse bei den Ulanen, als der Major sie fragte: »Wo sind Sie gewesen – wenn nicht in Sankt Martin?«
Es ist damals wirklich nichts Verbotenes geschehen, versicherte Kiki – zu einer Zeit, wo sie weit genug war, unbefangen und freimütig über ihre Jugendeseleien zu sprechen. Meier und sie, statt nach Sankt Martin zu radeln, die Wette auszutragen, hatten sich bei Sokolowo abseits irgendwo in den Busch gelagert und Hand in Hand, stumm, verträumt und glücklich dagesessen. Der zitternde kleine Leutnant hatte sie grade nur bis ans Armband berührt, und mehr hätte sie auch nicht geduldet.
Doch ihr, die doch eben erst aus dem Sacré Coeur gekommen war, erschien schon solch geringe Vertraulichkeit, schon das Alleinsein mit dem jungen Mann eine Sünde – und ihr wäre es damals Entheiligung ihrer ersten fraulichen Regung gewesen, diese Stunde im Wald der trunkenen Schar preisgeben zu müssen.
Und eins hat sie deutlich gewußt: wieviel für den Geliebten auf dem Spiel stand; er hat doch behauptet, die Wettfahrt gewonnen zu haben – eine dicke Lüge; die

Lüge mußte dem Ehrenmann das Leben kosten, wenn sie aufkam.
Darum, sagt Kiki, hat sie in dieser Stunde ihren Papa maßlos bewundern gelernt, angebetet wie den allmächtigen Gottvater, als er so in olympischer Ruhe seine Zigarre rauchte und – keine Zehntelsekunde zu hastig, keine zu spät – mit einem Atemzug ins Weltgeschehen eingriff:
»Aber ich bin doch mit den beiden Radlern in Sankt Martin gewesen.«
Mit solch heilig-kaiserlicher Sicherheit sein Wort als Schlußpunkt in die Debatte setzen – das durfte sich nur ein Kavalier erlauben von der Wucht eines Albin Sokoly; ein Mann, der wußte: An meinem Wort gibt es kein Drehen und Deuteln.
Es hat irgendeine Philosophenschule gegeben im Altertum, die kannte keine stärkere Bejahung als die Aussage des Meisters.
»Ipse dixit.« – »Er hat es selbst gesagt.«
Dann war jegliche Untersuchung und Beweiserhebung ausgeschlossen.

32

Ein kleines Begebnis aber mit dem Leutnant Meier muß noch besonders vermerkt sein:

Kam einmal der Korpskommandant nach Essegg, die Ulanen besichtigen – Exzellenz Freiherr von Bechtolsheim, Ballei des Deutschen Ordens, hochmögender, hochmütiger Herr; er hielt was auf reines Blut seiner Ulanen.

Als der Oberst ihm den neuen »Leutnant von Meier« vorstellte, fragte der Korpschef näselnd und gereizt:
»Meier. Hm. Von Meier. – Wann ist denn Ihr Herr Vater geadelt worden?«
Der Leutnant blickte bescheiden zu Boden und sagte:
»Mein Vater ist überhaupt nicht geadelt worden.«
»Ah?! Sondern wohl schon der Herr Großvater?«
»Nein, auch der nicht.«
Es zeigte sich überhaupt, daß die Meier gar kein so übles Haus sind:
Sie sind nämlich Schweizer Ursassen und mit Rudolf von Habsburg nach Österreich gekommen.
Aus Abenteuerlust. Nicht etwa aus Pflicht.
Denn sie waren niemals untertan den Habsburgern.
Im Gegenteil: etliche Jahrhunderte vorher sind die Habsburger Meiersche Dienstmannen gewesen.

33

Solang Iwo Mirkowitsch minderjährig war, bildete das Gut Mirkowo eine Verlassenschaftsmasse, und Verwalter war ein Schwabe aus Essegg, ein Evangelischer.
Dies Mirkowo ist kein Majorat – es konnte jede Generation Hypotheken darauf türmen; keine hat es versäumt. Der Schwabe, der Verwalter, hatte einen schweren Stand. Pater Cyrill aber, der Guardian, atmete auf. Der Verwalter tüftelte nicht in Pergamenten – der jahrhundertalte Streit um die Klostergründe ruhte. Gewiß, der Verwalter gab sie nicht auf – sie gehörten ja zur Verlassenschaft wie der übrige Boden. Doch nebenher war der Schwabe dem Guardian auf jede Weise gefällig: er ackerte ihm im Früh-

jahr die paar Streifen Feld um, die der Pfarre geblieben waren, und wenn der Guardian gesät hatte, ließ der Verwalter ihm's übereggen; der Verwalter brachte auch endlich das Dach des Klosters in Ordnung, stillschweigend auf Herrschaftskosten, und ließ Dielen ins sogenannte Refektorium legen. Nur Neuanschaffungen verweigerte der Verwalter; es gehe über seine Vollmacht.

Kaum aber hatte Iwo Mirkowitsch selbst die Leitung übernommen, mit neunzehn: binnen drei Monaten hatte er den Verwalter hinausgeekelt.
Und das Geräufe um das Patronat ging wieder los. Geizig Rechte zu wahren, das hatte Iwo von seiner Ziehmutter gelernt, der Wallheimschen. Ihre Vorliebe für den Guardian allerdings hatte er nicht übernommen; im Gegenteil. Ein wenig schuld an der Entzweiung war ja auch der Guardian; er konnte sich nicht gewöhnen, Mirko als erwachsenen Menschen zu behandeln, herrschte ihn wie einen Knaben an – und grade damit hat er sich's bei Iwo schon verschüttet. Iwo war äußerst selbstbewußt. Der Guardian legte sich die Gesetze aus, wie es ihm gerade paßte; wenn die Brunnenröhre hin war, sagte Pater Cyrill: Iwo Mirkowitsch sei baulastpflichtig. Wenn Iwo Mirkowitsch erwiderte, er gebe nichts her, die Fabrica ecclesia habe wohl Geld genug – da schäumten die Franziskaner: was ihn denn die Fabrica ecclesia angehe? Die Verwaltung der Fabrica sei Sache des Ordens, da habe nicht einmal der Bischof dreinzureden und nicht die Sieben Tafelrichter, geschweige der Patron.
»Gut«, antwortete Iwo Mirkowitsch, »dann rede er auch nicht in die Brunnenröhre hinein.«
Es war eine Hauseigenheit der Mirkowitsch, den Mönchen auf die Tonsur zu pusten. Das wußte Iwo und wollte

darin hinter seinen Vorfahren nicht zurückbleiben. Das alte Spiel von jeher:
»Wir sind ein Kloster«, sagte der Guardian von Mirkowo – wie immer er hieß – »gebt uns unsre Klostergründe zurück, ihr habt sie widerrechtlich eingezogen.«
Kläffte die Herrschaft: »Ihr seid gar kein Kloster; das ist längst aufgehoben – ihr seid eine Pfarre.«
»Ah«, antworteten die Franziskaner, »wenn wir eine Pfarre sind, seid ihr unsre Patrone und müßt für die Erhaltung der Kirche und der Pfarre sorgen.«
Dann tut der jeweilige Mirkowitsch erstaunt: »Seid ihr denn kein Kloster?«

Nun schrieb einmal der Guardian an Iwo: Die Jalousien am Pfarrhaus wären schadhaft, es müssen unbedingt neue beschafft werden.
Iwo kollerte. »Was«, schrie er, »hat epper der Stall in Bethlehem Jalousien gehabt?« Die echtesten Jünger des Herrn sollen ihn in... Ruh lassen. Und überhaupt wäre heuer ein dürres Jahr.
Im Frühling darauf – schon im Februar – kam der Guardian persönlich daher und bat um neue Jalousien. »Herr Baron«, sagte er lächelnd, »ich komme diesmal früher – solang noch feuchtes Wetter ist.«
Iwo faßte ihn an der Kutte und führte ihn an das Fenster. »Da, sehen Sie einmal den Winterweizen an; alles rot von Rost.«
»Aber, Herr Baron, die Jalousien fallen mir schon auseinander – die Parochianen sehen mir beim Ankleiden zu.«
Iwo wollte etwas antworten, verschluckte es aber – denn er war zufällig nicht wütend – und verpfändete sein Wort: so bald wie möglich werde er die Jalousien machen lassen.

Fiel ihm gar nicht ein. Als der Guardian mit Entziehung des Patronatsrechts drohte, sagte Mirkowitsch: darauf pfeife er. Als der Guardian antwortete: dann bleibe Mirkowitsch auch nicht mehr teilhaftig des Portiuncula-Ablasses – da wurde Mirkowitsch grob. Er verbitte sich jegliche Einmischung in sein Seelenheil, er verkehre mit dem lieben Gott persönlich, auf Du und Du.
So ging es volle zwei Jahre. Mirko kaufte seinen Leuten eifrig alles Stroh ab, das sie dem Guardian gestohlen hatten.
Im dritten Jahr erklärte Mirkowitsch, er habe nur Hand- und Spanndienste zu leisten. Sollte das Kloster Jalousien anschaffen, so werde er sie von der Bahnstation bis an die Klausurmauer fahren. Das sei seine Pflicht. Und mehr tue er nicht. Lieber verkaufe er die ganze Klitsche.
Im vierten Jahr wurde es dem Guardian zu dumm, er erinnerte den Patronatsherrn gebieterisch an die Jalousien.
»Kann ich sie denn blasen??« brüllte Iwo Mirkowitsch. »Warten Sie, bis sie fertig werden!«
Darauf erhob der Guardian Beschwerde beim Bezirksamt – und Iwo verbot seiner Dienerschaft das Heiraten. Um nämlich den Pfarrer um die Stolagebühren zu betrügen.

34

Unter den Männern, die sich etwa schmeicheln konnten, einst Kikis Hand zu erwerben – unter ihnen die geringsten Aussichten hatte: Robida, Iwo Robida, Wüstengreises Kajetans Großneffe.
Viel, viel älter als Kiki – er zählte volle sechsunddreißig.

Männer wie Robida sind nicht geschaffen, Frauen zu erobern. Man entflammt Weiberherzen, wenn man sehr schön ist – oder häßlich, aber voller Geut, klug und stark; doch auch aus Mitleid kann sich eine Frau verlieben: dann möchte sie den Mann bemuttern.

Robida war kein Extrem; in allem Mittelmaß, selbst im Wuchs. Früh ergraut – es liegt in der Familie. Ein williger, gefälliger Mensch, wurde er Kikis Bote, Vertrauter, Helfer in allen Dingen, die sie dem Vater nicht gestehen wollte – nicht einmal diesem nachgiebigen, gehorsamen, verliebten Vater.

Robida war Kikis Cousin. Nicht wirklich, denn ihre Verwandtschaft war doch sehr weitschichtig. Er riet ihr Bücher an und brachte sie gleich mit – was Albin nicht konnte, denn er hatte lange kein Buch mehr gelesen. Robida versorgte Kiki mit Zigaretten, schleifte Tänzer herbei und Tennispartner. Wenn die Tänzer und Partner lästig wurden durch zudringliches Kurschneiden, hatte Robida sie wieder abzuschaffen.

Und schließlich – mit den Jahren – wurde dieser unentbehrliche, stets hilfsbereite Iwo Robida der von Natur gegebene Freier.

Er war nichts, hatte nichts – lag nur im Prozeß um ein Gut in Oberungarn. Doch er durfte etwas Großes erwarten: Die Sokoly hatten sich doch vorlängst in zwei Linien gespalten. Hier im Stammhaus lebte neben Albin an Männern nur Julius – vielmehr lebte er in der Stadt, in Essegg – und künftige Erbin war Kiki. Nicht Erbin des Majorates bloß, auch Erbin ihrer reichen Mutter, des Gutes im Banat.

Drüben in Walpo war nur mehr der alte Kajetan übrig. Er hatte wie ein Hamster nie etwas verbraucht und alles an sich gezogen: Mitgiften frühverstorbener Tanten, Schwä-

gerinnen, Schwiegertöchter, Schwiegerenkelinnen – denn er überlebte und beerbte wie im Taglohn: Onkel, Brüder, Söhne, Vettern, Basen.
Sein nächster Angehöriger war Robida, einziger Sohn der Nichte. Diesem Robida mußte einmal der ganze Hamsterbau des Alten zufallen. Vielleicht wird der Alte Legate stiften und verstreuen; das Pflichtteil kann er Robida nicht nehmen.
So wäre denn, wenn Kiki wirklich Robida ehelichte, das Sokolysche Riesenvermögen nach fast einem Jahrhundert der Trennung vereinigt worden; ein Traum, dem auch Albin gern nachsann. Schließlich hat man doch ein Herz für Familienglanz und Wappenehre.
Kiki reifte langsam – wie einst ihr Vater. Der Altersunterschied zwischen Kiki und Robida schwand mit jedem Tag. Sie einundzwanzig – er neununddreißig... Kiki hatte auch Neigung für Robida – die Neigung leuchtete auf, sooft Kiki eine Enttäuschung des Herzens erfuhr.
Dreimal mindestens war sie daran, um Robida zu freien. Jawohl – sie um ihn.
Denn er schwieg und diente. Er fragte nicht, um keine Abweisung zu riskieren. Er wartete: sie wird schon kommen.

Vor ein paar Jahren kam in die Kanzlei des Stefansordens ein neuer Greffier. Was alle Beamten tun: er schimpfte über den Saustall, den der Vorgänger zurückgelassen hat; da wird gründlich Ordnung gemacht.
Gleich der Akt 1: Kapitelliste. Anno 1848 hat ein Kajetan Graf Sokoly das Kleinkreuz bekommen, »für kaisertreues Ausharren in schwerer Zeit«. Die Dekoration ist nach dem Tode des Ausgezeichneten der Ordenskanzlei zurückzuliefern. Ist nicht geschehen. Warum nicht?

Der Greffier schrieb an die Bezirksbehörde Walpo, bündig und geharnischt: wo bleibt das Kleinkreuz?
Die Bezirksbehörde brauste auf: hieramts wäre nichts versäumt worden; Kajetan Graf Sokoly, Kleinkreuz von 1848, ist noch bei Leben. – Der Greffier wollt es gar nicht glauben. – Der alte Graf ärgerte sich krebsrot.
Kajetan Sokoly war so hoch betagt, daß sich die ältesten Leute nicht entsannen, ihn je anders gesehen zu haben als in weißem Haar. Er hatte den Dichter Goethe von Angesicht gekannt; bei der Krönung des Kaisers Ferdinand in Mailand war er Staberlherr gewesen. Man zählte ihn nicht mehr unter die Menschen, die da sterblich sind und wechseln – sondern unter die Elementarereignisse: wie es eine Sonne gibt, einen Mond, ein Land und einen Regen, so gibt es Kajetan Sokoly. Er ist immer gewesen.
Und wird immer sein. Die Bauern sagten: er habe es schriftlich vom Papst.
Kajetan Sokoly, der nie sterben wird, ist auch niemals jung gewesen. Mit fünfunddreißig eisgrau. Schon damals, um den vielen Reden und Begründungen auszuweichen – damals schon gab er sich gern für fünfundfünfzig aus.
Nun blieb er, wie er war – kein Jahrzehnt hat mehr was an ihm geändert: zäh wie eine Eibe, langlebig wie eine Eibe und stand auch immer draußen in den Sümpfen.
Zuletzt ragte er als Fremder in die Zeit. Alles um ihn, selbst seine Enkel, waren schon gestorben.
Nie hatte er nachgedacht, Wahrheiten nie gesucht – die größte kam ihm nach so viel Erfahrung von selbst, daß alles Irdische unwichtig ist. Er hatte Generationen kommen sehen und schwinden. Keine darunter, die sich ohne großes Getue durchzusetzen suchte. Hatte sie es erreicht – was weiter? Auf dem Friedhof von Walpo neue Hügel. Auch sie verfielen.

Liebe, Haß, Ehrgeiz, Wirren, Sieg und Unglück: ihn erregte nichts mehr. Nach ein paar Jahren wird es sich legen, man muß warten können. Er wartete alles durch: zwanzig Jahre – vierzig – achtzig Jahre. Kajetan Sokoly hatte Zeit. Das war seine Chance. Und er siegte immer. Früher – später: die andern gingen, er blieb da.

Als er zweiundneunzig zählte, und sah geradeso aus wie einst mit vierzig, da wurde er eines Tages inne, wie alt er eigentlich war: auf der Pirsch konnt er seinen gewohnten Stand nicht mehr erklettern.
Er hatte seinen Waldhüter mit, Ferdo aus Poldsdorf. Ferdo sollt ihm helfen.
Und Ferdo versagte, war zu schwach. Er, der junge Bursche.
»I, gräfliche Gnaden? I a junger Pursch?« – Ferdo lachte: »Fimwusechzig ha i im Gnack.«
Der alte Sokoly blickte seinen Ferdo an.
So. So. Auch der. Fünfundsechzig. Wie lange wird es dauern – wir werden ihn begraben... Sonst freute sich der Alte sichtlich, wenn es galt, einen Jüngern zu begraben; als kaufe er mit dem Opfer sich selber frei vom Tod – wieder für ein Jahr. Bei Ferdo aber ist es was andres: er ist der letzte, mit dem sich noch ein Wort zu sprechen lohnt. Und in einer seiner kurzen, schlaflosen Greisennächte beschloß Kajetan Sokoly, für sein Erbe vorzusorgen.
Hatte er nicht seinen Verwandten, den einzigen, seinen Neffen Robida, Sohn der Nichte? Nie hat er sich um ihn gekümmert. Jetzt lud er ihn zu sich.
Wenn man so endlos lang auf seinem Land gesessen hat und weiß um jede Furche eine Geschichte und hat jeden Baum dick werden sehen und hat in jedem Dorf den Friedhof voll Bekannter – Herrgott, da liebt man doch sein

Land anders als irgendein Kerl, der es sich nach der Quadratklafter gekauft hat. Der alte Sokoly wollt auch den Mann genau kennen, der künftig darauf herrschen soll.
Robida war in Erwartungen aufgewachsen. Von Kind auf wußt er: Die und die Güter werden bald mir gehören. Sein Vater sagte sich: Einst werde ich bei meinem Sohn wohnen. Die Mutter sprach: Wenn es uns auch jetzt schlecht geht – Kajetan Sokoly wird einmal für uns sorgen.
Doch Onkel Kajetan Sokoly lebte, lebte – und dachte nicht daran, zu weichen.
Vater Robida starb. Die Mutter mahnte den Jungen noch auf dem Totenbett:
»Geduld, mein Kleiner! Lerne leiden, ohne zu klagen – wie in Preußen der Prinz Friedrich. Er ist an die Reihe gekommen – auch du kommst daran.«
Nun hatte die Verheißung begonnen, sich zu erfüllen; Robida war zum alten Kajetan eingeladen.
Verwandtenliebe – Gott, wenn es die überhaupt gibt – zwischen Robida und dem Alten war natürlich keine Rede von Liebe. Robida hatte nie eine Wohltat vom Alten empfangen – daß er ihn beerben soll, dafür gebührt dem Alten doch kein Dank. Das ist ein Recht, das Robida zusteht, an dem der Alte nichts ändern kann, und wenn er sich auf den Kopf stellt.
Und wenn er sich auf den Kopf stellt.
Robida behandelte den Alten zuvorkommend, wie der junge Mann einen Greis nun einmal behandeln muß – und noch dazu ein Gast den Hausherrn – doch das war auch alles. Im Gegenteil, Robida hütete sich vor jedem Schein der Annäherung; er wollte nicht den Erbschleicher spielen.
Anfangs. Grade das gefiel dem Alten wohl. Es imponierte ihm.

Robida war nicht blind. Da hatten sie unter des Alten Herrschaft hundert Fresser eingenistet; Schmeichler, die des Alten Schwäche ausnutzten; Nichtstuer aller Art hatten sich Befugnisse angemaßt – Baron Panzer war nur einer unter vielen. Dummköpfe, die sich mit des Alten Schrullen abzufinden wußten, schöpften den Rahm ab; einer von den Verwaltern zum Beispiel hielt zwanzig Stück Großvieh; der Oberförster baute sich ein eigenes Sägewerk in Poldsdorf – einen Büchsenschuß von der Walposchen Grenze. Also das ist doch frech. Und der Alte ließ alle gewähren, um sie nur nicht entlassen zu müssen. Denn jedes neue Gesicht, das in seiner Welt auftauchte, war ihm ein neuer Wink: wie wenig er in diese Welt gehörte, die er längst hätte verlassen sollen.
Der Alte selbst war es, der Robida in die Wirtschaft zog. Robida ging taktvoll genug vor. Er war ein gebildeter Landwirt, und ihm wurde manchmal nicht leicht, mit seiner Meinung zurückzuhalten, den Schlendrian schweigend gutzuheißen. Doch er machte auch die gröbsten Auswüchse mit. Dem Alten wieder behagte, einen verläßlichen klugen Menschen um sich zu wissen, auf den konnt er einen Teil seiner Pflichten abwälzen.
Nach einem Jahr ungefähr war es so weit, daß Robida klipp und klar den Ackerbau leitete und der alte Sokoly nur mehr den Wald.
Wobei dem alten Kajetan übrigens nicht einfiel, Robida etwa ein Gehalt auszusetzen. Wofür denn? Die Handvoll Arbeit von früh bis spät? Er tut es doch gern, der Großneffe. Daß man Landwirtschaft lernt, als Beruf ausübt, kam dem Alten nicht in den Sinn.
Bei aller Zurückhaltung Robidas – einmal mußt es zum Krach kommen. Und es kam dazu. Der alte Sokoly hielt auf seinem Vorwerk vierhundert Schweine in Mastung.

Robida hatte geraten, immune einzustellen. Das war aber dem Verwalter zu unbequem; er redete dem Alten ein, die Geschichte mit der Immunität wär auch nur so ein moderner Schwindel.

Die Hälfte der Schweine krepierte an der Seuche – ungeheurer Schaden.

Robida ging es dem Alten melden; sagte es ihm ganz einfach hin, ohne Überhebung, ohne Vorwurf in der Stimme – und der Alte, doppelt empfindlich im Bewußtsein, eine Dummheit gemacht zu haben, auf der Suche nach einem Vorwurf, fand ihn in Robidas Augen. Der Alte las deutlich darin, was Robida immer nur dachte, was jeder Mensch dachte, was so nahe lag:

»Graf Kajetan Sokoly! Gebärde dich nicht als Herr hier, alter Mann, denn du bist nur mein Statthalter – und wie lange noch? Zweiundneunzigjähriger! Was du auch tust, tust du nur mir zu Nutz und Schaden – nicht mehr für dich, denn alles ist schon mein. Ich, Robida, bin der wahre Herr, werfe heut oder morgen mein Bettlergewand von mir und werde mich hier als Gebieter zeigen.«

Einem unabwendbaren, niederträchtigen Schicksal sah sich der Alte gegenüber und geriet in rasenden Zorn. Nichts, nichts kann er gegen diesen jungen Mann. Wenn es der Sohn wäre – aber nein, ein hergelaufener, fremder Halunke nimmt ihm weg, was er in hundertjähriger Arbeit geschaffen hat. Und heftig fiel der Steinadler über den Jungen her.

Robida brauchte kein Wort zu erwidern. Er wußte tief innen: Der Alte kann mir nichts anhaben.

Ließ den Alten toben und ging.

Unter den Leuten, die sich da an Kajetan Sokolys Hof breitmachten, war Baron Panzer der erfolgreichste. Ein

Habenichts und Taugenichts, nicht einmal guter Adel. Doch ein Unterhaltungstalent ersten Ranges. Wenn die andern den Alten heimlich bestahlen – Panzer hatte Heimlichkeit nicht nötig: er aß an Kajetans Tisch, flößte Kajetan seine Gedanken ein – er stahl sozusagen das Silberzeug vor Kajetans Augen. Panzers Tochter war mit einem blutarmen Offizier in Essegg verlobt. Verlobt – du meine Güte! Ein Verhältnis hatte sie mit ihm. Denn heiraten konnten sie einander nie; Baronesse Panzer hatte kein ganzes Hemd auf dem Leib.

Ein übermütiges, starkes Frauenzimmer war sie mit glühenden Augen, ein bißchen überreif.

Ihr brauchte es der alte Kajetan nicht zweimal zu sagen – und sie heiratete ihn. Ja, sie blieb sogar brav. Panzer, der um sein Brot bangte, der alte Schmarotzer, hatte sie angefleht, und sie hatte ihm versprechen müssen, brav zu warten. »Denn sieh, mein Kind – wenn du auch das Majorat nicht erbst – in zwei Jahren bist du eine sehr reiche Frau, kannst, was du irgend magst, beginnen.«

Brav – das war nicht nach Kajetan Sokolys Sinn. Mit ungestümer Rachsucht veranstaltete er Feten und Jagden und lud Herren ein – und als die Gräfin immer noch nicht verstand, sagte er ihr auf den Kopf zu, daß er einen Sohn, jawohl, einen Sohn von ihr erwarte, von ihr, der Bubenmutter.

Sie lachte frech dazu und hatte schon eine Antwort auf den Lippen.

»Nein«, sagte Kajetan, »nicht von mir, meine Liebe! Du wirst dir einen Galan erwählen, wen du willst. Nur muß er von großem Adel sein.«

Ob sie sich an die Weisung des Alten gehalten hat, ist ihr Geheimnis.

Einen Jungen hat sie geboren, an des Alten dreiundneunzigsten Geburtstag.
So ist Robida um sein Erbe gekommen.

35

Eines Tages entbietet Iwo Mirkowitsch die Junggesellen der Landschaft zu einer Sauferei – Samstag vor Mariä Geburt, damit das Mulattieren drei Nächte dauern kann: Samstag, Sonntag und noch den Feiertag. Ungefähr sämtliche Junggesellen waren aufgefordert: Robida – Turi Thaler – Meier – der Athlet Preininger – auch Willi Amperg, der hat von jeher für ledig gezählt, trotz Ehestand – ob seiner Naturanlage und Trinkfestigkeit – und natürlich Panzer, der Clown und Krippenreiter, jetzt Schwiegervater und Hofnarr des uralten, schwachsinnigen Walpoer Sokoly.
Meier, das war der Ulane zu Rad; der Athlet Preininger sein Kamerad, Oberleutnant; Turi Thaler: Juliussens ehemaliger Kollege bei der Botschaft in Kospel.
Eine bunte, eine erlesene Schar.
Amperg pumpt geschwind Albin an und Baron Panzer den Grafen Kajetan Sokoly; denn was kann Mirko andres vorhaben als eine solenne Spielpartie?
Es ist ganz anders gekommen.
Samstag mittags kriechen die Junggesellen aus vier Windrichtungen an, nach Mirkowo, kriechen an konzentrisch wie die Wanzen – wenn man Iwo Mirkowitsch mitrechnet, sieben Mann. Alle in Wagen; man kann doch nicht abschätzen, in welcher Verfassung man den Rummel überstehen wird: da wäre Reiten gefährlich.

Ein Regen wie aus Kannen, schon seit Wochen. Die Pferde stapfen im Dreck, dampfen, sie können's kaum erkraften. Die Straßengräben gestrichen voll, der flüssige Lehm gluckst rechts und links und quirlt lustig wie ein Bach.

Mirkos Gut ist in den Jahren, seit man es zum letztenmal gesehen hat, nicht schöner geworden: die Forste ausgeraubt, die Wiesen sauer; auf den Feldern Dünger nirgends, die Beete eben nur angekratzt, eine einzige Plantage von wildem Mohn und Disteln. Das Getreide ist ja eingebracht – trocken, Gott sei Dank, auch der Hafer; was aber an Frucht noch draußen steht – Mais, Rübe, Flachs und Wikken – ersäuft in den Furchen.

Im Regen – wer weiß, warum – läßt Mirko Stoppeln stürzen. Es ist, als gäb er seinen Ochsen Schwimmunterricht. Das arme alte Vieh quält sich im Brei – geflicktes Geschirr, die Widerriste bluten. Die Knechte wischen sich den Schweiß von den Stirnen; sie sollten ihre Hüte nicht den Ochsen an die Darmbeine hängen?

Mirkowo liegt sehr tief. Die Rjeka fließt hier zwischen Dämmen. Die Dämme sickern offenbar.

Eine Schluderwirtschaft – und wie die Felder auch der Hof: schiefe, abgeschlagene Mauern, zerbrochene Fenster und Türen, die Dächer – Schindeldächer – zerlumpt.

Mirkowo selbst ist doch ein uraltes Wasserschloß von Türkenzeiten her – es hat einen Wall, und dahinter steht es bis an den Bauch im Graben. Man kommt durch ein finstres Tor, über eine Zugbrücke; die läßt sich noch heute aufziehen, an Ketten.

Im Flur des Schlosses: der Schimmel wie Wolken an den Wänden. Mirko hat sozusagen Wegweiser aufgestellt, den Gästen zu Ehren: Latten mit Strohwisch an den gefährlichsten Stellen – damit man sich in den Löchern der Diele nicht die Beine bricht. Und auf der Treppe zum Speisesaal, wo eine Stufe fehlt, liegt eine Zichorienkiste.

Neben dem Speisesaal aber die berühmte Trinkstube – wohnlich verräuchert von Jahrhunderten, eichengetäfelt auch die Decke – so hübsch, daß man gar nicht daraus weichen möchte ein Leben lang.

Iwo Mirkowitsch tat sonderbar gemessen. Als Wirt aber, an Gastfreundschaft, überbot er sich selbst.

Zwetschgenwasser schon zwischen Tür und Angel. Dann ein Mahl wie zu einer Krönungsfeier. Vorzüglicher Wein und Sekt. Die Mauern von Mirkowo sind eine Klafter dick; da dringt kein Hall der Außenwelt herein – man sitzt und säuft – sitzt wie auf einem andern Planeten.

Die Stimmung stieg – wenn sie überhaupt zu steigen hatte – und richtig war am ersten Abend schon alles sternhagelsteif.

Doch eh man dem Erdendasein vollends entrückt war, grade zwischen unbewußtem Rausch und dem bewußten, da sagte jemand – wird wohl Turi Thaler gewesen sein: »Kinder, sind wir eigentlich zu unserm Vergnügen da? Oder zum Kartenspielen?«

Langsam erhob sich Iwo Mirkowitsch, stellte die Fäuste auf die Tischplatte und sprach – alles in tiefem Ernst, ja, wirklich traurig; etwa so:

»Wir sind zu unserm Vergnügen da. Wir werden auch nicht spielen – außer: ihr besteht's darauf – dann kann ich's nicht verhindern – aber mittun werd ich nicht. Sondern, meine Freunde: ihr seid's zu einem großen Fest hierher geladen.

Nämlich: einem Totenfest.

Ihr wißt's, mir geht es nicht gut, finanziell. Schon meinen Vater haben sie am Krawattel gehabt – meinen Groß-

vater – am Ende noch früher meine Ahnen. Der Guardian, dieser ... dieser Mensch, tragt ja einen Judenbrief um: daß, hör ich, so quasi ein Fluch liegen soll auf dem Geschlecht der Mirkowitsch – von an gewissen Antonius de Padua Hirsch aus Essegg ... Nein, Kameraden, ich bin nicht abergläubisch. Es hat auch nix zu tun mit Fluch und vorbestimmtem Schicksal.
Verschuldet sein wir einfach von jeher – und Mirkowo tragt nix, von jeher.
Ich – ich hab mir's zum Prinzip gesetzt: Mirko – wenn sie dich auch mit glühende Zangen zwicken – du zahlst nix; haltst still und zahlst nix.
Mit diesem Prinzip, das könnt's ihr mir bezeugen, bin ich durchs Leben gangen. Sie haben mich bei Gericht verklagt – ich hab stillgehalten. Sie haben mich gepfändet: ich hab nicht Muh gemacht. Denn warum? Ich bin angewachsen auf meinem Boden. Mich reißt man nicht heraus; mich nicht; so stark is keiner.
Einen Mahnbrief, eine Vorladung, eine Schrift hab ich auf die andre gelegt – spannhoch – zwei Spann hoch – und wenn der erschte Turm hat wollen umfallen, hab ich nebenan einen zweiten aufgebaut.
Jetzt aber is huia: sie nehmen mir vom Gericht aus meine Pferde.
Gute Freunde! Darum hab ich euch hergerufen, damit ihr mir sollt's helfen, Abschied nehmen: von meine Pferde – vom Boden – von Mirkowo überhaupt.
Ich mach ein Ende und hab alles wunderbar eingefädelt: Mittwoch früh ruf ich meine Leut zusammen – Förster, Schaffner, Heger, Kutscher und Knechte – mit Weib und Kind.
Und sie müssen anspannen – alles, was noch ziehen kann: den letzten Ochsen, die jüngste Kuh.

Auf die Wagen müssen sie legen, was da is: ihre Betten und den Hausrat.
Und dazu, was sie irgend erraffen können von meinem Eigentum: Getreide aus der Kammer, die Möbel aus dem Schloß, Sättel, Pelze, Waffen, sogar diesen Tisch, diese Becher von Zinn und die alten Bilder von die Wände. Kein Korn, kein Nagel darf hierbleiben in Mirkowo. Sie müssen die Kälber an die Wagen binden – treibt's die Schaf und Schweine hinterdrein – und: Ade! Ade, meine Hirten und Knechte! Nehmt's alles, was mein war, und geht's – geht's und sucht's euch eine andre Heimat!
Ich nämlich – Mittwoch um elfe vormittag wer ich meinen Hof anzünden; und Mirkowo anzünden, das alte Geraffelwerk, an alle vier Ecken.
Und wann ich sehn wer, daß alles schön qualmt und schwelt, wie sich's gehört, und der Gestank beißt mir in die Nase – dann lauf ich geschwind und mach die Schleusen auf: damit das Hochwasser von der Rjeka kann im Bogen auf meine Felder sprudeln.
Seit Jahren, glaubt's mir, spinn ich schon diesen Gedanken – auch den heutigen Abend hab ich lang und lang geplant, den Abschied von euch. – Ich kann sagen: ich bin wie befreit, Kinder, daß meine Stunde endlich geschlagen hat.
Meine Gläubiger, die Luder, wollen mir Haus und Hufe nehmen. Gut, sie sollen alles haben: aber Land – und Wasser darauf, viel Wasser; aber den Grund – und Asche darauf; enorm viel Asche. Es darf sich kein Reb Hirsch aus Essegg breitmachen, wo ein Baron Mirkowitsch gehaust hat.
Darauf also, meine Brüder, trinken wir ein Glas! – Und zerschlagt's mir gleich die Gläser an der Wand – es muß ja doch alles zugrund gehen.«

So ungefähr hat Mirkowitsch gesprochen und noch mit den Freunden angestoßen. Ist so ziemlich allen das Zwetschgenwasser aus den Augen geronnen, vor Muggel und Rührung.

Da sagt Turi Thaler – er ist, ehemals Diplomat, nicht nur hoher Verwaltungsbeamter – er ist, und das vor allem, Philosoph und Ethiker:

»Mirko«, sagt er, »ich find dein Arrangement sehr nobel und wohlüberlegt. Gib mir deine Hand, Mirko!« Und er drückt sie warm. – »Meiner Seel, ich in deiner Lage tät genau wie du: Après moi … – Hunde, ihr begehrt's nach meinem Eigentum? Da habt's es! – Nur Eins, lieber Mirkowitsch – eine Frage mußt du mir erlauben: Was geschieht mit dir? Mit dir persönlich?«

Mirko – verbissen:

»Ich gehe in die Welt.«

»Falsch, Mirko! Das darf nicht sein, das dulden wir nicht, deine Freunde. Wenn du schon anfangst mit Heldentum, mußt du die Tat auch bis zu Ende führen.«

»Meinst, Turi: ich soll mich vergiften? Gut. Auch daran hab ich schon gedacht.«

»Wiederum falsch, Mirko! Du zündest das Schloß an – du hebst die Schleusen: so mußt du – stilrichtig – entweder mit deinem Schloß verbrennen oder im Wasser untergehen.«

»Das is wahr«, sagte Mirko gedankenvoll.

Doch zu dem großen Mittwoch, dem Brennen und Ertrinken ist es nicht gekommen, diesmal nicht – weil nämlich die ganze Gesellschaft auch Donnerstag noch fürchterlich besoffen war.

Hingegen kriegte Mirko etliche Zeit darauf sechstausend Kronen – von seiner Ziehmutter, der Gräfin Sokoly, aus dem Banat – und damit konnt er die zudringlichsten Wucherer ein Weilchen beruhigen.

36

Kiki Sokoly war einundzwanzig – da erfuhr man endlich, warum, auf wen sie so lange gewartet hatte: auf den jungen Báthory.

Die Báthorys sind nicht gerade reich – was ihnen geblieben ist, soll eher ein Steinbruch sein als Weizenland – doch hoher Adel sind sie, ein stolzes Geschlecht. Ein Báthory ist Fürst von Siebenbürgen gewesen und König von Polen, noch vor der Reformation. Sie waren verschwägert mit den Habsburgern. Dann fielen sie in Ungnade, als Kalviner; darum sind sie in den Hintergrund gedrängt.

Daß die Sokoly von den bosnischen Königen abstammen, behaupten sie wohl – aber glauben – glauben tun es wahrscheinlich nicht einmal sie selbst.

Der junge Báthory war doch eine Zeit lang im Banat – Volontär auf einem Nachbargut. Als Kinder waren Kiki und er miteinander gut Freund – Iwo Mirkowitsch hatte ihn sogar ermorden wollen. Später, ein erwachsener junger Mann, machte Báthory Besuch bei Gräfin Albin – Zutritt fand er, als Kalviner, bei ihr nicht. Kiki gefiel er; sie setzte sich ihn in den Kopf. Sie ritt mit ihm aus, wechselte heimlich auch Briefe mit ihm.

Iwo Robida, der hier auf Sokolowo so duldsam der Comtesse diente, konnte sich lange nicht erklären, warum er bei ihr nicht weiterkam; plötzlich die Erleuchtung: weil sie auf den Prinzen spitzte.

Und dieser Báthory schrieb eines Tages ab; aus Deauville;

nächste Woche werde er sich verloben; mit einer englischen Lady, Protestantin also; von hohem Adel.
Kiki ging umher wie nicht gescheit. Sie legte sich zu Bett und rauchte, bis ihr übel wurde. Stand auf und fuhr nach dem Banat. Halben Wegs sprang sie vom Wagen und nahm in Essegg die Eisenbahn. Besann sich anders und telegraphierte ihrer Freundin, der Mali Amperg, um Pferde. Kam heim und gab Albin die Schuld. – Woran?
Plötzlich rief sie die Mutter herbei – und sie wolle sich verloben, auf der Stelle. – Mit wem? – Mit wem, ist gleichgültig.
Die Amperg ist bei alldem Zeugin gewesen, sie weiß das sehr dramatisch zu schildern.
Albin, bei aller Affenliebe, konnte zu Zeiten recht schroff gegen Kiki werden; er hat sich eben nie in die Vaterrolle gefunden – er war der älteste Verehrer seiner Tochter – wenn sie mal nicht gehorchte, tat er beleidigt und zurückgewiesen. Ihm war durchaus nicht gleichgültig, mit wem sich seine Kiki verloben wird. Er sei entschieden gegen Robida, erklärte er barsch. Robida ist nichts und hat nichts, seit die Anwartschaft auf sein Erbe zum Teufel ist.
Unsinn, rief Kiki gereizt, wer denkt an Robida? Er ist ein Waschlappen und viel zu alt; ein guter Postbote und Zigarettenagent, weiter nichts.
Wen sie also möge, fragte Albin.
Niemand. Es sei nun einmal Zeit, zu heiraten – noch in dieser Woche – und der nächste, der mit den wenigsten schlechten Eigenschaften sei gerade gut genug.
Albin fuhr hoch: »Ich dulde nicht, daß du so leichtfertig heiratest.«
Kiki darauf: »Du wirst nicht gefragt, ob du es duldest – und ich nicht, ob ich will. Es muß eben sein. Mutter oder Kokotte – das ist die Frauenfrage. In diesen Berufen ist die Frau

unentbehrlich; in allen andern ist sie überflüssig. Nun gut: ich will heiraten.«

Albin war starr; solche Worte hatte er von seiner Kiki noch nie gehört. »Mein Gott«, rief er nervös, »wie kann ich dir helfen?«

»Niemand kann mir helfen; bis nicht ein genialer Arzt das Verfahren ersinnt, aus Frauen Männer zu machen.«

Indessen kam Iwo Robida – zum Abschied, wie er sagte. Er hatte sein Schicksal geahnt. Mit seinen Plänen auf Onkels Nachfolge war er durchgefallen, sein Prozeß um das Gut in Oberungarn stand schlimm, Kiki will ihn nicht – was soll er noch auf Erden? Sich ein Loch in die Kapuze schießen? Er wählte einen langsamern Weg: er hatte sich ein Schiffsbillet nach Afrika gekauft; für die Welt: um dort Löwen zu jagen; in Wahrheit: um mit dem Restchen seines Vermögens ein Stück Wüste zu kaufen und sie mit Schweiß zu düngen, bis sie eine Farm wird.

Er hatte tags vorher an Mali Amperg einen Brief geschrieben – und wußte, daß Kiki ihn lesen wird – einen Brief, worin er all seine Enttäuschungen zusammenfaßte, die ärgste darunter: Kiki. Da sich Kiki nun auch noch von ihm wendet, sei ihm die Erde, sei ihm Europa zuwider, er wolle frei sein von Prozessen, Erbschaften und Freundschaften, frei sein, allein mit dem Himmel und den Sternen in einer wild-wildfremden Einsamkeit.

Konnte einen wirklich dauern, der arme Mensch; sah auch abscheulich aus, ganz grau.

Kiki reichte ihm die Hand, kurz und grob. Sonst hätte sie wohl weinen müssen.

Vielleicht wäre die Sache noch ganz anders verlaufen – Kiki im Überschwang der Stunde konnte doch noch zu Robida finden; der Mensch tut ja kaum je, was er sich vorgenommen hat. Aber im rechten – oder unrechten –

Augenblick tritt die Gräfin ein, Kikis Mutter. Auch ihr hatte Robida geschrieben.
Man kennt ihre blödsinnige Liebe für Iwo.
Für Iwo Mirkowitsch, Besitzer eines Gutes, wovon jeder Zoll und Ziegel den Gläubigern gehört.

37

In Mirkowo, zwei Stunden von Sokolowo, sitzt der Guardian im Lehnsessel am Fenster, möchte gern ein Mittagsschläfchen schnarchen und kann nicht: die Sonne brennt herein – ungewöhnlich stechend im September. Der Guardian hat es höllisch heiß in seiner härenen Kutte – die Fliegen paaren sich und zwitschern auf seiner Nase – und keine Jalousien, keine Jalousien... Vermaledeite Patronatswirtschaft!
Es steht draußen im Flur ein Mann in Eisenbahneruniform, mit einem Mädel, seit zwölf schon, und will den Herrn Pfarrer sprechen. Aber zu solcher Stunde läßt sich Pater Cyrill nicht stören – und wenn es zwanzig Männer sind und neunzig Mädel, und wenn alle neunzig heulen wie die Hofhunde.
Da hört der Guardian von weitem Pferde traben, als ob es brennt – und im grellsten Sonnenschein jagt Kiki vorüber, auf Mirkos Parktor zu, eine Staubwolke hinter ihr.
Der Guardian hat noch nicht Zeit gehabt, sich auszudividieren, was das bedeuten könnte – plötzlich sind Kiki da und Iwo. Iwo Mirkowitsch lacht ein bißchen dumm; vor Verlegenheit; er ist doch im Krieg mit dem Guardian.
Der Guardian will aufspringen, aber Kiki stößt ihn förmlich in den Lehnstuhl zurück.

»Sitzen Sie fest, Hochwürden? Ja? So fallen Sie nicht um! Wir kommen, uns aufbieten zu lassen. Wir heiraten. Heut Abend ist Verlobung – beim Diner – in Sokolowo. Sie kommen doch auch?«
Der Guardian sagt, es hat ihn wie ein Donnerschlag getroffen, und man wird ihm glauben müssen.
Panduro – Pandura – misera rura – das hat er doch längst geahnt, vielmehr gefürchtet. Nun ist es da.
»Gratulieren Sie nur rasch, Hochwürden – eh es mich reut!«
Der Guardian hat noch, sagt er, ein paar Worte zusammenstottern können – »herzinnigliche Glückwünsche zu diesem ... diesem wirklich erfreulichen Liebesbund ...« – dreht Iwo schon seinen Hut: »Jetzt wissen Sie's – Sie werden schon alles Nötige veranlassen, nicht wahr?« Und will davon.
Halt, denkt sich der Guardian, wenn ich in dieser weichen Minute nicht meine Jalousien herausquetsche, dann nie mehr. Hält den Baron am Ärmel fest und beginnt feierlich: »Möge denn, Herr Baron, der Tag, wo sich die beiden berühmten Geschlechter des Landes verbinden, auch Eintracht bringen zwischen der gnädigen Herrschaft und der bedürftigen Kirche.«
»Was is?« fragt Iwo. »Brauchen S' wieder Blitzableiter fürs Pfarrhaus?«
Der Guardian immer noch demütig lächelnd: »Blitzableiter – nein. Aber Jalousien. Dafür flehen wir ja den Segen des Himmels herab.«
»Nachher flehen S' Ihnen auch die Jalousien herab«, sagt Iwo. »Komm, Kiki!« – Und läßt den Guardian wie einen Schuljungen stehen.

Na, der Guardian von Mirkowo war selbst Pandur. Und Panduren lassen sich nicht kränken, ohne aufzubegehren.

Indem Pater Cyrill noch röhrt und die Wände hinaufklettert vor Ärger, öffnet sich die Tür, und herein tritt der Eisenbahner, der so lang hat draußen warten müssen, mit dem verheulten Mädel.
»Laßt's mich jetzt«, ruft der Guardian und schreitet groß durch das Refektorium, hin und her. »Laßt's mich jetzt – i bin heut ka Christ net – i bin a Heide.«
»Nachher«, sagt der Bahnwächter, »bin i rechtkummen – nachher saan S' grad aso, wia i Eahna brauch.«
Der Guardian sieht sich den Mann an. Es ist Brunnschmidt aus Poldsdorf, mit seiner Tochter Resa.
»Was is denn, was habt's denn?« fragt der Guardian – und das Mädel pladdert Wolkenbrüche.
Der Guardian wird schon ungeduldig. »Da gibt's kaane Geschichten, da heißt's: beichten. Wann ma sich verfehlt hat, so sagt man's in Gottes Namen und tragt die Buß – no ja? – wie sicht's geziemt – aber alles offen – vorm Seelenhirten gibt's ka Geheimnisse – muß alles raus! Was is vorgefallen – was gibt es?«
Der Bahnwächter: »Schaugen S' Eahna 's Mensch nur o – nachher wissen S' alls nachanand.«
Der Guardian tut einen Kennerblick auf Resa und sieht ganz deutlich: im achten Monat.
»Elende! Sünderin! Ist das die Frucht jenes religiösen Samens, den was ich enk Menschern, ös blöden, und enk Klacheln, ös mistigen, hab so oft von der Kanzel herab ...«
Und so weiter – und so weiter – wie eben schon die amtlichen Redensarten lauten. »So wagst du vor mein Antlitz zu treten, Gott- und Ehrvergessene? Hinweg von diesem reinen Boden, die du Unkeuschheit getrieben hast und hast den Myrtenkranz verloren.«
Das Mädel kennt sich nicht vor Plärren.
»Und sprich – mit wem hast du dich also unzüchtig ver-

gangen? – Nun? Wird's?? – Soll ich dich reden lehren, Dirne?? – Wer ist der Vater deines Kindes?«

Da stammelt sie es hervor, leis und doch ein bißchen stolz: »Der Meinige is der Herr Baron.«

»Wa ...? Wer??« fragt der Guardian und muß sich setzen.

»Der Herr Baron.«

»Iwo???«

»Ja, Baron Iwo«, sagt das Mädel. – Sie meint natürlich Iwo Robida aus Essegg. Der Guardian meint natürlich Iwo Mirkowitsch aus Mirkowo.

Der Guardian – er kriegt keine Luft vor Freude. Nun wird er seinen Herrn Patronatsherrn zerstückeln und einsalzen und marinieren.

»Der Herr Baron. Kommt die Aufkündigung bestellen – mit der Gräfin die Aufkündigung – und mit dem Madel hat er a ledigs Kind. Der Pandur, der Heide. Der Menschenfresser. – Na, warte! Jalousien machen trefft er net, aber Kinder machen trefft er. Ich soll sie herabflehen, sagt er, die Jalousien. Ich werd dir geben: herabflehen. Ich werd dir geben: Verlobungsfeier. Du Heide, du Pandur! – Kutscher!! Auf der Stelle anspannen! Wir fahren nach Sokolowo. Und's Madel kommt mit. Zur Verlobungsfeier. Zur gnädigen Comtess.«

38

In Sokolowo geht es drunter und drüber – das kann man sich denken. Nach soviel Jahren Junggesellentums zum erstenmal ein Fest: die Dienerschaft überschlägt sich vor Hühnerschlachten, Braten, Backen, Tischdecken, Stöbern, Glattputzen und Schmücken. Die Köchin hat ins

Kloster Kerzen gestiftet und eine Messe bestellt für die Heilige Notburga, Patronin der Dienstboten: damit das Mahl gelingt. Die Beamten müssen Einladungen schreiben, Wagen abschicken, einteilen, Zimmer zuweisen. Die Familie macht Toilette, empfängt Besuche, begrüßt.
Daß es heut eine Verlobung gibt – Verlobung Kikis mit Mirko – ist noch tiefdunkles Geheimnis; es soll ja die Überraschung des Abends werden; bloß wissen es schon alle; die Dienerschaft hat es jedem einzelnen unter sieben Siegeln anvertraut.
Da ist Gräfin Albin aus dem Banat; Julius und Frau; die Sokoly-Walpo mit ihrem Vater Panzer; da ist Robidas Schwester mit ihrem Mann, Exzellenz Aim und dem Sohn; da sind die Amperg, drei Stück – das Ehepaar nämlich und die Alte – da sind aus Essegg Turi Thaler und die Ulanen, von Albin herbeitelegraphiert, vom Obersten an das ganze Offizierskorps; kurz, die runde Landschaft, soweit sie Namen hat.
Und mitten im Trubel der unglückselige Guardian mit dem Mädel, der hochschwangern Reserl aus Poldsdorf.
Er will durchaus mit der Comtesse sprechen. Die Comtess kleidet sich um, hat keine Zeit – man bringt den Guardian zur Gräfin Sokoly-Walpo.
Aber nein – er muß doch zu Comtess Kiki. Weisen ihn die Diener an Iwo Mirkowitsch.
Er zieht herum, immer mit dem verweinten Mädel hinter sich; die umklammert er eisern am Pulsgelenk und läßt sie nicht los.
Rast plötzlich der Förster herein mit einem mächtigen Rosenstrauß.
»Da bist ja, Reserl«, schreit er. »Da is ja's Madel, was die Blumen überreichen soll.« Pflanzt ihr den Strauß auf den Bauch und will sie mit sich zerren.

»Nix da!« – Der Guardian hält sie fest wie der Wolf seine Beute. »Des Madel g'hört mein; des hab i mitbracht.«
»Aber saan S' doch g'scheit, Hochwürden, dö is doch herbestellt zweng Gedichtaufsagen«, behauptet der Förster.
»Gedichtaufsagen? Wem??«
»No, halt der gnädigen Comtess – im Namen von die Bauern. Und die Rosen überreichen.«
»So?« denkt sich der Guardian. »Rosen überreichen? Der gnädigen Comtess?? Is mir scho recht. Des Gedicht dazu wer i scho selber aufsagen.« Und läßt sich – und hintennach das Mädel – zu Kiki bringen.
Auf einmal hört man ein erregtes Zwiegespräch bis auf die Veranda.
Der Guardian windet sich vor diplomatischer Anstrengung.
»Ich fühle mich verpflichtet«, sagt er, »gnädige Comtess davon zu unterrichten. Als Seelsorger bin ich quasi der natürliche Vater aller Waisen in meiner Parochie – ich meine: der Vormund – und muß darauf bestehen, daß für das Kind gesorgt wird.«
Kiki, wie eine Furie: »Selbstverständlich wird gesorgt. Aber wie hat sich der Baron nur so vergessen können?« – Und sehr interessiert: »Wie sieht denn das Mädchen aus?«
»Verzeihung«, sagt der Guardian, »es ist noch nicht gewiß, daß es ein Mädchen wird. Es könnte dem Himmel auch gefallen, das Kindlein einen Knaben sein zu lassen.«
Kiki prescht los: »Kruzitürken – ich meine doch die Mutter. Ist sie hübsch?«
»Hübsch oder nicht, gnädigste Comtess, was hat das zu sagen?«
Kiki, sehr energisch: »Ist sie hübsch oder nicht?«
Der Pfarrer schmatzt wohlgefällig: »No«, sagt er, »so hübsch rund.«

»Hübsch rund. So ein Bauerntrampel! So ein Bauerngeschmack! Wenn sie wenigstens schön wär!«
»Ich kann sie ja Eurer Gnaden gleich zeigen. Ich hab sie mitgebracht.«
Nicht wörtlich vielleicht – aber so ungefähr hat sich die Szene abgespielt. Die Walposche mit ihrem Vater, dann Turi Thaler und noch ein paar andre haben vom Balkon alles deutlich mit angehört und haben sich die Lippen zerbissen, damit sie nicht vor Lachen herausplatzten. Der Walpo ihr Vater, Baron Panzer, ist seither mit dem Dialog wie ein Kabarettkünstler gereist.
Der Guardian hat am Ende Dank von Kiki erwartet für sein frommes Werk. Kaum aber sieht Kiki das Mädchen, da fällt sie hageldicht über den armen Guardian her: »So ein Dorfschlampen! Pfui!« – Aber Kiki hatte unrecht in ihrer hämischen Eifersucht – die Reserl vom Bahnwächter aus Poldsdorf war ein allerliebstes Stück Schöpfung.
»Hochwürden! Und mit dieser Geschichte kommen Sie mir jetzt? Sie haben das doch schon früher gewußt. Warum schreiten Sie da nicht ein? Als Seelsorger? So ein Verhältnis läßt man doch nicht reifen?«
– Als könnte der arme Guardian auf alle Barone der Landschaft und ihre dörflichen Herzensflammen passen, Tag und Nacht. Da hätt er viel zu tun.
Turi Thaler ist endlich hinein zu Kiki und dem Guardian – ihm widerstrebte, den Lauscher zu spielen – und vor allem wollt er Kiki zur Besinnung bringen: sie wird doch vor einem Zeugen die Dehors wahren.
Keine Spur. Zeuge oder nicht – sie wischt davon und bringt Iwo Mirkowitsch angeschleppt.
»Kennst du«, schrillt sie, »dieses arme Mädchen? Ich hoffe, du läßt sie nicht gehen, ohne ihr hier vor mir versichert zu haben, daß du für das Kind sorgen wirst.«

Iwo Mirkowitsch ist aus den Wolken gefallen.
»Ich? Für das Kind? Sorgen? Für welches Kind?« Kiki, ganz aufgebracht: »Ah, willst du jetzt behaupten, daß du das Mädchen gar nicht kennst? Es nutzt dir nichts, mein Lieber – ich weiß alles.«
Turi Thaler erzählt, er hat viele Tölpel gesehen – auf dem Hofball erscheinen oft Hidalgos mit einem Stammbaum bis direkt zu den Affen – aber solch ein Schafsgesicht, wie Iwo Mirkowitsch es schnitt, sagt Turi Thaler, hat er noch nicht gesehen.
»Interessant«, sprach Mirkowitsch. »Ich sollte...? Mit dem Mädel da...? Wie schaut sie denn überhaupt aus?« Sie hatte nämlich das Gesicht in die Schürze vergraben und flennte. Er mußte das Gesicht erst mit Gewalt ausbuddeln. Guckte sie aufmerksam an und zuckte die Achseln. »Schließlich – möglich is alles. Aber ich muß sagen, ich erinner mich absolut nicht.«
Kiki – das hören, und aus war's.
»Natürlich – bei deinen vielen Bauernliaisons – wie solltest du dich da erinnern? Du schläfst ja jede Nacht bei einer andern. Du beflatterst ja den ganzen Bezirk.« – In diesem Ton.
»Ich soll für das Kind sorgen...«, meinte Mirko zerknirscht. »Gott, ich tu alles, was man von mir verlangt.«
Kiki war in Weinen ausgebrochen. »So ein Affront!« klagte sie. »An meinem Verlobungstag. Ich schäme mich ja zu Tode.« Und lief hinaus, um ihre Tränen zu verbergen.
Ihr nach das Bauernmädel.
Als Mirkowitsch sich umsah, stand Robida auf der Schwelle. Er war sehr verlegen; hatte wohl zugehört.
»Du, Mirko«, sagte er, »verzeih... aber ich... wenn ich... so alles bedenke... Versteh mich nicht falsch... Das war doch die Reserl – nicht wahr? Die Reserl Brunnschmidt

aus Poldsdorf?? Weißt, ich ... fühl mich da sozusagen solidarisch. Also, wenn es dir paßt, möchte ich für das Kind zahlen.«
Mirkowitsch hörte gar nicht hin. Er hatte die Hände in die Hosentaschen versenkt, lief auf und ab und schüttelte nur entrüstet den Kopf. »Ist dir sowas schon passiert?« maulte er. »Ist dir sowas schon passiert?«
Turi Thaler weiß das sehr schön wiederzugeben.
Die Sache war nämlich die:
Ampergs waren doch recht arm. Das Revier ist schmal, und vor das Rohr kommen einem bei ihnen höchstens Füchse; die Poldsdorfer Raubschützen holen ja Haar und Feder weg. Aber aufgenommen wird man als Jäger bei Ampergs fürstlich. Sie haben eine kleine Wohnung, ein ehemaliges Verwalterhaus. Wenn nun die Schonzeit zu Ende geht, schicken sie vor allem ihre Mutter weg – alte Damen drücken die Laune – schicken die Mutter weg zu Kajetan nach Walpo – unter dem Vorwand, sie brauchten nun jeden Winkel des Hauses. Dann stellen sie die Bude um, damit sie nur ja recht viel Fremdenzimmer schaffen, schränken sich selbst in zwei Stübchen ein und laden die ganze Landschaft bei Butz und Stengel. Man ißt bei ihnen den besten Fisch, und die Spanferkel und Zwetschgenknödel sind berühmt. Wein bezieht Amperg vom Karlowitzer Patriarchen.
Dann aber gibt es eine Besonderheit bei Ampergs, die ihnen so leicht niemand nachmacht: die »Patronessen«; man beteilt den Jäger mit einem Bauernmädchen – zum Patronentragen. Amperg holt sich diese Mädchen aus den fernsten Dörfern zusammen, sucht sie persönlich aus, die niedlichsten, und bezahlt sie ausgiebig. Sie müssen auch bei Tafel bedienen. Die Bäuerinnen kommen sehr gern, sie drängen sich dazu. Wenn der Bauer auf dem Dorf

will ein Mädel so recht als Schönheit rühmen, sagt er: »Die könnte bei Ampergs dienen« – oder: »Beinah wär sie zu Ampergs gekommen.«
Nun – und die Herren trinken – nicht wahr? – den schweren Karlowitzer ... es wird manchmal spät, und die Quartierung ist so eng ... man findet nicht gleich sein Bett, gerät in ein falsches; und im Wald, auf dem Stand hat man seine Patronenträgerin, und es ist abgeblasen – man muß ein Weilchen im Schatten ruhen ... So kommt schließlich, daß Turi Thaler selbst nicht recht sagen kann: Ist das nun meine Jungfer bei Ampergs gewesen – da, im vorigen Herbst – – oder Robidas Jungfer? Und die Kleine wieder muß nachdenken: Hat damals im Dunkeln auf dem Flur mich Baron Mirkowitsch bedrängt oder Baron Iwo Robida? Der Stimme nach könnt es Graf Albin gewesen sein – aber die Sporen haben eher ulanisch geklungen.
Man hat viel gekichert und gekreischt, abgewehrt und gewährt – auf solch einem Schnepfenstrich bei Ampergs.

Robida ist mit der hermeneutischen Entscheidung noch nicht fertig, ob er sich als Ehrenmann zum Alimentezahlen zu drängen hat oder nicht, als ihn Kiki überfällt.
Sie schmiedet ihm die Fragen vor: »Robi, du fährst nach Afrika?«
»Ja.«
»Für viele Jahre – wie?«
»Wahrscheinlich für immer.«
»Für immer nach Afrika. Um so besser. Willst du mir vorher einen kleinen Gefallen tun, Robi?«
»Gewiß – natürlich – gern.«
»Es soll dir nicht die geringste Verpflichtung daraus erwachsen. Aber auch nicht das geringste Recht. – Heirat mich!«

Robida meint noch, sie scherzt.
Aber nein. »Wir wollen nach der Hochzeit nichts miteinander zu schaffen haben, jeder geht seiner Wege, vom Altar weg – wir sehen uns niemals wieder. Du gehst nach Afrika -- für immer – ich bleibe hier. Mein Lieber, auch ich will frei sein – frei mit dem Himmel und den Sternen.«
Robida ist versteinert über den Antrag.
Sie – im Diskant der Erregung: »Du zögerst noch, wenn ich dich darum bitte?«
Hat ihn schon am Wickel, zieht ihn in den Salon, und ihre Stimme ist wie eine Glocke:
»Meine Herrschaften, ich möchte Sie nicht bis zum Diner warten lassen. Ich vermelde Ihnen meine Verlobung mit Iwo Baron Robida.«
Alles steht wie angewurzelt. Nur die Gräfin-Mutter jault: »Kiki! Du? Mit Robida?«
Die Frauen und Mädchen fallen mit Glückwünschen über sie her – die Herren drängen sich um Robida – und zu alldem schmettert die Blechmusik von Mirkowo; die war gekommen, ihrem Gutsherrn zum Brautlauf aufzuspielen.

Er war sehr bewegt gewesen bei Sokoly auf Sokolowo, dieser Verlobungstag von Kiki.
Sie hatte ihren Willen durchgesetzt: dem Prinzen Báthory mit der Verlobung zuvorzukommen, um jeden Preis. Um nicht die Verschmähte zu sein.
Aus Eitelkeit ist eine Frau doch jeder Dummheit fähig.
Der Mann erst recht.
Eitelkeit ist eine der allerstärksten Triebfedern im menschlichen Geschehen.

39

Die Ereignisse liefen ab nach Kikis Vorsatz: innerhalb von zwei Wochen war Hochzeit, ganz im Stillen, mit bischöflicher Dispens. Iwo Robida hatte mit einem herzlichen Händedruck Abschied zu nehmen von seiner Frau und fuhr nach Steinbrück; nach Genua; Afrika.

In Sokolowo aber – da gab es was zu schauen. So hitzig war die Männerwelt noch nie gewesen. Sie kämpften wie die Hirsche. Kiki sah zu: wer siegen wird.
Und wurde täglich schöner. Frauen werden unendlich schön, wenn man um sie kämpft.
Turi Thaler hatte eigens Urlaub genommen, nach Sokolowo; doch er verhielt sich noch am kühlsten. Er ist ja, sagt er, Philosoph, Gesellschaftsethiker. Er beschäftigt sich seit Jahren mit dem Dreieck als sozialer Erscheinung; in der Theorie. Ein tiefer Geist.
Wenn die Ehe, sagt er, eine Lebensform der Menschheit ist, die man studieren kann wie – na, eben wie irgendeinen andern wissenschaftlichen Gegenstand ... man kann es ja nicht gleich mit der Astronomie vergleichen, aber, sagen wir, Münzen sammeln oder Pflanzen pressen ... oder: Weihnachtsgebräuche der Slovaken ... Kajetan Sokoly hat sich in jungen Jahren für Pfeifenköpf interessiert und Exzellenz Aim für Politik ...
In diesem Sinn also erforscht Turi Thaler den Ehebruch. Vom Standpunkt des Privatgelehrten; als Kunst an sich gleichsam, aus Erkenntnisdrang.
Und er ist durch emsiges Grübeln zu der Einsicht gekommen: Der Ehebruch muß eine naturgewollte Institution sein. Denn im andern Fall hätte die Vorsehung ihn doch irgendwie zu verhindern gewußt, ihn schwer ausführbar

gemacht, ihn – nun ...? – etwa mit Donnergeräuschen verbunden.
Das alles sagte er Kiki in seinem unendlich schläfrigen Ton.
»Gräfin – oder wünschen Sie, daß man Sie Baronin nennt? ... ich glaube, der Frau kommt der Adelsgrad zu, den sie von Geburt an geführt hat – Gräfin, Ihnen fällt vielleicht eine sonderbare Zurückhaltung an mir auf. Ich mache Ihnen scheinbar nur sehr lau den Hof ...«
»Das sagen Sie mir? Robidas bester Freund?«
»Sie fühlen sich vielleicht verletzt, weil ich mich Ihnen nicht zudringlich genug nähere; eine so schöne Frau darf beanspruchen, daß man sie auf das schärfste umwirbt.« Und in müder, geradezu gähnender Langeweile: »Ich liebe Sie leidenschaftlich. Aber solang Robida weg ist, kann ich der Frage eines Verhältnisses nicht nähertreten.«
Kiki fragte belustigt: »Der Gatte muß also mit der Pistole lauern?«
»Ja«, antwortete Turi mit steinernem Ernst. »Sonst halte ich den Ehebruch nicht für moralisch.«
»Sie sind in Ihren sittlichen Anschauungen vielleicht zu streng.«
»Gräfin, ich leide selbst darunter Höllenqualen.« – Alles in hochsommerlicher Schlaffheit. – »Aber wenn Robida wiederkehrt, rechne ich fest auf Ihre Liebe.«
»Sie sind doch gegen Dreiecke, Turi?«
»Nur bedingungsweise. Und ich bin nicht nur Theoretiker – ich bin auch Mann.«
Am possierlichsten war Kartschi Aim. Kadettenschüler, Robidas kleiner Neffe. Er war närrisch verliebt in seine neue Tante.
»Mich hungert nach einem Wort«, krähte er – denn er

mutierte eben – »nach einem guten Wort aus deinem Mund.«
»Aber, Kartschi! Bist du närrisch? Wer hat dir dieses Sprüchel eingelernt?«
Er, ganz beleidigt: »Das braucht man nicht zu lernen. Ich bin kein Kind – ich sehe, wie schön du bist.«
»Na«, sprach Kiki lachend, »bild dir nur nichts auf deine Entdeckung ein – du bist der zwanzigste, der mir das heute sagt.«
»Du bist ein Mädchen und gehst unter uns daher als Frau. Du spielst mit uns und der Liebe – und weißt noch gar nicht, was Liebe ist. Das regt mich ungeheuer auf. Ich möchte für dich sterben.«
»Kartschi, darauf leg ich keinen Wert.«
»Ich biete dir meine Seele, mein Herz, jeden meiner Gedanken.«
»Das ist mir zu wenig.«
»Tante, du mußt mich erhören.«
Da aber konnte Rittmeister Preininger, der Ulane, der Athlet, nicht an sich halten, trat herzu und kommandierte barsch: »Zögling!«
»Befehlen, Herrrittmeister?«
»Verschwind! Mit Dampf!«
Der arme Kleine hatte nur stramm zu wiederholen: »Mit Dampf verschwinden« – und marschierte im Stechschritt ab.
Und dann war Exzellenz Aim da. Sie, die Bertha Aim, Robidas Schwester, ist eine gefährliche Eifersuse. Es gelang dem würdigen Exzellenzherrn, seiner Frau einzureden: als Schwager habe er strictissime die Pflicht, Kiki zu überwachen. Das sagte er in seinem klangvollen Baß, strich sich tugendschwer den Vollbart – doch alle Tugendfülle hinderte ihn nicht, vor Unruh zu meckern.

Und der Holzhändler Hirsch war da – er unter dem Vorwand: er müsse Kiki einen Wald abkaufen; den Wald in Oberungarn, um den Robida doch erst prozessierte.
Hier geriet Kiki in einige Verlegenheit; sie wußte doch nichts von Wald und Prozeß.
Dann, sagte Hirsch, sollte sie eben an den Herrn Gemahl nach Afrika schreiben – und funkelte sie mit begehrenden Augen an – es sei nämlich sehr dringend, und er, Anton Hirsch, werde hier die Antwort abwarten.
»Ach was«, knurrte Kiki, »schreiben Sie doch selbst.«
»Wenn Frau Baronin mir die Adresse geben?«
Ja – Adresse! Kiki hatte sie gar nicht. »Adresse . . .«, sagte sie, »das ist sehr schwer. Der Baron reist immer hin und her.«
»Schade. Nämlich wenn der Herr Baron den Prozeß verliert, hat er doch die schönen Eichen mitverloren.«
»So warten Sie es ab und kaufen Sie die Eichen dann vom Prozeßgegner.«
»Der wird zuviel verlangen. Wissen, Frau Baronin: einen Wald, der einem ohnehin nicht mehr gehört – den gibt man leicht billiger.«

Und Willi Amperg war da mit einem scharfen Nebenbuhler: seiner Frau.
Und Meier meldete sich wieder – Kikis erster Schwarm – er hatte seine Torheit abgestreift und ging mächtig ins Zeug.
Der Guardian kam weit öfter, als Gräfin Albin ihn konnte geschickt haben, um Ausschreitungen zu verhindern.
Es war, kurz, als hätte der Markttrommler verkündet: Hier ist eine schöne Gräfin zu verführen.

40

Um dieselbe Zeit ging dem Grafen Albin ein braves Wild durch die Lappen.

Der Ursprung des Begebnisses reicht einige Jahre zurück. In Sokolowo war der alte Bezirksarzt gestorben, Doktor Rathsamer – ganz plötzlich, er hatte sich bei einer gerichtlichen Obduktion in den Finger geschnitten.

Ein Bezirksarzt mag 3000 Kronen jährlich vom Land beziehen, dann in Sokolowo von der Herrschaft eine Dienstwohnung hinten im Empirehaus und vielleicht zwölf Klafter Holz, außerdem, was die Kommissionen tragen, und viel Privatpraxis. Der Bezirk ist ja wohlhabend und, mit Ausnahme von Mirkowo, ohne Arzt.

Natürlich liefen, kaum daß die Stelle offen war, bei der Regierung ganze Stöße von Bewerbungen ein. Es kam nur mehr darauf an, wer den höchsten Gönner haben wird.

Alles schwor auf den Gemeindearzt von Mirkowo, für den sollte sich der Gutsherr eingesetzt haben. Mirkowitsch also, und ihm zu Gefallen auch Albin Sokoly. Aber wie es hienieden schon geht: der Mensch denkt, und die Regierungsräte lenken – ein gewisser Doktor Hirsch, ein Essegger, hatte eine Vetterschaft im Sanitätsreferat und wurde richtig Bezirksarzt.

Es gibt immer Leute, die Zeit haben, sich mit dem lieben Nebenmenschen zu befassen. Und solche Leute sind der Abstammung dieses Doktor Hirsch nachgegangen. Sie ließ sich zurückleiten bis zu einem Hersch, Juden aus Essegg. – Am Ende ist Reb Hersch Doktors Ahnherr gewesen? Antonius de Padua? Dessen Täubele so oft »bitten« gegangen war zum Pandurentrenck? Für ihren Antonius? Nun, dann ist sie wenigstens nicht ganz fruchtlos bitten gangen …

Angeblich war Hirschs Ernennung dem Grafen Albin nicht genehm. Man munkelte sogar, Albin werde Vorstellungen erheben. – Nicht genehm? Und Vorstellungen? Unnützes Gerede. Einem Sokoly ist doch wahrhaftig wurscht, ob Krethi oder Plethi Bezirksarzt ist. Es kommt ja auch nichts Gescheites heraus, wenn man sich gegen die Kanzleien auflehnt – sie wissen sich immer hinter einer Erwägung zu verschanzen.
Doktor Hirsch war also Bezirksarzt worden und kam eines Tages mit dem Morgenzug um elf aus Essegg an.
Der Guardian bekreuzigte sich, als er ihn zum erstenmal sah: Schon wieder ein Pandur. Wirklich, Hirsch sah kriegerisch genug darein.
Ansonsten ein recht lächerlicher Gesell. Das zweite Wort von ihm waren die »ausgebeuteten Proletarier« und der »Boden als Produktionsmittel – Monopol in der Gewalt weniger Bevorzugter«. Doch dergleichen zieht hier nicht. Das Volk hat noch seinen Glauben, hat Gehorsam in den Knochen. Man lebt hübsch friedlich beisammen – in der Ordnung, die Gott geschaffen hat. Wohin sollt es auch führen, wenn man nicht sicher wäre des Besitzes, der sich seit Jahrhunderten und Aberjahrhunderten in der Familie fortgeerbt hat? Politik treiben hier nur Leute, die davon leben. Wenn sie sonst anständige Menschen sind, drückt man über ihr Gewerbe gern ein Auge zu.
Die Sokolyschen Beamten, dann der Bezirksvorsteher mit seinen Untergebenen, die bessern Kaufleute von Sokolowo, kurz: die Bürger des Städtchens haben einen Leseverein – da treffen sie einander und trinken einen Schoppen. Wenn Doktor Hirsch ihnen mit seinem sozialen Jammer anfing, konnten sich die Leute im Leseverein kranklachen. Einer nach dem andern setzte sich zu ihm und fragte ihn, ob man ihn denn in Budapest wirklich und

wahrhaftig festgenommen hätte. Er fiel regelmäßig herein und erzählte stundenlang, wie er wär aus Ungarn gewiesen worden, dem Vaterland der Freiheit, mit zwei Gendarmen, »einer rechts, einer links, Doktor Hirsch war in der Mitte«. Das wurde in Sokolowo eine Redensart – gerade wie später »Ich küsse Ihre Hand, Madame«, was der Kapellmeister Soritsch komponiert und gedichtet hat.
Nun hätte Doktor Hirsch die herrschaftliche Dienstwohnung in Sokolowo beziehen sollen. Drei Tage nach seiner Ankunft schmückte er sich mit seinem Prüfungsfrack und machte Aufwartung im Schloß, um sich vorzustellen. Er meinte nicht anders, als: der Herr Graf werde ihm sogleich die Wohnung zuweisen.
Zu seinem Befremden wurde er sehr kühl aufgenommen. Albin dankte kurz – drei Schritt vom Leib – für den Besuch, sprach die Hoffnung aus, »daß es dem Doktor im Bezirk einigermaßen gefallen wird« – aber keine Silbe von Wohnung und Holzdeputat.
Doktor Hirsch meinte noch, der Herr Graf habe es einfach vergessen. Seit Menschengedenken hatten doch alle Bezirksärzte von Sokolowo die gewissen Benefizien empfangen. Als er aber zum herrschaftlichen Sekretär kam, dem alten Gunt, um anzufragen, wurde er eines bessern belehrt. »Gräfliche Gnaden haben Auftrag gegeben, die Bezüge einzustellen«, sagte der Sekretär. Hintennach ließ er einfließen, daß die Herrschaft keine politischen Quertreibereien unterstützen werde …
Das alles war aber Vorwand. In Wahrheit wollte Albin die Tochter des verstorbenen Doktors Rathsamer eben nicht auf die Straße setzen – und vielleicht war er auch ein wenig pikiert darüber, daß nicht sein Schützling aus Mirkowo war ernannt worden.
Genug, Doktor Hirsch kriegte die Wohnung nicht, son-

dern die Tochter des verstorbenen Bezirksarztes behielt sie, behielt auch das Holz, zwölf Klafter jährlich, und zwölfhundert Kronen, die hatte der alte Doktor als Personalzulage bezogen.
Nun ist es aber in Sokolowo so, daß fast der ganze Marktplatz der Herrschaft gehört und einer nicht einmal in den Nebengassen ein Haus mieten kann, für schweres Geld, wenn die Leute mutmaßen, daß er der Herrschaft nicht zu Gesichte steht. Dem armen Hirsch blieb nichts übrig, als ein Monatzimmer im Zigeunerviertel zu belegen. Für einen Arzt ein großer Schaden – denn die wenigsten wollen da hinausgehen, um sich untersuchen zu lassen – in einer unordentlichen Stube noch dazu.
Indessen lebte Meta Rathsamer in ihrem grünumsponnenen herrschaftlichen Häuschen wie die Made im Speck. Sie spielte am offenen Fenster Gitarre und sang dazu; ließ sich von der jungen Welt Huldigungspromenaden machen, spielte Tennis in einer sehr niedlichen Trauerdress, bemühte sich überhaupt, die Basen und Tanten unaufhörlich zu beschäftigen. Als ihr Albin gar die Pension für Lebenszeit zusicherte, da war ihr niemand zu hoch, ihm einen Schabernack zu spielen.
Meta Rathsamer war neunzehn, doppelte Waise und sehr hübsch. Doktor Hirsch kam daher bald auf den Einfall, um sie zu werben. Er klopfte zuerst beim herrschaftlichen Sekretär auf den Busch. Der Sekretär zuckte die Achseln. Konnt er anders? Er, der Sekretär, kennt doch seinen Grafen: Albin, der Edelmann, wird nicht mit einem bessern Mädel eine Bändelei anfangen, um sie dann stehen zu lassen. Andrerseits duldet aber das Prestige des Gutsherrn heutzutage nicht, sich eine ewige Maitresse im Ort zu halten. Schon des Guardians wegen geht das nicht. Albin dachte also gewiß nicht daran, Meta Rathsamer für

sich zu behalten. Doch irgendwelche Absichten muß er mit ihr gehabt haben, das merkte man aus Anteilnahme, Aufmerksamkeit, hundert Kleinigkeiten. Daß zwischen ihm und Meta noch nichts vorgefallen war, ist sicher wie das Amen im Gebet. Die dummen Urscheln sollen ruhig in ihrem Gewürzkram schlafen, wenn sie das Gegenteil behaupten; heimlich hätten sie allesamt gern mit Meta getauscht. Wie Albin sich die Zukunft dachte – darüber freilich lassen sich nur Vermutungen anstellen. Der Sekretär durfte also nicht sagen: »Ja, Doktor, heiraten Sie das Mädel« – wenn das vielleicht dem Brotherrn wider den Strich ging. Schließlich: was geht ihn der Doktor an?
Doktor Hirsch war jetzt klug wie vordem. Ging geradenwegs zu Albin und platzte mit der Frage heraus: ob seine Heirat mit Meta dem Widerstand des Herrn Grafen begegnen würde?
Eine grobe Taktlosigkeit. Ist denn Albin Vormund der Doktorschen? – oder ihr erklärter Freund?
Wirklich, nur der wohlerzogene Albin konnt einer solchen Ungeschlachtheit gegenüber die Ruhe wahren.
Albin antwortete denn auch, als wäre Meta seine neunte Sorge: »Ich fühle keine Verpflichtung, mich in die Angelegenheiten des Fräuleins einzumengen. Bringen Sie Ihre Beziehungen persönlich mit ihr ins reine.«
Keine Ermunterung – am wenigsten ein Hemmnis. Ebenso verhielt sich Albin zu Meta, als sie später in derselben Sache vorsprach. Wie gesagt, wenn er überhaupt Absichten mit Meta gehabt hat – ein Beweis ist nicht da: der Ehe Metas mit Hirsch hat sich Albin bestimmt nicht widersetzt.
Die Kleine allerdings scheint damit gerechnet zu haben, daß Albin ihr einmal wird aus der Hand fressen. Sie war schon mit neunzehn unheimlich lebensgewandt; und was ihre Sehnsucht betrifft nach einem Roman im Selbstver-

lag – die lag wohl, für jedermann sichtbar, in ihren Augen. Sie wollte sich in ein Abenteuer mit Albin stürzen; man heiratet als Meta Rathsamer nicht einen Esel wie Hirsch, wenn man damit nicht Pläne verfolgt.

Na, sie irrte sich, wie vor ihr schon einmal eine Tischlerin in Poldsdorf sich geirrt hatte: solange Meta hier lebte – und sie blieb noch über ein Jahr in Sokolowo –, existierte sie für Albin nicht.

Einer so schönen, muntern Frau konnt es an Anbetern nicht fehlen, besonders als die jungen Leute im Städtchen merkten, daß vom Schloß keine Drähte nach der Doktorswohnung führten; und Hirsch war ja auf seine Nachsicht kalibriert. Es heißt allgemein, daß Frau Meta die Kurmacher abwies. Vielleicht oder wahrscheinlich … nein, sicherlich blieb sie tugendhaft mit einem erwartungsvollen Blinzeln nach dem Schloß hin. Genug: tugendhaft ist sie geblieben.

So ging es Monate. Dann wurde sie offenbar überdrüssig des Wartens auf Albin.

Es gibt viele Eingeweihte in dieser Geschichte. Frau Meta hatte ein Mundwerk wie eine Pulvermühle, und so klug sie war, sie war immer noch redseliger als klug. Sie hat selbst erzählt, daß – es klingt komisch – daß die Orpheumtruppe aus Wien, die einmal im herrschaftlichen Gasthof von Sokolowo war aufgetreten, daß diese Orpheumtruppe also einen unauslöschlichen Eindruck bei ihr hinterlassen hat. Chansonette sein, von Hunderten umjubelt werden, die Lebewelt zu ihren Füßen sehen, in glitzerndem Schnickschnack hinter dem Rampenlicht tanzen – das schien der Frau Doktorin ein himmlisches Schicksal. Die Frau muß das Bedürfnis gehabt haben, ihre Reize zur Schau zu stellen, unanständige Lieder dazu zu singen.

Mali Amperg – da auf dem Vorwerk bei Poldsdorf – hielt

ihren Willi eisern in Zucht; die Köchin in Poldsdorf hatte immer ihre fünfzig, die Stubenfrau mußt ihr Brot mit dem letzten Zahn kauen. Und draußen durfte Willi nach keinem Mädel äugen.

Die Strenge war durchaus angebracht. Diesem Willi war kein Streich zu toll. Einmal verkaufte er den ganzen Weizen vom Hof und fuhr mit dem Geld auf und davon nach Paris. Einmal entführte er die Schwester der Sokolower Försterin in ein Seebad und lebte dort mit ihr als Baron und Baronin Traschime-Stara – das heißt auf deutsch: Such mich nur, Alte! – bis ihn die Polizei richtig auffand und aushob. Kurz, Willi Amperg war ein saftiges Früchtlein. Er rechnete auf Albins verständnisvolle Nachsicht, und in diesem Punkt irrte er nie.

Schließlich machte er sich an die Doktorsche – wiewohl er fürchten mußte, Albin geradezu ins Kraut zu steigen. Er nahm die Gefahr auf sich.

Heiliger Pankrazius, war das Weib aber schön! Viel zu schön für den Trottel von Bezirksarzt. Sie war erst in der Ehe recht erblüht; hatte eine Art, ihre Unterlippe zu netzen und die Lider aufzuschlagen – die konnt einen schier wahnsinnig machen. Das Reizendste an ihr waren die Hände. So weiche, warme, volle Hände gibt es nicht wieder. Wie Pfötchen einer Angorakatze. Man hatte nur den einen Gedanken: diese Hände anzufassen.

Willi Amperg kam vormittags von Poldsdorf zu Pferd herein – statt sich um seine Wirtschaft zu kümmern – malträtierte das arme Tier vor Metas Fenstern, sagte: »Guten Morgen. Wie haben Gnädigste geruht, geruht zu haben?« – und husch war er in der Doktorswohnung. Hirsch nahm seinen Hut und fuhr auf Kommissionen.

Sie nannte Willi Amperg ihren Lieblingssklaven. Stundenlang ließ sie sich von ihm erzählen. Reisen – das war ihr brennendstes Verlangen. Und hier war einer, der in Wien gewesen war, in Rom, Paris. Daß die beiden aber zusammen durchgehen würden nach Wien, nach Rom, Paris – daran dachte doch niemand – bis sie es wirklich taten. Sie blieben Monate verschollen. Willi hatte wieder allen Weizen verkauft – diesmal auf den Halm.

Das Schönste, daß Albin schließlich die Zeche berappen mußte: er bekam von Amperg natürlich wieder einmal den Pachtzins nicht für das Vorwerk im Sauspitz.

Den Flüchtlingen mag bald das Geld ausgegangen sein. Die Frau wußte sich wohl zu helfen.

Willi aber, bei all seinem Leichtsinn ein kreuzbraver Mensch, der zahlte das Erlebnis teuer.

Zuerst versuchte er es mit Bittbriefen an Mali und Mama. Die alte Amperg schickte ihm auch einmal das Reisegeld – als er aber nicht heimkam, keinen Kreuzer mehr. Mali Amperg hätte sich an Albin wenden müssen – sie unterließ es, aus kindischer Rankune. Jetzt bereut sie es. Denn der arme Willi hat sich in einem Wiener Hotel zu erschießen versucht, weil Meta ... zum Orpheum ging. So tief hat er das Weib geliebt.

Man hat ihn gerettet, aber er ist einäugig.

Albin hält eine Zeitung. Die kommt alle Monat und darin steht, wo Meta überall auftritt. Zuletzt war sie in Kopenhagen – das ist in Dänemark. Sie soll unmenschlich hohe Gagen beziehen; vielleicht an einem Abend mehr als Doktor Hirsch quartaliter mit allen Kommissionsgebühren nach der neunten Diätenkasse.

Kiki hat oft gesagt: unter allen Frauen, die sie gekannt hat, sei diese Meta die klügste gewesen; und die Zweitklügste wird jene sein, die wie Meta alle Lügen hinter sich wirft und davongeht.

41

Mali Amperg fand, wo Robida doch vom Altar weg nach Afrika gegangen ist, bedürfe Kiki unbedingt des Trostes. Sie lag Albin in den Ohren, bis er sie nach Sokolowo einlud.

»Für ein paar Tage«, hieß es. Die Tage werden kein allzu frühes Ende nehmen. Mali kam gleich mit großem Train – nächsten Mittwoch folgte Ampergs Mutter – und das Insektenpulver ist noch nicht erfunden, mit dem man Ampergs wieder aus Sokolowo stäuben könnte – »es ist hier eine so heitere Atmosphäre, und man genießt sie gern, weil man es in Poldsdorf so einsam gehabt hat«.

Heiter – ja, ging es auf Sokolowo zu. Kiki gefiel sich als umschwärmte Blume. Umschwärmte, aber unnahbare. Jung und Alt überbot sich in Bewunderung. Kiki ließ sich von Männern und Frauen umschmeicheln; dreizehn Männern – und Mali Amperg.

Mali sammelte die Brotkrumen auf, Restchen Liebe, die von Kikis überreichem Tisch fielen. Sie troff von Kunsthonig: eine so schöne, so kluge, tugendhafte Frau wie Kiki gebe es nicht wieder. Kiki hatte sich angewöhnt, ihre Aperçus, ihre herzlosen Abfertigungen leise zu äußern; Mali Amperg fand jeden Ausspruch genial und trompetete ihn aus:

»Ah, Mirkowitsch ist ein Krösus ohne sein Verschulden. Haben Sie gehört – hast du gehört – habt ihr gehört, was Geistreiches Kiki wieder gesagt hat? – Mirkowitsch ist ein Krösus ohne sein Verschulden.«

Es hatte sich eines Trinkabends auf Sokolowo ein Verein gebildet der Anbeter Kikis, mit Albin an der Spitze. War des Lachens kein Rand, als der Verein der »Kikiten« aufzog »mit Fahne und Musik«. Die Fahne hatten die Ulanen in Essegg sticken lassen – sie zeigte in den Sokolyschen Farben, Purpur auf Silber, an Stelle des Falken ein zerrissenes Herz. Kiki saß auf dem Thron, die Kikiten zogen vorüber und huldigten ihr, zogen vorüber mit Kerzen und Lampions, hohlen Kürbissen und Weinflaschen; der Guardian sang – der lustige Julius pfiff wie eine Nachtigall – Mama Amperg begleitete auf dem Klavier – und die Ulanen bliesen Jagdhörner.

In dieser Nacht geschah es:
Sokolysche Georgifeier – Sekt in Strömen. Georgi – der Tag, wo einst der Ahne Sokoly christlich getauft wurde. Man tanzte nach dem Essen. Kiki flog erregt, heiß begehrt von dreizehn Kavalieren, beglückt und angedrückt von Brust zu Brust. Sie jauchzte vor Wonne, Mittelpunkt zu sein. Und das Toben drehte sich um sie.
Mirkowitsch allein saß beiseite und brütete Iltiseier; verletzt durch Kikis geschmacklose Beschimpfung; und eifersüchtig zum Rasen.
Plötzlich: Krach! Ein Tisch war umgefallen – Klirr! – mit hundert Gläsern.
Und während alles angewurzelt stand, schritt Mirkowitsch durch die Allee der Bildsäulen auf Kiki zu und packte sie am Arm.
»Du!!« sagte er. »Kiki!! Hüt dich!«
Sie befreite sich mit einem kleinen Schrei – der Griff war schmerzhaft.
»Was fällt dir ein, Mirko? Bist du wahnsinnig?«
Er: »Ich dulde nicht, daß du dich so benimmst. Daß du dich vor mir so benimmst.«
Kiki, wild: »Wenn es dir nicht paßt, bleib weg!«
Mirko: »Nein, du wirst dich ändern.«
Genau so war die Szene. Wort für Wort.

Indessen haben sich die übrigen gefaßt, und Onkel Julius, um den peinlichen Zwischenfall zu verwischen, ruft: »Kasatschok!« – drängt den einäugigen Amperg ans Klavier, und er muß spielen – zwingt den Athleten in die Kniebeuge, und er muß tanzen.

Kasatschok – das ist doch dieser Kosakentanz aus der Hocke; der Tänzer kreuzt die Arme vor sich und schleudert ein Bein und das andre vor und seitwärts. Die andern klatschen in die Hände.

Rittmeister Preininger, der Athlet, ist in Ostgalizien geboren, Tornisterkind, tanzt wie ein Gott. Die Ulanen sind maßlos stolz, daß sie so einen Künstler haben im Regiment.

»Hemd ab!« johlen sie – und Turi Thaler beginnt, Preiningern die Ulanka abzuknöpfen.

»Hemd ab!« sekundiert Meier.

Denn bei nacktem Oberkörper ist der Kasatschok erst das wahre Schaustück.

Und sie entkleiden Preininger. Amperg hämmert die Tasten. Alles klatscht in die Hände.

Der Athlet tanzt, die Rippen hüpfen, die Muskeln.

Die Augen flackern; ihm und den andern: dem Athleten; Mali; Thaler; Kiki.

Der Athlet tanzt, daß ihm Schulter und Rücken leuchten.

Der Athlet tanzt, daß den Frauen der Atem steht.

Und als sie aufbrachen, schlafen gehen in die Zimmer: paßte Mirkowitsch im Flur die Jungfrau Kiki ab und umhalste sie, wie erhitzt sie war, und hob sie auf und trug sie in sein Bett.

42

Alle wußten es – auch Albin –, was diese Nacht war vorgefallen.
Auch Mali Amperg wußte es.
Robida, irgendwo tief in den Wüsten Afrikas – und Kiki, Robidas angetraute Frau …
… läßt sich hier von Athleten entflammen; und Mirkowitsch, der Pandur, löscht die Glut.

Beim Frühstück saßen dreizehn Männer übernächtig.
Auch Albin.
Und zwei Frauen: Mali – und Mutter Amperg.
Hatte keiner, keine in der Schwüle auch nur ein Minütchen schlafen können.
Kiki blieb den Morgen unsichtbar; sie hatte sehr zeitig anspannen lassen und war nach Essegg gefahren.
Zum Rechtsanwalt – um ihre Scheidung von Robida einzuleiten. Den Rechtsanwalt hatte Onkel Julius ihr genannt.

43

Julius Sokoly, Albins jüngerer Bruder, hatte sich doch mit Albin auf eine Apanage geeinigt und lebte in Essegg als Privatier. Mit seiner Frau, der Wallheimschen.
Einen so netten, kreuzfidelen Mann fand man nicht zum zweitenmal. Der ewige Junge. Er ging keinen geraden Schritt auf der Straße – immer hüpfte er förmlich; und sang dazu. Pfeifen konnt er wie ein Vogel. Die Wallheimsche war sehr herrisch. Wenn sie Feuer spie, da pfiff er. Zuletzt gewöhnte sich die Gräfin, ihm seine Schlechtigkeit

nur vorzuhalten, wenn fremde Leute dabei waren. Da durft er wenigstens nicht pfeifen; nur komisch anvisiert hat er sie, und alle lachten sich Buckel. Als das Grammophon aufkam, schaffte er sich sofort ein Grammophon an und trug es in einem kleinen Koffer mit sich. Vor- und nachmittags – wo er hinkam – zog er sein Werkel auf und tanzte mit den Töchtern. »Onkel Julius ist gekommen« – das war immer eine Freude für die Töchter. Die ganze Cousinage hielt zu ihm, die kleinen Comtessen vergötterten den Onkel Julius. Und sämtlichen Adoleszenten von Essegg brachte er das Rauchen bei.

Gewöhnlich ging er ohne Hut. Auf dem Korso braucht er sich nur zu zeigen, der junge Mann mit dem eisgrauen Lockenkopf, da waren ihm sämtliche Blumenweiber im Schwarm auf den Fersen, und wo er ein nettes Gesichterl erblickte – ob sie wollte oder nicht, sie mußt ein Sträußchen von ihm annehmen; aber sie wollten ja immer, sie rissen sich darum. Ein blitzsauberer, eleganter, liebenswürdiger Mensch; die Frauen waren ihm verfallen, groß und klein. Zehn blutjunge Kavaliere konnten dasitzen mit ihren Schätzen und Charmanten auf den Knien: kam der alte Julius und nahm die Mädchen alle.

Die Gräfin hielt ihn am Kappzaum und zügelte ihn scharf. Da erfand sich Julius einen herrlichen Auslauf:

Turi Thaler und Julius waren doch auf der Botschaft in Kospel dicke Freunde gewesen. Nun, wo Turi hier bei der Regierung war, ließ sich Julius von ihm zum »Patrimonialvizepräsidenten« ernennen; mit schön geschriebenem Dekret; das zeigte er der Wallheimschen.

Ganz Essegg wußte, daß es solch einen Titel gar nicht gibt, geschweige denn ein Amt; aber ganz Essegg hielt wie auf Verabredung dicht und feixte nur und gratulierte der Gräfin zu der glänzenden Beförderung. Besonders Fre-

che erbaten sogar die Protektion der Gräfin »in Patrimonalsachen« – sie nickte geschmeichelt dazu.
Nun ging Julius täglich »in die Kanzlei«: morgens um elf, nachmittags um vier.
Um elf trat er einen Augenblick in Turis Vorzimmer, wo Turis Büroleute arbeiteten, und bestellte gelegentlich die Gräfin hin, um sich in seiner aufreibenden Tätigkeit zu produzieren. Für die Teestunde hatte er ein Absteigequartier in der Unterstadt und empfing da Choristinnen.
Somit alles in Ordnung, was die Wallheimsche betrifft – die Gräfin war und blieb ahnungslos.
Der lustige Julius hatte noch eine zweite zu fürchten: seine Pomadefabrikantin. Eine Gunt aus Sokolowo hatte nämlich nach Essegg geheiratet, einen Pomadefabrikanten – und der lustige Julius war ihr einigermaßen treu geblieben, aus Sentimentalität.
Die Jugendfreundin kannte das verschwiegene Absteigequartier in der Unterstadt. Damit sie nicht allzu oft komme und ihn störe, erfand Julius für sie wieder »den epileptischen Neveu«: hängte im Flur des Junggesellenheims seine Einjährigenuniform von ehedem aus – Mantel, Attila, Hosen – und das Unterzeug bis zu den Strümpfen – und redete der Pomadefabrikantin ein: Kartschi Aim sei nicht bei Troste; er komme hie und da und kleide sich splitternackt aus bei Julius. Kam nun die Pomadedame angerückt, und Julius hatte andres vor . . .: so hielt er den Besuch im Flur auf und brauchte nur leise auf die Uniform zu weisen: »Er ist wieder da.« Madame zog davon, entrüstet über die Schamlosigkeit »dieses Narren« und enttäuscht. So spann der lustige Julius sein Leben.

Und wie er gelebt hat, ist er auch gestorben – lachend, mit einem Possenstreich:

Die Wallheimsche war doch eine Furie. Eines Morgens erwacht sie von einem kleinen Seufzen im Nebenzimmer; fährt rasch in den Barchentschlafrock und geht sehen, was Julius hat.
Er lächelt sie schmal an: »Liebste der Frauen! Sei unbesorgt und geh nur wieder! Ich sterbe bloß.«
Ein kleiner Ruck – aus war's.
Den Schrecken der Gräfin kann man sich vorstellen. So seltsam, überraschend sich Julius Sokoly zu benehmen pflegte – diesmal war die Überraschung doch zu plötzlich gekommen.
Als hätt ein Metzger die Wallheimsche vor den Kopf geschlagen – so fiel sie hin. Die Dienerschaft erzählt, sie hätt auch irrgeredet.
Und brauchte Stunden, den Vorgang aufzufassen. Saß und schaute tränenlos vor sich.
Denn sie hatte sich sehr gewandelt. Grade in der letzten Zeit war sie einigermaßen stolz auf Julius gewesen, »den Patrimonialvizepräsidenten«. Er hatte ihr eingeredet, zu Neujahr wird er – »für seinen Fleiß in Ausübung der Pflichten« – richtiger Präsident.
Endlich besann sie sich und schickte den Hausmeister mit der Todesnachricht »in die Kanzlei«.
So kam Turi Thaler, Sokolys Intimus, als erster Fremder ins Haus. Er sagte der Gräfin einige Worte des Mitgefühls und bat sie, seinen Beistand anzunehmen in der schweren Stunde. – Um nämlich zu verhindern, daß die Gräfin am Ende eine Todesanzeige ausgebe: »Julius Graf Sokoly, Patrimonialvizepräsident«; denn darüber hätte ja der Kontinent gegrinst.
Dann fragte Turi so obenhin: ob denn ein letzter Wille vorliege?
»Weiß nicht«, zischte die Wallheimsche. »Interessiert mich auch nicht.«

»Doch, Gräfin – das muß festgestellt werden.«
»Wir haben leider keine Kinder ...«
»Immerhin ... Der Selige könnte zum Beispiel Anordnungen hinterlassen haben für seine Bestattung ...«
»Sie haben recht. Ich glaube, er hat etwas dergleichen hinterlassen. Wenigstens hat er einmal davon gesprochen.«
In diesem Augenblick sprangen der harten Frau die ersten Tränen in die Augen.
Auf dem Nachttischchen lag ein Schlüsselbund. Turi nahm ihn und öffnete den Schreibtisch des Toten. Links in der Lade sollte das Papier liegen, in versiegeltem Umschlag.
Da lag es auch. Die Gräfin riß den Umschlag auf und las – laut heulend:
»Süßes, angebetetes Dutzimutzipüppchen! Wallheimsche! Zuckergoscherl! Sieh in das oberste Fach des Schreibtisches! Da sind reizende Dinge verborgen für mein niedliches Frauchen.

Dein lustiger Julius.«

Und in diesem obersten Fach ...
Turi Thaler wird nicht müde, es zu beschreiben – sooft er nur jemand aufgabeln kann, der die Geschichte noch gutwillig anhört. Im Fach obenauf ein Zettel:
»Es gibt gar kein Patrimonialamt – frag nur die Leute!«
Das Fach selbst, tief und weit, bis an den Rand gefüllt mit parfümierten Billetdoux, mit Photographien reizender Geschöpfe, zärtlichen Andenken, Liebesversicherungen.
Die Megäre blieb stehen wie versteinert.
Dann schritt sie groß auf die Leiche zu, und holte ... wahrhaftig, sie holte zu einer Ohrfeige aus.
Turi Thaler floh. Sonst hätt er, als Mitschuldiger, auch eine gekriegt.

44

Kiki ahnte, die nächtliche Szene auf dem Flur hatte Zeugen gehabt; man wußte, daß Mirko sich Kiki angeeignet hatte.

Sie fühlte sich besiegt, erobert, überwältigt, geschlagen, erniedrigt, beschimpft.

Und blieb unsichtbar. Unsichtbar besonders vor Mali. Daß Mali Amperg sich hier umtrieb, die Heuchlerin, Schmarotzerin, war für Kiki unerträglich. Sie ordnete tyrannisch an: das Essen sei ihr, Kiki, apart zu servieren – Papa Albin wiederum apart.

Zwei Tage hockten Ampergs allein bei Tisch; endlich verstanden sie; und zogen beleidigt ab.

Aus Sauberkeitsbedürfnis, nicht aus Neigung, suchte Kiki die Scheidung von Robida an, um ganz Mirko zu gehören, auch vor dem Gesetz.

Die Scheidung ging verhältnismäßig leicht vonstatten: Robida hatte die Ehe doch nicht »konsumiert«, vollzogen – der Guardian, der ja die Trauung zelebriert hat, konnte oder mußte bestätigen: daß Robida vom Altar weg in die Fremde gewandert war. Nach kanonischem Recht war die Ehe ungültig.

Sie war es auch nach bürgerlichem Recht: ein Papier des Bezirksvorstands genügte – und Albins Wort bei den Behörden tat das übrige.

Der neuen Heirat Kikis – mit Iwo Mirkowitsch – stand nichts entgegen, nichts als Albins Veto.

Nein, Albin wollte nicht. Aus Liebe zur Tochter; aus Eitelkeit; aus Eifersucht. Er allerdings sagte: aus Vernunft; er halte Kiki so hoch, damit sie nicht sinken können. Mirko ist ein unsoignierter – noch mehr: brutaler Mensch. Sein

Wappen wird angezweifelt. Mirko steht am Rand wirtschaftlichen Ruins. Oder mitten darin.
Es gab Streit zwischen Kiki und Albin. Er pflegte ihr zur Gutenacht Stirn und Hand zu küssen. Zum erstenmal, seit sie in Sokolowo eingezogen war, bot sie ihm heute weder Stirn noch Hand. Menschen sollen nie verfeindet schlafengehen; gereiztes Blut brodelt die Nacht weiter und kocht über.
Am andern Morgen, vielleicht aus bösem Traum, erscheint Kiki – und rund heraus, ohne Einleitung verlangt sie nicht weniger als: Sokolowo. Albin soll zurücktreten und Kiki Platz machen; ihr, das heißt, Mirko Platz machen.
Albin, verblüfft und höhnisch: »Du bist wohl nicht richtig im Kopf? Bitte, schick Agathe nach dem Doktor!«
Es konnte, nein, es durfte Kiki nicht ernst sein mit dem Verlangen – es war nicht ihr Ernst. Sie wollte nur den Menschen kränken, den sie am liebsten hatte auf der Welt, ihren Vater.
Albin war gegen Kikis wahnwitzige Heirat. Und da Kiki fühlte, wie recht Albin hatte, da sie empfand, daß sie ihm mit Vernunftgründen nicht entgegnen kann, ihm nichts zu antworten weiß: in ihrer haltlosen Hilflosigkeit beleidigte sie ihn aufs schwerste, indem sie Sokolowo von ihm forderte – so, als sei er überjährig und schwachsinning geworden; beleidigte ihn, um sich gewaltsam von ihm loszureißen, um Mirko gehören zu können, den sie nicht mochte, der sie geknebelt hatte und geraubt.
Sie war Mirko unterlegen, war verloren an ihn. Und weinte über sich, daß sie ihm unterlegen und verloren war.
Dieser Mirko – Turi Thaler hat es gesagt, und Turi ist ein kluger, ein weiser Beobachter: Ein Jahrhundert oder ihrer zweie ändern nichts am Charakter eines Stammes; auch

unser Mirko würde nicht anstehen, dem Juden Hirsch auf den Bart zu kacken; er ist ein Rohling aus Rohlings Stamm.
Und da sie dem Landsknecht Mirko nun in sein Zelt folgen mußte, wohl oder übel, verbrannte Kiki hinter sich das Schiff – damit sie nicht zurück zu Albin kann.
Albin sollte vom Thronsessel weichen? Auf sein sicheres, entschiedenes Nein – Kiki konnt es anders nicht erwartet haben – auch darauf hatte sich Kiki in der bösen, finstern Nacht die Erwiderung fertiggebrütet:
Sie schwor, sie wird zu Mirko nach Mirkowo gehen, nach dem alten Gemäuer, dem feuchten Dachsbau, und von Albin keinen Heller annehmen, keinen Groschen.
Albin ließ sich nicht einschüchtern – wohl aber erschrak die alte Gräfin-Mutter. Sie war aus dem Banat herbeigeeilt, und als sie Kikis Drohung hörte – schon um die Heirat Kikis mit dem süßen Ziehsohn Mirko nicht scheitern zu lassen – fuhr die alte Dame schnurstracks nach Mirkowo.
Was sie da zu schauen bekam, war nicht erbaulich.
Ihr unternehmender Geist erwachte zu Taten.
Im Nu war ein Baumeister aus Essegg da – im Nu war der Überschlag gemacht: 60000 Kronen allein für das Schloß und den Hof.
Nochmals 60000 Kronen soll sie in Mirkos Fundus gesteckt haben. Man hat die alte Dame auf dem Viehmarkt in Sokolowo gesehen, wie sie persönlich Vieh einkaufte; die ältesten Metzger, sagt man, hätten nicht verstockter gefeilscht.

45

Turi Thaler erhielt einen gottsjämmerlichen Brief aus Afrika von Robida.
Robi – der für die Welt dort Löwen jagte – in Wahrheit schuftete er doch wie ein Kuli.
Seine Farm, soundsoviel Meilen von Swakopmund: ein Dach von Wellblech in der Einöde. Den Boden hatte er nicht voll bezahlen können. Die Brunnen versiegten. Das Vieh ging ein, von Pest und Fliegen geplagt.
Dazu der Scheidebrief.
Robida kündigte an, er ertrage das Leben dort nicht länger, er werde sofort heimkehren.
Aus unverzeihlichem Unverstand, aus falschem Zartgefühl gab Thaler diesen Brief Kiki nicht zu wissen.
So konnte geschehen, daß Robida unangesagt hier auftaucht – und platzt in ein Faschingsfest bei Ampergs, eine Art Polterabend für das Brautpaar.
Kiki ist als »Baron von der Trenck« da: in Pandurentracht, in goldverschnürten engen Hosen, mit dem Kalpak schief im Haar – in der Blüte ihrer Jahre – die Augen lodern – ausgelassen wie nie.
Und vor ihr steht Robida: gebräunt, gebeugt, gealtert, zutiefst unglücklich.
Es war eine peinliche Begegnung, für beide.

46

Die Trauung Kikis mit Mirkowitsch spielte sich ab in der Kirche zu Sokolowo, in engem Kreis – nur mit den nötig-

sten Zeugen – beinah wie eine humane Hinrichtung. Die Zeugen waren der alte Panzer und Turi Thaler.
Albin nahm teil, sicherlich bloß der Leute wegen.
Der Guardian hatte sich als kopulierender Priester aufgedrängt – »wie schon das erstemal« – sehr gegen Kikis Wunsch, die doch bei dieser Zeremonie ungern an ihre vorige Ehe wollt erinnert werden. Der Guardian hatte dem Bischof die Delegierung abgebettelt.
Und der Guardian hielt eine Traurede. – Trotz allen Warnungen – Kiki hatte nur darauf gewartet – fing die Rede an mit einer salbungsvollen Darstellung der ersten Ehe Kikis, die der Guardian hätte nach Gottes Fügung ebenfalls mit frommen Sinn segnen dürfen …
War alles noch Kinderspiel gegen den Schluß: wo der Guardian die jungen Aejeleute mahnte, äje sie in den heuligen Stand der Aeje treten, zum hochgeborenen Paar Aeltern aufzublicken, dem Herrn Grafen und Frau Gräfin Albin, und sich ein Muster zu nehmen an ihrer Liebe und Eintracht.

Just ehe sie zur Kirche fuhren, hatte die Gräfin, die Wallheimsche, dem armen Albin noch einmal alle Zähne gewiesen: er soll doch ein Einsehen haben, der jungen Generation weichen, Sokolowo der Tochter überlassen …
»Heißt Kiki Cordelia?« antwortete Albin. »Und bin ich der närrische Lear?«
»Spaßig«, meinte die Wallheimsche, »wo hast du auf einmal deine Bildung her? Steht das auf dem Abreißkalender?«
Kiki aber ließ sich den klassischen Vorwurf nicht bieten. Sie fuhr mit einem Köfferchen aus Sokolowo fort nach Mirkowo. Sogar Pferd und Wagen schickte sie zurück – ihre Pferde, ihren Wagen.

Und das Schiff nach Sokolowo sollte verbrannt sein, für immer.
Mirkowitsch war klüger; er besuchte Albin nächsten Tags, bewog ihn, mit nach Mirkowo zu kommen – und dort gab es etwas wie eine Versöhnung.

Angenehmer für Kiki wurde das Leben darum nicht. Frauen sind immer solidarisch mit ihrem Mann, auch wenn sie ihn nicht leiden mögen; schon weil sie die Wirtschaft mit ihm teilen.
Wenn Albin über Mirko loszog, ärgerte sie sich. Wenn Mirko über Albin loszog, ärgerte sie sich. Mirko wollte nichts nehmen und Albin nichts geben.
Und es dauerte Monate, bis man sich wiederfand.

47

Sokolowo hat ein Gestüt. Es ist schon vom General Sokoly gegründet worden, vor mehr als hundert Jahren, und eine Zeitlang, sagt man, ist es berühmt gewesen. Der General hat Hengste und Mutterpferde erbeutet und errafft auf seinen Feldzügen, wo er nur konnte.
Er hatte von Anfang eine Marotte für Schimmel. Ahnherr der Sokolyschen Zucht ist ein Milchschimmel aus dem kaiserlichen Stall in Petersburg, angeblich Suworoffs Leibpferd.
Beim Schimmelhaar sind sie dann in Sokolowo bis heute geblieben. Der Gestütmeister kann nachweisen, daß die ganze Stammherde von Sokolowo aus Schimmeln bestand und niemals seit Gründung des Gestüts ein Pferd von andrer Farbe hereingekommen ist. Man hat zuerst

arabisch veredelt und dann englisch, selbst Inzucht und Engzucht nicht gescheut, der Decke zuliebe. Was auch nur ein dunkles Härchen trug, einen Schatten von Eisen oder Apfelzeichen, ist wohl in der Wirtschaft verwendet worden oder im gräflichen Paradestall – doch nachgezüchtet hat man es nicht.

Albin selbst, als er, ein junger Mann, sich als Herrenreiter versuchte, hat das Gestüt wieder sehr gepflegt und damals ein Stück Geld daran gewendet. Englische Vollblutschimmel sind überaus selten – die Pferdehändler wußten um Albins Vorliebe und ließen sich die Schimmel bezahlen.

Da sollte man nun meinen, daß auch jeder Wurf im Gestüt verläßlich ein Schimmel wird. Aber nein. Gelegentlich kann man in Sokolowo einen guten Jährling kaufen, nur weil er ein Braun ist oder Fuchs – und so manches Fohlen, das sich anfangs schwarzgrau wie die meisten Schimmelfohlen ansah, ist zum Schmerz des Gestütmeisters auch so geblieben.

Der Guardian von Mirkowo hat zwei Glanzrappen – wenn man von den Zwanghufen absieht, wirklich brillante Gäule; einer davon leider schon recht alt. Die Rappen hat der Guardian von Albin zum Geschenk bekommen; einen vor Jahren, ohne weiteres – damals, nach der Beerdigung des Kräutlersohns am Wunderbaren Baum; den andern, jüngern, auf ziemlich deutliche Anspielungen – und der Guardian brüstet sich nicht wenig mit seinem Gespann; nennt die Pferde: seine Panduren.

Wie sich in den Sokolower Schimmeln, sagt der Guardian, versteckt ein Tropfen Rappenblut weitervererbt, unausrottbar, und alle Generationen einmal durchbricht, zum Andenken: so lebt im Land der Pandur Trenck und erscheint in den Familien – als neugeborner Knabe, als

Mädchen; einmal in Geschlechterfolgen, selten, aber unausbleiblich, immer wieder.
Guardians Rappen verdienen, hinter der Meute zu jagen. Statt dessen müssen sie den Pflug ziehen, Heu und Mist fahren. Und spannt man sie einmal vor die Kutsche: der Guardian als bejahrter, als geistlicher Herr hält natürlich gemessenes Tempo, und die Gäule haben nichts zu zeigen als ihre Aktion. Doch gelegentlich fährt der Wagen leer – dann kann sich's der Kutscher nicht verkneifen und läßt die Rappen los. Kein andres Paar kommt mit. Der alte Rappe ist vielleicht noch besser im Kummet als der junge.

48

Daß der Guardian soll so gute Pferde haben – darüber hat sich Iwo Mirkowitsch von je geärgert; er gönnt ja dem Guardian den Bissen Brot nicht. Ist nach Sokolowo und hat Albin die zwei schönsten, jüngsten Schimmel abgeschmeichelt. So wenig erbaut Albin Sokoly ist von seinem Schwiegersohn: ein Rückfall in seine alte Noblesse – und er hat Mirko zwei wirklich gut gemachte Pferde verehrt, »Narziß« und »Neves«.
Nun hatte Mirkowitsch eine neue Passion. Die Strecke nach Sokolowo genügte ihm nicht – er raste immer bis Essegg, sechzig Kilometer. Ohne Futter, ohne zu tränken – in vier Stunden.
Kam immer mit heißdampfenden Pferden an – und wen er eben auf der Straße sah, Bischof oder Bettelmann, den fragte er: »Was meinen Sie, wie lang hab ich von Mirkowo hergebraucht? Raten Sie!« Man konnte sich den Spaß machen und antworten: »Zweieinhalb Stunden« – dann

war er schwer gekränkt; oder man sagte: »Fünf Stunden« – dann kannte er der Selbstzufriedenheit, des Lachens gar kein Ende.

In Essegg mußten die Gäule doch rasten und der Herr sich irgendwie die Zeit vertreiben: ging er zu den Ulanen.

Er war eine Spielratte; wäre zu einer Kartenpartie durch die vereiste Drau geschwommen.

Bei den Essegger Ulanen war zufällig ein mageres Pokerjahr, sie lebten solid. Preininger, Regimentsathlet, brauchte kein besondres Training – er hatte ohnehin alle Hände voll zu tun mit Hinauswerfen von Gläubigern. Meier erholte sich von einem finanziellen Katarrh – den hatte er sich in Budapest zugezogen. Immerhin – auf dem Umweg über Pikett und Tapper kriegte Mirko doch etliche zum Färbel herum – besonders jüngere, die sich durch eine Einladung zum Gutsherrn von Mirkowo ausgezeichnet fühlten. Der Verkehr zwischen Land und Garnison war etwas eingeschlafen; Mirko erweckte ihn wieder.

Zwei waren besonders eifrig dabei: Preininger – und vor allem Meier.

Meier war in seinem Sondertum fortgeschritten. Er schwärmte für Buddha und ließ den Schnurrbart chinesisch hängen. Aß kein Fleisch – nur Mais, Spinat und Feigen. Hatte es mit der Menschenliebe, wälzte Bücher und predigte: man soll das Heer abschaffen, ewigen Frieden unter den Völkern machen. Ein Phantast, überspannt und unstet. Eigentlich nicht unstet, denn er war seit Jahren umnachtet – nur äußerte sich die Störung immer anders. Ein Mensch, flackernd und jäh, von wechselnden Ideen besessen. Der Major regte manchmal an, Meiern ehrenrätlich zu behandeln oder sonstwie um die Ecke zu bringen – so ein Narr sei doch kein Soldat. Der Oberst widersprach:

»Entweder ist er ein Narr, dann gehört er in die Heilanstalt; oder er ist, sehr unwahrscheinlich, bei Vernunft – soll er denken und schwatzen, was er mag, solang er ordentlich seinen Dienst macht.«

Kiki war keineswegs entzückt von der neuen Geschmacksrichtung ihres Herrn Gemahls. Die Ulanen kosteten Geld – und das Geld war rar auf Mirkowo. Sie schämte sich Mirkos: vor Albin, vor Ampergs, vor der ganzen Landschaft – vielleicht auch vor dem eigenen Gesinde.

Kiki war doch recht einsam aufgewachsen – bei der Mutter zuerst, dann in Sokolowo – und ihr einziger, mindestens ihr häufigster Umgang war von jeher das Gesinde; Dienstmädchen; ihre Jungfer. Der Jungfer – Agathe hieß sie – hat Kiki immer allzu innig gebeichtet. Und Agathe versäumte nie, was sie wußte, dem Mittelpunkt des Tratsches zuzutragen: der alten Amperg.

Der tägliche, der jahrelange Verkehr mit der Jungfer – Kiki hat Agathen erzählt und Agathen ausgehorcht – dieses Vertrauensverhältnis hat Kiki moralisch herabgezogen, bis auf die Stufe der Dienerschaft; Kiki, die gescheite Frau, hat nach dem Tratsch gefragt, hat teil daran genommen, sich ihn nahgehen lassen und ihn zuletzt ... gefürchtet.

Mirko zu heiraten war eine Dummheit gewesen, eine alberne Konzession an den Tratsch. Aus Angst, neuen Tratsch aufzurühren, trug sie die Ehe mit Mirko. Und schämte sich ihrer stündlich.

Schämte sich der Spielpartien, der Gelage ihres Mannes und seiner Genossen.

Schämte sich ihres Meier erst recht, des verrückten Kerls: an solch ein Ungetüm von Narren hatte sie ihre erste Mädchenregung verschwendet. Und das kommt daher und erinnert sie daran und will Rechte für sich ableiten aus einer Backfischtorheit.

49

Eines Tages reiten Meier und Preininger wieder hinaus nach Mirkowo.

Auf dem langen Weg von der Stadt auf das Gut hat Meier kein Wort geredet, erzählt Preininger; ist nur auffallend unwirsch gewesen – aber von dem Kauz war man ja allerhand gewohnt.

Sie kommen in Mirkowo an, und der Hausherr ist zufällig über Feld.

Daß es einmal eine Beziehung gegeben hat zwischen Kiki und Meier – daß Meier daran festhält oder festzuhalten sucht – davon hatte der dritte, Preininger, keine Ahnung.

Bei Mirko also ist nur die Frau. Man begrüßt einander wie immer – nämlich kühl.

Die Baronin sagt: sie wird sehen, ob man Mirko heimrufen kann – ob überhaupt jemand weiß, wo Mirko eben steckt.

Während Kiki draußen ist, rennt Meier im Zimmer um, reißt an seinem Schnurrbart und redet mit sich selbst. »Muß, muß!« sagt er in einem fort.

Als er Kiki wiederkommen hört, nimmt er sich zusammen.

Plötzlich, ehe die Frau des Hauses auch nur Plätze angeboten hat, kommt eine Szene.

Als wäre gar kein Dritter da, ruft Meier: »Ich erwarte noch immer Ihre Antwort, Kiki!«

Sie blickt ihn nur wild an und wendet sich ab; ist überaus

erregt, und in ihrer Erregung vergißt offenbar auch sie, daß Preininger an der Tür steht.
Meier, hartnäckig, ungeduldig: »Hörst du, Kiki?«
Da fährt sie auf: »Kein Wort! Ich will nichts wissen. Schweigen Sie!«
»Ah«, ruft Meier und lacht höhnisch, »ah, das Herz der Gnädigsten schlägt für Mirko.«
Kiki, abweisend: »Mein Herz schlägt nur für mich. Ich mag nicht, und ich mag einfach nicht. Das muß Ihnen doch genügen.«
»Warum mögen Sie nicht, warum nicht?«
»Ich habe keine Gründe als meinen Willen.«
Damit ist sie im Davongehen – er aber vertritt ihr den Weg und fängt an zu bitten: »Kiki, wenn Sie Erbarmen haben, lassen Sie mich nicht umkommen. Bloß weil ich arm bin, wollen Sie Ihr schönes Leben bei diesem Menschen verbringen?« – Und dergleichen.
Sie, puterrot vor Ärger, dem Weinen nah, schiebt ihn weg – er läßt nicht nach: »Baronin, morgen frage ich Sie noch einmal – und wenn Sie dann wieder Nein sagen ...« Kurz: er droht ihr mit Selbstmord – und sie wird daran schuld sein.
Sie, unter Tränen: Nein, man wird sagen, daß Meier verrückt ist und sie eine anständige Frau.
Er wiegt ganz aufgebracht den Kopf: »Was Frauen für verstiegene Beweggründe haben, anständig zu sein.«
»Mit Drohungen kommen Sie mir, Sie Erpresser?« – und weg ist sie.
Da fragt Preininger: »Du, was war das alles?« – Denn er hat es nicht verstanden.
Meier schimpft: »Das geht dich einen Dreck an« – wendet sich um – und Preininger erzählt, das Herz hat ihm ausgesetzt: mitten im Zimmer steht Mirkowitsch. Nie-

mand hat ihn bemerkt – und er muß alles mit angehört haben.

Statt aber loszupreschen, wie Preininger erwartet hat – und Meier wohl erst recht – haut sich Mirkowitsch auf die Schenkel vor Freude und lacht aus vollem Hals.

»Kinder«, schreit er, »wie gerufen kommt's ihr! Grad hab ich mir gedacht: wann heute nur die Essegger Herren kämen – da führt der Reitknecht eure Pferde um – und ihr seid's da. Nämlich – ihr müßt's wissen: ich hab heut drei Waggon Weizen verkauft, zu zwölfeinhalb. Ich bitte: zwölfeinhalb. Mein Schwiegervater und der Amperg – alle haben nur zwölf gelöst, die Trottel. Da juckt mich das Geld in der Tasche – ich muß spielen. Aber was seid's ihr denn so verstummt?« Er zeigt auf die Tür, wo eben die Baronin hinaus ist. »Hat sie euch wieder recht heimgeleuchtet? Das tut sie mir auch manchmal – hört's nicht auf sie! ›Anständige Frau‹, sagt sie. ›Erpresser.‹ – P! Möcht wissen, wer hier erpreßt. – Weiber sind doch ein saublödes Pack.«

Preininger wußte sich, sagt er, aus all dem keinen Reim zu machen.

Wirklich, sie setzen sich zum Spielen hin, gleich vormittags.

Färbel. Ähnlich wie Poker. Man hat das früher sehr viel getrieben – in guter Gesellschaft – ehe das Pokern noch Mode war; jetzt ist es ganz abgekommen, es färbeln nur mehr Getreidehändler und so.

Meier wollte bald aufhören – zu dritt, sagt er, ist es langweilig. Doch Mirkowitsch war ganz Feuer. »Wozu«, sagt er, »hab ich mein Telefon?« Und hat Sokolowo aufgeklingelt – Amperg und Baron Panzer müssen heute bei Albin sein.

Amperg ist nicht da, und Panzer hat keine rechte Lust – man merkt es aus Mirkos Zureden am Telefon – Panzer fragt umständlich, wer die Partner seien. Als er hört, daß es Offiziere sind, spreizt er sich erst recht. Es ist auch hanebüchener Unsinn, mit Offizieren zu spielen: entweder verliert man sein gutes Geld an sie – dann ärgert man sich bunt; oder man gewinnt: ein Ehrenwort samt obligatem Finale. Mirkowitsch aber gibt nicht nach – Panzer muß und muß kommen und mithalten. Er soll sich nicht fürchten, daß es nur so eine Pimperlpartie wird. Er, Mirko, wird den Offizieren Geld vorstrecken, in jedem Betrag – es wird sehr elegant werden. Panzer läßt sich richtig breitschlagen und verspricht: in zwei Stunden wird er aus Sokolowo da sein. Mirkowitsch in seinem Eifer nimmt sich nicht einmal mehr Zeit zum Essen, sondern vom Braten weg zwingt er die zwei Ulanen wieder an den Spieltisch, und mit den Tellern in der einen Hand färbelt man weiter. Schon jetzt um hundert Kronen Visi – damit, sagt Mirko, Panzer gleich einen günstigen Eindruck hat, wenn er kommt.
Es ist ein wüster Tag worden, eine wüste Nacht. Sowie Panzer eintrat, ging es heidnisch los.
Mirko hatte anfangs Glück gegen Panzer, geriet darüber in Taumel und soff wie ein Loch.
Ein Spieler aber wie Panzer läßt sich nicht kleinkriegen. Ist ja kein Kavalier – er ist der geborene Kaufmann: keiner Eselei fähig. So was von kaltem Untier rechnet: »Mirkowitsch ist betrunken; also dummdreist; er zögert trotzdem einen Augenblick; folglich hat er nur eine Acht im Blatt; Treff, Karo, Pick sind gefallen – hat er die Herz Acht; ich hab die Neun – er hat keine Sequenz.« Mit Leuten, die keines Leichtsinns fähig sind, geht man auf die Jagd; aber man schließt nicht Verträge mit ihnen und spielt mit ihnen nicht – oder man ist selbst ein Gimpel. So ein Kerl sagt an:

»Punkt Mitternacht hör ich auf.« Ist er im Verlust, bleibt er ruhig sitzen, und niemand verdenkt es ihm. Hat er dagegen gewonnen, steht er auf und behauptet mit der unschuldigsten Miene: »Ich hab gleich zu Beginn nur bis zwölf limitiert« – und ist bei aller Gemeinheit noch der Mann von Wort und Treue. Ob das Schwein aber Schwein gehabt hat oder Pech – wer will es ihm nachrechnen? Er steckt jeden Groschen sofort ein, und nichts bleibt sichtbar auf dem Tisch.
Traurig, daß so etwas adlig sein kann. Na ja: Baron à la générosité irgendeines mitteldeutschen Duodezfürsten. Panzers Vater war Wucherer in Worms.
Mirkowitsch also war betrunken – vor Lust; Panzer, in der Pechsträhne, blieb sitzen; die Offiziere hatten bisher nur schandenhalber mitgetan, ängstlich, mit geringen Sätzen. Da kommt es über Meier. Ganz plötzlich, wie er schon war, heftig von Impulsen.
Meier zieht eine kleine Bank – zwei-, dreihundert Kronen im ganzen – gegen Mirkowitsch, und Mirkowitsch, das Rindvieh, in seinem Rausch, fletscht die Zähne: »Sie hat recht gehabt«, sagt er. »Meiner Seel, du bist ein Erpresser.« Meier – das hören – und aus ist es. Er erklärt an Mirkowitsch sozusagen Krieg: »Mein Lieber«, ruft er grimmig, »das hat sie sich erlauben dürfen, aber nicht du. Jetzt spielen wir um sie. Und du verlierst.«
Wie der leibhaftige Teufel sitzt Meier da, mit einer Teufelsvisage, und mischt die Karten. Schlag auf Schlag. Blitzt den armen Mirko an mit heißem Haß in den Augen. Als ob diese Augen durch die Karten dringen – bis ins Herz und Hirn. Jeden Gedanken Mirkos errät Meier. Errät jede Karte Mirkos. Reißt ihm mit den Augen die Trümpfe aus der Hand und zwingt ihn, Skartindel zu kaufen – reißt ihm das Geld aus dem Sack, reißt das Fleisch von den Kno-

chen. Mirko, Mirko läuft seinem Verlust nach – und als er keinen baren Heller mehr hat, schiebt ihm Meier einen Wisch Papier hin: »Schreib einen Bon! Hunderttausend.« Das Rindvieh schreibt.

Sie spielen längst nur mehr um Zettel. Alle, selbst der superkluge Panzer, haben den Verstand verloren.

Rittmeister Preininger erzählt, wie er sich eine Sekunde besonnen hat und hat gerufen: »Menschenskinder, ich tu nicht mehr mit – wir spielen ja um unser Leben – wer verliert, dem bleibt nur die Pistole.«

Drückt Meier den Rittmeister gewaltsam auf den Stuhl nieder; sucht aus einem Haufen Papierchen fiebernd die Bons aus mit Preiningers Namen, zerfetzt sie, wirft die Fetzen hin und brüllt: »Kusch! Und weiter!«

Schmeißt dem Panzer seine Bons hin: »Kusch! Und weiter!«

Märchenhaft – Schlag auf Schlag. Kehricht oder Gold – Meier gewinnt. Würfelt mit dem Tod und gewinnt.

Bis Panzer aufspringt und sagt: »Nein, das ist ja Wahnsinn. Genug. Adieu!«

Mirkowitsch hockt da, ein Haufen Unglück; bleich, verstört, mit kaltem Schweiß auf der Stirn.

Erhebt sich, wankt, sprengt beide Fenster, stöhnt — und hockt sich wieder hin.

Meier und der Baron am Tisch. Die Lampe lökt, der Morgen dämmert herein. Meier zählt ruhig seine Bons und sagt: »Es ist etwas über eine Million.«

Mirko, verkatert und vernichtet, bricht in Tränen aus.

Meier zischt ihn an: »St, du Feigling! Heut gewonnen, morgen zerronnen.«

Da blickt Mirko auf und antwortet genau ebenso hart: »Glaubst du, ich will etwas von dir geschenkt? Von dir? Nein, danke. Du bleibst da, und ich gehe.«

Meier will antworten: »Unter Freunden ...«
Mirkowitsch, als wie man Eisen hämmert – pink-pank: »Ich bin nicht dein Freund. – Mirkowo ist kein Majorat – ich bin freier Besitzer – kann mein Gut, Gott sei Dank, verschenken und verspielen. Du hast mein Gut gewonnen, wie es daliegt.« Und mit einer weiten Gebärde: »Bitte! – Ich möchte, weißt du, mein Lieber, auch nicht dein Gast sein. Dein Gast nicht. Laß also einen Wagen anspannen. Ich fahre.«
Meier überlegt einen Augenblick und klingelt. Zum Diener: »Besorg einen Wagen!«
Und zu Mirkowitsch: »Weck deine Frau!«
Mirko steht auf – und indem er nach der Tür ausschreitet, bei Gott, er lacht fröhlich.
»Kiki, die Arme!« sagt er. »Die wird Augen machen. Muß sie vom Fleck weg? Aus dem Bett?«
»Weck sie!«
Meier, am Fenster, gestikuliert. Reibt sich die Augen und zupft am Schnauzbart. Und redet mit sich: »Sonne! Einen Atemzug! Sonst erstick ich.« Und er trinkt die Luft.
Da kommt Kiki, schlafgerötet. »Also wirklich?« fragt sie.
»Ja«, ruft Meier und streckt die Arme nach ihr aus. »Alles ist mein, was du brauchst: Gut und Geld. Folglich auch du, Kiki.«
Sie antwortet scharf: »Mein Name ist Baronin Mirkowitsch.«
Meier, fassungslos: »Du willst nicht?«
»Ich verbitte mir Ihr ›Du‹. Ich bin die Frau des Barons Mirkowitsch.«
Sie geht auf Mirko zu und steht mit ihm Hand in Hand. Und mit der andern streicht sie ihm das Haar aus der Stirn. – Was soll die Komödie? Hat sie ihre Anhänglichkeit entdeckt? Frauen sind oft eins mit ihrem Mann – in

Augenblicken, wo man es am wenigsten erwartet. War sie gereizt durch die freche Werbung? Wahrscheinlich wollt sie nur eine schöne Pose stehen.
Meier kaute seinen Bart, verbeugte sich und schwand ab – hinaus. Das Ehepaar nach der andern Seite.
Preininger erzählt: wie Meier draußen im Park wohl eine Viertelstunde auf der Bank saß; bald etwas auf ein Blatt Papier kritzelte und bald einen Nelkenbusch liebkoste. Dann verschwand er – und Preininger wartete, daß Meier zurückkomme.

Statt seiner trabt nach ein paar Minuten ein Hirtenjunge an und bringt einen Brief ohne Adresse.
»Für wen?« fragt Preininger ahnungslos.
»Weiß nicht«, sagt der Bub. »Der Herr Offizier hat mir einen Gulden gegeben und den Brief da und hat befohlen: ich soll im Busch sitzen und aufpassen; und wenn ich einen Schuß hör, soll ich ins Schloß laufen.«
»Einen Schuß??«
»Ja, Aber ich soll nicht früher laufen, als bis ich den Schuß hör. ›Denn vielleicht‹, sagt der Offizier, ›besinn ich mich noch anders.‹ – Ich hab lang gewartet.«

Mitten vor die Stirn. Muß sofort tot gewesen sein, versicherte der Gemeindearzt.
In dem Briefumschlag ohne Adresse lag Meiers Testament, mit Bleistift geschrieben. Er hatte Kiki zur Universalerbin eingesetzt.

Preininger ist sofort full pace nach Essegg zu seinem Kommando – es sind dann der Major und Preininger als Kommission gekommen zur Todesfallaufnahme; das ist im Dienstreglement vorgeschrieben. Den Sarg brachten

sie gleich mit, aus der ärarischen Tischlerei; die Maße standen ja in Meiers Grundbuchblatt.
Die Herren sagten: in Meiers Wohnung hätten sie die Aufnahme schon gemacht und nichts gefunden als unbezahlte Rechnungen und Pfandscheine; Meier habe nichts, keinen Knopf, besessen und hinterlassen – außer dem Gut, das er die Nacht gewonnen hat. Nicht einmal ein Pferd; er war auf seinem Chargierer nach Mirkowo geritten.

Man brachte die Leiche nach Essegg.
Das kommt erstens viel billiger, weil alles vom Militärkuraten und der Traineskadron besorgt wird, bis zum letzten Spatenstich – und dann sieht es auch sehr gut aus, wenn sich das Regiment den verblichenen Kameraden heimholt.
Selbstverständlich halsten törichte Weiber Kiki die Schuld auf an Meiers Tod.
Mit Unrecht. Man entschließt sich nicht plötzlich zu sterben. Das erwägt man Monate und Jahre.
Eine durchwachte Nacht aber, Suff und Spiel – die lassen dem Menschen Flügel wachsen; heben ihn von der Erde auf und treiben ihn: manchmal in der Sekunde gleich eine Meile weit – eine Meile, die man bei schläfrigen Sinnen nie geflogen wäre oder erst in Erdenjahren.

50

Eines schönen Tag's sieht Kiki aus dem Fenster – da geht eben aus Mirkos Kanzleitür der Guardian auf die Pfarre zu.
Beim Mittagessen fragt Kiki obenhin: »Was hat denn der Guardian von dir gewollt?«

Mirkowitsch gerät in einige Verlegenheit und gibt nicht recht Laut.
»War es wieder wegen den Jalousien?« sagt Kiki. »Wenn du sie ihm wirklich noch nicht hast machen lassen, ist es ein rechter Skandal. Der Mann bittet doch schon seit Jahren.«
»Es ist nicht wegen den Jalousien.«
»Sondern??«
»Ach – nichts.«
»Na«, meint Kiki, »ich werd' es schon erfahren.«

Der Guardian machte ihr das Erfahren nicht schwer. Als Kikis Faktotum, Agathe, anpochte, gab er mit Freude Auskunft: der Herr Baron zahlt zögernd die Alimente; für das Kind der Reserl; Bahnwächterstochter aus Poldsdorf; der Herr Guardian ist den Herrn Baron mahnen gewest. Mirko hatte nichts zu lachen. Kiki ging einige Tage mit sehr hochgezogenen Brauen umher – Iwo Mirkowitsch zeigte einen resignierten Blick und rauchte schwere Zigarren.

Komisch, daß er nicht erspürte, wie unschuldig er eigentlich in die Schlammastik geraten war. Das Kind war doch gar nicht von ihm. Wenn er es aber schüchtern von sich weisen wollte, ließ Kiki alle Orgeln ihres Hohnes spielen.
»Ich weiß doch nicht einmal dem Madel ihren Namen«, seufzte Mirko.
»Du wirst ihn schon wissen. Und wenn du dich nicht erinnern kannst – natürlich, wie könntest du dich an jede Bauernliaison erinnern? – dann erkundig dich gefälligst beim Guardian.«
Mirkowitsch trug sein elendes Leben.
Manchmal, wenn er sich's überlegte, wußte er gewiß: er

konnt es nicht gewesen sein. Er kannte überhaupt keine Bahnwächterstochter.

Vor drei, vier Jahren, wo der gewisse Schnepfenstrich bei Ampergs war, mit den Patronessen und dem vielen Gequieke – da hatte sich doch grade er, Mirko, zu spät angesagt. Es gab keine Patronesse mehr für ihn und keinen Platz im Haus – er mußte in der Poldsdorfer Forstei übernachten.

Er erinnerte sich genau: er war nach dem Essen heim nach der Forstei geritten, über die Tafel I, dort, wo jetzt der Hafer steht. Da ging – vom Wächterhaus her – ein schwarzes Mädel vorüber und grüßte ihn. »Sapperment«, dachte er sich damals, »das wär so ein Floh für ins Bett!« und blickte ihr nach.

Aber davon kann doch eine nicht gleich ein Kind kriegen? Allmählich stieg ihm auch ins Bewußtsein, was für Augen das Mädel damals gehabt hatte, und als ihm Kiki dann so entschieden zusetzte – an dem mißglückten Verlobungstag in Sokolowo – und als alle Welt ihn mit seiner Polsdorfer Eroberung neckte, nahm er es hin, schweigend, später mit leisem Lächeln, endlich gewissermaßen geschmeichelt – und sagte gelegentlich: »Gott – nicht wahr? – man sitzt so vor einer Hütte ab und verlangt ein Stück Schwarzbrot ... das Mädel bringt einem ein Glas Wasser und is hübsch ... und so ist die Geschichte halt passiert. 's is doch auch weiter nicht so viel zu bereden.« Er glaubte es nun selbst.

Und zahlte seine Alimente weiter, auf dem Umweg über den Guardian.

Hie und da träumte er von der Dirn. Ein mollertes Mädel in einem Bahnwächterhaus – das wär eigentlich gar so übel nicht.

Ja, wenn er nur gewußt hätte, in welchem Wächterhaus!

Er faßte sich einmal ein Herz – als Robida in Afrika war und Kiki noch gar nicht daran dachte, zu Mirko abzuschwenken – da also faßte er sich ein Herz und ritt zu Ampergs auf das Vorwerk – unter irgendeinem Vorwand: wegen Rübensamen. Erst auf dem Rückweg, damit es noch weniger auffalle, hielt er am Wächterhaus und fragte die Leute nach ihrer Tochter. – Sie hatten gar keine.
Dann gab er dem Kutscher auf: alle Wächterhäuser abzureiten, längs der Trasse, und zu sehen, wo das niedlichste Mädel sei. Der Kutscher kam zurück: nirgends ist ein Mädel.
Und Iwo Mirkowitsch zahlte weiter Alimente.

Zahlte nun ganze drei Jahre.
Die Sache war schon eingeschlafen, bis Mirkowitsch zwei Monate seine Pflicht vergißt; der vertrackte Guardian kommt, erinnert Kiki und rührt den Brei glücklich wieder auf.

51

Warum begann Mirko wieder seine Forschungsreisen nach Poldsdorf? Um sich reinzuwaschen von der Beschuldigung der Vaterschaft? Um das Mädel nun wirklich zu kriegen? Oder wollt er ein paar Stunden Kiki ausweichen? Er wußte den Grund selbst nicht.
Genug, er gewöhnte sich, täglich zum Kaffee bei Ampergs zu sein.
Ampergs sind vor allem gastfreundlich – darin sehen sie sozusagen ihre Lebensaufgabe; damit erstreiten sie sich – arme Leute, die eigentlich nicht recht mithalten können – ihre Stellung in der Gesellschaft.

Ferner hat Mali Amperg den Ehrgeiz, innig befreundet mit Kiki zu sein, wenigstens für ihre Intimissima zu gelten. Da sich Kiki nach Mirkowo zurückgezogen hat, pflegt Mali um so herzlicher die Beziehungen zu Mirko; über Mirkowitsch mit Kiki. Es ist ja nicht dasselbe, aber doch etwas.

So ist die heiße Kaffeefreundschaft entstanden zwischen Mali Amperg und Iwo Mirkowitsch. Man sitzt stundenlang da und horcht Mirko teilnehmend aus und nickt verstehend und gibt ihm aus Erfahrung gute Ratschläge: wie er Kiki behandeln muß, um sie wiederzugewinnen.

Nun hatte sich ganz genau so, nur früher, Robida an Mali Amperg geschlossen. Schon seit der Scheidung von Kiki kam auch er regelmäßig nach Poldsdorf – aber ein paar Stunden früher als Mirkowitsch, nämlich zum Mokka nach dem Mittagessen.

Gleichfalls, um das Herz auszuschütten. Mali ist ja eine gute Haut; sie hört einem so gern zu, wenn man das Bedürfnis hat zu reden.

Und Robida diente nun, wie einstmals seiner Kiki, der Mali Amperg. Sah sie mit Hundeaugen an, die nicht einmal zu betteln wagten, war dankbar für jeden Befehl, nahm Briefe auf die Post mit, wenn er fuhr, holte die Zeitung ab, wenn er kam, brachte Zigaretten, Siegellack aus dem Laden und verständigte gelegentlich die Schneiderin.

Nur ein Verhältnis mit Mali knüpfte er nicht an – was sie sicherlich wollte. Manchmal mußte man staunen, wenn man als Unbeteiligter dabei saß, wie verkehrt sich ein Mensch gegen das Weib benehmen kann. Es gibt Sekunden, wo sie ein Aufblicken erwartet: dann sah Robida zu Boden. Ein Wort hing in der Luft, reif wie eine Birne: und er pflückte es nicht.

Für das Versagen solcher Männer gibt es eine Erklärung: sie sind irgendwie, irgendwo nervös; haben sich ein-, zweimal in kritischer Stunde blamiert – nun scheuen sie eine dritte Probe.

52

Um diese Zeit war wieder Jagd bei Ampergs. Aber keine »Patronessen« mehr, kein verliebtes Gekreische und Gequieke in der Dämmerung und bei Nacht, auf den Gängen und in den Fremdenzimmern. Die Zeiten haben sich geändert. Man ist älter geworden. Kiki hat sich mit einladen lassen – die alte Frau Amperg muß dableiben, um Kiki die Honneurs zu machen – und in Gegenwart der Damen kann man keine Orchideen züchten.

Nun war in Poldsdorf ein Schullehrer, der konnte recht nett in Kohle zeichnen. Er hieß Nikola und noch irgendwie – wer kann sich alle Namen merken? Er zeichnete Landschaften in Kohle, Bäume in Kohle, auch Porträts, und brannte sich die Kohle selbst dazu. Das ist gar nicht so leicht, wie man glaubt; denn man muß erstens verstehen, sich die Reiser auszusuchen – und dann auch wissen, wann die Kohle gerade mürb genug ist.
Am ersten Tag, im ersten Trieb schießt Kiki einen Sechserbock, und weil es so eine Seltenheit ist – in Poldsdorf, wo die Raubschützen alles wegknallen – wollte sie ein Bild von ihm haben. Man rief den Schullehrer – er machte das Bild, so gut er konnte. Kiki war geradezu begeistert; und schickte dem Lehrer sofort zwanzig Kronen in einem Briefumschlag.

Mirko zog ein schiefes Maul über Kikis Getue mit dem Lehrer.

Überdies schien dem guten Mirko die Anwesenheit Robidas nicht zu passen, des alten Nebenbuhlers: Mitbewerbers einst bei Kiki und nun auch ein bißchen bei der Amperg.

So tugendsam es diesmal bei Ampergs herging, man hatte doch früher allerhand Fröhlichkeit hier mitgemacht, woran man gern dachte – von der Erinnerung zum Schmunzeln ist ein halber Schritt, vom Schmunzeln zum Schildern und Breittreten wieder ein halber – und so klang am Abend beim Wein, wenn die Damen waren schlafen gangen, silbern die Sauglocke.

Am anderen Abend war der Ton schon etwas freier – leider fehlten die erforderlichen Patronessen.

In der Nacht hört man – das Ampergsche Haus, ehemalige Verwalterwohnung von Poldsdorf ist gebaut wie eine Hühnersteige, jeder Tritt dringt vom Keller bis zum Dach – in der Nacht klopft Mirkowitsch ganz leise, anhaltend an Kikis Tür. Und wird nicht vorgelassen. Beim Frühstück vergnügtes Gekicher der Jagdgesellschaft: »Hast du es auch gehört?«

Dritten Tags, kaum ist man von der Jagd gekommen, ziemlich durchfroren, ist der Schullehrer da. Kiki hat sich ihn herbestellt; er solle sie selbst abzeichnen.

Mirko ist nicht von Holz; wenn Kiki ihn nicht einläßt – gut, dann sucht er sich eine andre.

Und Kiki ist nicht blind: Wenn Mirko pirschen geht, merkt sie es.

Während Kiki dem Schullehrer Modell sitzt, zum Porträt, auf der Veranda, schnüffelt Mirkowitsch im Hof umher und kundschaftet sich eine Gelegenheit …

Bei Ampergs im Garten ist ein leeres Glashaus – darin hat sich Mirko lange verweilt und verläßt es zufrieden lächelnd.
Und Kiki beißt sich spitzbübisch die Lippen. Oh, die ist hell.
Gegen Abend schickt Kiki ihren Wagen nach Mirkowo – angeblich um ein Kleid, Agathe soll es holen.

Dieser Abend ist höchst merkwürdig worden.
Zunächst: der Lehrer Nikola war mit zum Essen geladen, von Kiki. Saß neben ihr.
Nach dem Essen – die alte Amperg hat doch immer in der Küche zu tun – nach dem Essen läßt sich Kiki im Zimmer nebenan vom Lehrer einen Vortrag halten über Malerei. Albin, Robida, der einäugige Amperg und Turi Thaler spielen Bridge. Etliche Jagdgäste kibitzen: Panzer – Aim, Vater und Sohn.
Und Mirko sitzt mit Mali am Ofen – beide, als dächten sie an den Schnee vom vorigen Jahr. Allmählich stehen sie auf – und Mali sagt recht laut: »Jaja, der Vollmond ... den muß man genießen«; sagt es, ihre Augen glitzern – Mirko aber tut ganz unschuldig, schaut ins Leere — und draußen sind sie, Mali Amperg und Mirkowitsch.
Kaum aber sind sie gegangen, den Mondschein genießen, in den Garten, schnellt Kiki auf, läßt ihren Lehrer sein, winkt sich die Kibitze heran – und mit ihnen ins dritte Zimmer, wo kein Licht brennt.
Kiki am Fenster feixt und freut sich diebisch – und die Herren müssen mit durchs Fenster gucken: wie Mirkowitsch bei holdem Mondschein seine geliebte Mali durch den Garten schleppt und abküßt und ins Glashaus verzerrt.
»Jetzt paßt auf, meine Herren«, sagt Kiki, »wie rasch und enttäuscht die beiden wiederkommen werden! Ich habe nämlich vor zwei Stunden aus Mirkowo sein Bett her-

holen lassen und das Nachtkästchen und den Topf – alles ist schön aufgestellt und hergerichtet im Glashaus.«
Sie hat es noch nicht gesagt, da erscheinen Mirko und Mali vor dem Glashaus wieder – erschrocken wie die Hasen.
Na, die Spione oben im Zimmer haben sich vor Lachen gebogen.
Kiki legt den Finger an die Lippen und zieht die Brauen satanisch hoch: »Pst!! Tiefste Diskretion!«

Was tut der Mensch, wenn ihm ein Unglück zustößt, wie es Mirko und Mali geschehen ist? Man hat sich bei Nacht glücklich ins Glashaus gestohlen und findet dort sein Ehebett aufgemacht. Das Nachtkästchen dabei und den Topf darunter. Drüben aber, das sagt einem das Gefühl, drückt sich die ehrenwerte Jagdgesellschaft die Nasen an den Fensterscheiben platt.
Wie benimmt man sich? Man wallt innerlich, man birst, man brennt – und stellt sich an, als wär man gar nicht im Glashaus gewesen und hätte nichts bemerkt und sei äußerst vergnügt.
Nun, Malis Lachen klang nicht ganz quintenrein. Und sie sah aus wie in Salzsäure gewaschen und mit Rattengift gepudert.
Mirkowitsch prustete und schüttelte sich – es sei kalt draußen – und rieb sich die Hände und sagte zu Kiki: sie solle ja nicht in den Garten, es sei kalt. In der Gesellschaft: die einen wissen noch von nichts – die andern lächeln stillvergnügt vor sich.
Am Kartentisch war die Lampe am Erlöschen – das Dienstmädchen bringt eine andre Lampe. Angezündet. Der Schein fällt rot auf Dienstmädels Gesicht.
Mirkowitsch – in seiner Verlegenheit und um den unge-

beugten Lebemann zu spielen – schaut das Dienstmädel an.
»Sapperment«, sagt er, »das wär so ein Floh für ...«
Schon krepiert ihm das Wort auf den Lippen: Um Gotteswillen, das ist ja das langgesuchte Reserl, die Bahnwärterstochter. Sie dient bei Ampergs? Darum hat man sie längst der Trasse nicht finden können.
»Bitte«, sagt Turi Thaler, »bedien dich, Mirko! Unser Hausherr ist gewiß nicht eifersüchtig.«
Da lacht Baron Panzer dreckig auf und sagt: »Überhaupt hätt der Onkel Mirko schon ein gewisses Anrecht.«
Und Mirkowitsch erfährt in dieser Minute – die Gäste heulen vor Lachen – daß er seit nicht weniger als drei Jahren Alimente zahlt für das Vergnügen eines ganz andern, des Barons Iwo Robida.
Und daß sich alle Welt darüber seit drei Jahren amüsiert.
Es gibt Tage, da kommt das Pech tonnenweis über einen.

53

Iwo Mirkowitsch sprach kein Wort. Als aber die andern schlafen waren, da schritt er aus nach dem Stall und ließ anspannen. Wer hat ihm die Suppe eingerührt? – mit dem Reserl? – und mit den Alimenten? Der Guardian. Er soll es büßen.
Mirkowitsch fuhr noch dieselbe Nacht nachhaus, nach Mirkowo.
Im frühesten Morgengrauen hatte er sie alle beisammen: seine Jäger, Schaffner, Kutscher, Knechte und Hirten. Mit ihnen allen machte er sich nach dem Kloster auf. Sie wußten nicht, wozu.

Die Franziskaner sangen noch den Matutin, brachen rasch ab und kamen aus der Kirche. Alle zehn oder zwölf.

»Herr Guardian«, rief Mirkowitsch, »ich bin gekommen, Ihnen sagen, daß ich Frieden mit Ihnen schließen will. Zur Feier des Friedens machen wir eine Jagd. Vor allem Wein her!«

Der Guardian sträubte sich und redete und wunderte sich – doch Mirkowitsch gab nicht nach.

»Wein her, und auf die Jagd!«

Er trank. Die Brüder nippten an den Gläsern, um ihn nicht aufzuregen. Als er genug getrunken hatte, lud Mirkowitsch die Patres auf die Wagen, und rasselnd und ratternd ging es hinaus in den nüchternen Morgen – stundenweit über die staubige Landstraße – bis dahin, wo das Dickicht am dicksten ist. Unterwegs sang er und trank und johlte. Auch die Jalousien würde der Guardian bekommen, darum nur keine Sorge.

Und als sie abgesessen waren, da bestimmte Mirkowitsch die Triebe. An diesem Ende stellte er die Jäger und die Knechte auf – und die Franziskaner sollten nur mit ihm kommen, bis drüben an den andern Rain.

Und als sie drüben waren, da warteten sie auf den Trieb, die Fratres.

»Ich will euch zeigen warten!« schrie Mirkowitsch plötzlich auf. »Vorwärts in den Busch! Ihr seid die Treiber.«

Die Franziskaner spreizten sich.

Iwo hielt – das hat er später selbst gestanden – eine Peitsche unterm Rock verborgen – eine Peitsche, schlecht gemessen vierthalb Ellen lang; die wollt er eben zücken. Und schrie den Bruder Pförtner an: »Kutte hoch – und I-tschach-tschach, I-tschach-tschach.« – Das ist der Ruf der Treiber.

Der Bruder Pförtner ist bleich vor Schrecken, tief beleidigt durch die erniedrigende Zumutung.
Da aber ... da meldet sich der Guardian; steht groß da, auf der Lichtung, hat die Arme gekreuzt. Läßt die Arme hinter sich und geht auf Mirko zu wie ein Stier: Kopf gesenkt, Augen raus, als wollt er Mirko auf die Hörner laden.
»Du!!« grollt der Stier. »Ich hab Demut gelobt dem Herrn – aber nicht dem Patronatsherrn. Du, Baron, kommst dem Bruder Pförtner mit der Peitsche?? Einem Diener des Herrn mit der Peitsche?? Ich, verstehen Sie –«, und er krempelt mit zwei Rissen die Kuttenärmel auf – »ich, bevor daß die Mutter mich hat an Geistlichen werden lassen, wollt der Vatter, daß ich soll Metzger lernen. Und ich hätt auch Freud gehabt zu dem Geschäft.«
»Vorwärts! Vorwärts in den Busch!«
»Couche la bouche! Einmal, einmal im Leben, statt Brevier zu lesen, möcht ich so an recht an fetten Ochsen schlagen därfen.« – Jahrelang verbissener Zorn des Guardians gegen Mirko brach elementar hervor. – »Laß es auf die Prob' nicht ankommen, sag ich dir, Baron! Oder ...« – nun standen sie schon Bauch an Bauch – »eine Sekunde, und ich richt dich zu, daß die Baronin deine Kinnbacken und Zähn im Schürzel wegtragt.« – Nas an Nase, beide mit hochgezogenen Pandurenbrauen.

An diesen Tag denkt das Kloster Mirkowo noch heute.

Ywo Mirkowitsch aber schreibt sich jetzt mit Ypsilon, damit man ihn niemals mehr mit Iwo Robida verwechseln kann.

54

Als die Jagd bei Ampergs zu Ende war, ging Kiki nach Mirkowo und ließ ihren Lehrer nachkommen, damit er etliche Partien im Park zeichne. Es war aber Schulzeit, Nikola mußte Urlaub nehmen.

Nach vier Wochen gab ihm Turi Thaler »ausnahmsweis« noch vier Wochen Urlaub, denn die Baronin hatte selbst zu zeichnen angefangen und mochte so bald nicht unterbrechen.

Was sie eigentlich an dem schläfrigen Menschen gefressen hatte, weiß man nicht. Mirkowitsch ist doch ein sehr stattlicher Mann – aber sie scheint ganz verschossen in den Lehrer gewesen zu sein. Wer immer in Mirkowo verkehrte, mußte Nikola ein paar Schmierereien abkaufen. Dem war das natürlich recht; er hatte ja zu Haus in Poldsdorf wenigstens fünfzig Buben prügeln müssen, eh er soviel Geld verdient hatte, wie jetzt mit einigen Kohlestrichen. Das Leben auf dem Schloß war auch nicht bitter. Übrigens, alles was recht ist: Kiki war ja das blühende Mädchen nicht mehr, aber voller Blut und Eleganz. Sie mag es dem armen Schullehrer nicht wenig heißgemacht haben – schon Mirko zum Trotz – der hatte sich mit der ältlichen, bleichen Mali verplempern wollen.

Kurz, Agathe, die Jungfer erzählt, daß sie einmal zufällig durch den Vorhang einen Auftritt mit ansah: der Schullehrer von Poldsdorf, statt zu malen, kniete schluchzend vor Kiki – und sie, statt empört zu sein, strich ihm leise übers Haar. Semmelblondes Haar. Die Augen dazu: wasserblau. Der ganze Kerl knochig. Aber so ist es ja immer; wenn zwei einander so recht mit Flammen lieben, versteht der dritte nie, warum gerade die gerade den.

Kiki litt an Schreibfieber. Sie stellte Artikel zusammen für das Essegger Familienblatt, und Nikola illustrierte sie. Zuerst kamen die Ausflugsorte in der Nähe daran – Walpo, Kapelna und so weiter – dann packten sie die Koffer und fuhren nach Gastein, ins Selztal und, weiß der Himmel, wohin, immer er mit der Kohle und sie mit der Feder. Exzellenz Aim versichert, er habe mit eignen Augen in einem Berchtesgadener Fremdenbuch die Namen »Baron und Baronin Mirkowitsch« gelesen – von Kikis Hand. Sie hat die steile Sacré-Cœur-Schrift, die nicht zu verkennen ist.

Kiki – die letzte Sokoly-Sokolowo ... Was hat sie für Anbeter gehabt! Und bisher nie, niemals einen andern Mann erhört als ihren eignen, Mirko. Und jetzt diesen Schullehrer.

Der Lehrer von Poldsdorf, der Künstler, der hochaufgeschossene knochige Bursche mit semmelblondem Haar und hellen blauen Augen, er war nicht frei.

Hatte ein Amt, und der Urlaub war abgelaufen. Noch mehr, er hatte Frau und Kinder; drei Kinder. Das kompliziert die Sache.

Die Frau Lehrerin war viel älter als er; eine riegelsame, eine furchtlose Bäuerin.

Der Schullehrer war landfremd, irgendwoher aus der Gegend von Essegg – ein Milchbart und dumm – war nach Poldsdorf gekommen, aus der Präparandie. Und fand da ein Weib, das schon auf ihn lauerte, sich auf ihn stürzte: Zeza.

Zeza, Tochter der Alten Katze. Seit sie damals, jung wie der Morgentau, ihre ersten Küsse getauscht hatte mit dem lustigen Julius, ist manches Jahr vergangen. Daß sie arm war, ein lediges Kind hatte, ein Grafenkind, verschlug den landschen Flegeln nichts – sie warben um das schöne

Mädel. Zeza aber wies alle ab; sie wartete; weinte sich genug die Augen aus – nach ihm, nach ihm – dem lustigen Grafen Julius. Er mußte, mußte ja kommen – er hatte ihr doch den Brautdukaten gegeben.
Er kam – an Sokolys Familientag – für eine Minute. Sagte kein Wort zu ihr und ging wieder. Albin schenkte ihr eine Kuh – das war große Hilfe in der Not; aber ihren lieben Sohn nahm man ihr weg und tat ihn ins Priesterseminar …
Da blieb sie ganz allein mit der Alten Katze. Und rackerte sich und schuftete, pflügte den Acker und jätete die Furchen. Die Burschen, abgewiesen, verhöhnten sie und blieben weg; recht so – sie brauchte keinen. Und brauchte sie einen, kaperte sie sich ihn – für eine Nacht, g'rade jenen, der sie am schlimmsten verhöhnt hatte. Am Morgen wär er gern geblieben; sie schmiß ihn hinaus und lachte satanisch.
Den Schullehrer aber, den semmelblonden, ergriff sie vom Fleck und heiratete ihn, eh er noch wußte, wie ihm geschehen war. Kein Graf – beileibe nicht der süße, der lustige Julius; immerhin ein gebildeter Mann, ein Herr, den sie sich da zugeeignet hatte.
Er mit seinen sechzig Kronen Gehalt im Monat, der arme Teufel, hatte ein Häuschen erheiratet, Garten und Feld. Eine Bäuerin dazu in reifen Jahren. War's zufrieden und machte ihr drei Kinder.
Bis Gräfin Kiki den Schullehrer plötzlich aufs Schloß rief. Er war wie betäubt.

Kiki und der Schullehrer – seltsame Idylle.
Noch seltsamer: die Idylle wurde nicht von Mirkowitsch gestört, sondern von der Lehrerin. Im Gegenteil – Mirko suchte die Sache möglichst ins gleiche zu bringen.

Die beiden Künstler – Nikola mit der Kohle und Kiki mit der Feder – waren zu Anbruch des Herbstes nach Mirkowo heimgekehrt und wollten begeistert ihre gemeinsame Reise schildern, sie mit der Feder, er mit Kohle. Und seine Zeichnungen wird Nikola dann tönen.
Kiki ließ den Kutscher rufen – er soll nachmittags zum Kaufmann nach Sokolowo um Wasserfarben für den Herrn Lehrer; und da sich der Kutscher tölpisch anstellt, wird Agathe mit ihm fahren, damit er ganz gewiß die richtigen Farben bringt: Berlinerblau, Ocker Nr. 2, gebrannte Siena, nichts andres. Da trabt plötzlich, ohne Anmeldung, Zeza mit den drei Kindern herein.
Was nun kam, spielte sich in Gegenwart der Jungfer ab und des Kutschers. Und begann durchaus manierlich: »Gräfin«, sagte Zeza – ganz Weltdame, »wir kommen den Vater holen.« Sie spricht im Namen der Kinder. Den vornehmen Ton muß sie noch von Julius haben. Inmitten von Kikis Salon, breithüftig steht sie da in ihren Poldsdorfer Schwabenröcken, und vor der Schürze hangen zwei massive, grobzerarbeitete Arbeitshände.
Kiki bleibt völlig gelassen. Sie erfaßt den Ernst des Augenblicks noch nicht, ist sich gar nicht bewußt, wie unhaltbar, moralisch schief ihre Sache liegt. Gott, ist denn Großes geschehen? Im Busch von Poldsdorf saß ein Gimpel, der gefiel Kiki. Die Laune hat ihr eingegeben, dem Gimpel ein Garn zu stellen – nun singt er bei ihr im Käfig. Was weiter? Daß der Gimpel einer andern gehört, von rechts wegen, daß diese andre etwa, statt hochgeehrt zu sein über Kikis Liebe für den Gimpel, daß die andre am Ende betrübt sein könnte, gekränkt in ihrem Recht, auf den Tod verwundet – daran, meiner Treu, hatte Kiki nicht den flüchtigsten Gedanken verschwendet.
Kiki lächelt leutselig. »Liebe Frau, Sie und die Kinder wer-

den sich etwas gedulden müssen. Ich brauche Herrn Nikola noch – er bleibt da.« Und es streift ihn ein wohlwollender Blick.
Zeza ist gewohnt, ihre Familie zu beherrschen. Sie will Kiki nicht widersprechen – ihr sagt sie noch lächelnd »Jaja«; zu Nikola aber finster: »Pack deine Sachen und komm!«
Darauf Kiki, ein wenig ungeduldig, verweisend: »Zeza! Hören Sie denn nicht, was ich angeordnet habe?«
Proleten sind immer bereit, den Herrschaften zuliebe übereinander herzufallen, sie tun nichts lieber als das, tun es mit Stolz. Der Kutscher wartet nicht erst einen Wink Kikis ab – dienstbeflissen wendet er sich gegen die Lehrerin, um sie hinauszuschicken.
»Nein«, sagt Kiki. »Holen Sie den Herrn Baron!«
Mirko, vom Kutscher unterrichtet, erscheint. Ah, Kiki nimmt seine Hilfe in Anspruch in einer ihr nicht genehmen Herzenssache? Der Kavalier wird sich würdig zeigen des Vertrauens, das die Gräfin in ihn gesetzt hat.
Geschwollen von Hoheit will er der Lehrerin darlegen: daß die gnädige Baronin zu Ausbildung in der Schriftstellerei ihren Lehrer ...
Nun aber – nun hat Zeza es dick. Der, der will sie blenden und einschüchtern? – der schäbige Mirkowitsch? Sie hat mit ganz andern Leuten zu schaffen gehabt – sie hat mit dem lustigen Grafen Julius im Bett gelegen.
Und die Bäuerin läßt ihre Stimme schallen. Sie hebt die Brauen – es sind Pandurenbrauen. Die Kinder, bisher eingeschreckt in fremder Umgebung, haben sich in Mutters Rockfalten gedrückt. Als sie Mutters furchtbare Stimme hören – und Mutters Augen blitzen – ungehemmt plärren die Kinder los.
Es gibt keine Kluft mehr der Stände. Zwei Pandurinnen – Zeza und Kiki – streiten um den Mann. Einen hat sich Zeza

von der »Herrschaft« rauben lassen, den lustigen Grafen Julius; um den Zweiten aber, ihren Nikola, wird sie wie eine Löwin kämpfen, mit Zähnen und Klauen – gegen Kiki, die Nebenbuhlerin; mit Klauen und Zähnen.
Kiki setzt sich zur Wehr. Mirko, der Kutscher, der Lehrer, Agathe suchen die Rasenden auseinanderzuhalten. Es ist, als griffen sie in die Luft. Ehe Mirko, Kutscher und Agathe das Weibsstück auf den Flur gepufft haben, bekommt Kiki alle Namen zu hören, die in Poldsdorf für leichtfertige Frauen üblich sind. Es ist eine Fest- und Galavorstellung für Agathe und den Kutscher – für alle Dienerschaft, die da herbeigelaufen ist, sich wohl, vor Mirko, außer Sicht hält, aber durchaus nicht außer Hörweite.

Zeza mit ihren heulenden Kindern war glücklich aus Kikis Zimmer gebracht – weg ging sie darum noch lange nicht. Es folgte ein Vulkanausbruch im obern Treppenhaus, einer im untern und schließlich ein kurzer, doch kräftiger Verwünschungsakt im Vorgarten. Trotz seiner Kürze hatte er der Zeugen genug.
Auch einen ganz unverhofften: Iwo Robida.

Robida war nichtsahnend vom Himmel geschneit, einfach zu Besuch. Hatte das Ehepaar Mirkowitsch bisher gemieden, seit seiner unglückseligen Rückkehr aus Afrika, aber nach dem Zusammentreffen bei Ampergs, diesem Zufall, und Kikis Ankunft von ihrer Reise, hielt Robida einen Besuch in Mirkowo für Anstandspflicht.
Fährt er – mir nichts, dir nichts – vor und platzt in eine so belebte Handlung.
Selbstverständlich wollt er sofort davon. Aber Kiki erwischte ihn am Ärmel und ließ ihn nicht los.
Mirko hatte bisher Partei für Kiki genommen, und wie leb-

haft; damit war es aus. Auch das noch! Den alten Rivalen sehen – und aus Mirkowitsch bricht der Menschenfresser vor.
»Du dumme Gans«, tobt er. »Solchen Sottisen setzt du mich aus? Durch dein Getue mit dem Schullehrer?«
Sie darauf frech: »Wer selbst im Glashaus sitzt, soll nicht mit Steinen werfen.« Das Glashaus von Mali Amperg ...
Er – fuchsteufelswild davon und schmettert die Tür hinter sich, daß die Schornsteine wackeln.

Unbegreiflich verkehrt, die Frau in solch schwerem Augenblick allein zu lassen. Was soll die Frau – hilflos wie sie ist?
Gewiß – sie, sie selbst muß dem Schullehrer den Abschied geben. Der Ehemann darf als Gentleman nie annehmen, er wäre hintergangen – darf es vor der Welt wenigstens nicht zugeben.
Wenn man seine Frau hat monatelang lassen mit einem träumerischen Kohletalent im Salzkammergut Naturstudien treiben, spielt man nicht nachträglich den Othello. Entweder hat man Verdacht gehegt und sich sofort reinlich scheiden lassen – oder man hält seine Frau für erhaben über jeden Zweifel, vordem ebenso wie nachdem.
Andrerseits kann man der Frau nicht zumuten, sie selbst und allein solle den Karren aus dem Dreck ziehen. Daß sich ein Schullehrer in sie verliebt, kann jeder Dame zustoßen. Der Gatte hat dann einzugreifen, den lästigen Anbeter mit einer ruhigen, energischen Gebärde wegzuschicken.
Mirkowitsch war schnaubend nach dem Stall, hatte satteln lassen – und fort über Feld.
Kiki, mit Robida im Empfangszimmer, machte Konversation: Vater Albin zeige sich so wenig, er habe wohl sein

Gliederreißen – ob Robida ihn in den letzten Tagen gesehen habe? Und sie würde sich freuen, auch Aims mal wieder zu begrüßen ... Dabei bebte sie innerlich.
Robida versucht, von Onkel Kajetan zu berichten; und kann nicht vor Stottern.
Da tritt erregt der Kastellan ein: »Frau Baronin! Frau Baronin!«
»Was ist denn los?«
»'n Herrn Nikola hab i g'funden. In dem Kammerl, wo man die Turmuhr aufziagt, hinter an Balken. Ganz bleich und ohnmächtig.« Und er weist über die Schulter mit dem Daumen auf den Flur.
Kiki ist zurück in ihren Sessel gesunken, reißt groß, zitternd die Augen auf – zwei Tränen laufen.
»Robi«, sagt sie, »Robi!«
Und Robida ist geschickter als vorhin Mirko war.
Er läßt sich vom Kastellan zu dem unglückseligen Lehrer führen. Kühl und ernst macht er dem Lehrer klar: er habe vernünftig zu sein und heimzugehen. Das unangenehme Naturell der Poldsdorfer Lehrerin lasse Wiederholungen des Vorgangs von heute befürchten und erheische gebieterisch, die Unterrichtsstunden im Zeichnen abzubrechen.
Wie alle bemerkenswerten Vorgänge in Mirkowo wurde auch diese Unterredung von der Jungfer belauscht und mit mehr oder weniger Ausschmückung weitergegeben. Nikola sperrte nur den Mund auf und stöhnte, ein krankgeschossenes Tier. Kiki war herbeigeeilt, wollte ihrem Nikola die Trennung erleichtern – bot ihm eine Revenue an, eine sehr anständige sogar. Ohne sich vor Robdia zu bezähmen, warf sich der Schullehrer auf die Diele, wälzte sich umher und raufte sich das Haar. »Katherl«, schrie er – er nannte sie immer Katherl – »Jesusmaria, was denkst du von mir? Hast du mich wie einen Sklaven gekauft –

hab ich mich dir für Geld angehängt?« ... und was man sonst in dieser Lage zu sagen hat. Kiki mochte bedauern, sich das Abschiedgeben nicht erspart zu haben. Auch sie fing zu weinen an, und im letzten Augenblick – Gott weiß – konnt es noch zu einer rührenden Umarmung kommen, hätte Robida nicht kurzen Prozeß gemacht. Robida, bei aller Demut gegen Frauen, hat etwas in seinem Wesen, was unbedingten, schweigenden Gehorsam verlangt. Er befahl dem Schullehrer, auf sein Zimmer zu gehen und sich fertig zu machen.

Auch Robida wollt endlich gehen – man braucht ihn doch nicht mehr.

Kiki bat, flehte: »Bleib, Robi, bleib!«

Gut, er blieb – war ohnehin nicht ganz sicher, ob das Drama mit dem Schullehrer richtig zu Ende ist. Etwas unruhig blinzelte er nach der Kutsche – es stand eine unten bereit, um den Schullehrer nach Poldsdorf zu frachten.

Eine Stunde war um, ohne daß Nikola am Wagenschlag erschien. Da schickte Robi das Mädchen hinauf – nachsehen, wo er bleibe.

Auf einmal hört man ein Weiberheulen – markerschütternd. Leute trappeln über die Stiege – auf und ab, ab und auf. Das Mädchen kommt kreideblaß zurück. Robida ahnt sogleich ... geht hinaus, ihr entgegen und schließt die Tür hinter sich.

Der Schullehrer hat sich mit einem Rasiermesser die Adern aufgeschnitten.

Kiki versucht aus dem Zimmer hervorzubrechen, Robida hält die Klinke fest, sperrt ab und steckt den Schlüssel in die Tasche. Ehe sie rundherum über die Terrasse entweichen kann, hat Robi auch dort schon abgeriegelt.

Sie heult und jammert drinnen wie eine Gefangene. In-

dessen hat man draußen den Schullehrer notdürftig verbunden und trägt ihn in den Wagen.
Auf der Marmortreppe eine Blutlache. Die Dienerschaft hatte einen Teppich darübergebreitet. Aber Kiki riß ihn weg.
Dann fiel sie Robida stürmisch dankbar, heißschluchzend um den Hals und biß ihn, daß er aufschrie.

55

Die Bauern von Poldsdorf tanzen noch auf alte Art – sonntags vor dem Wirtshaus, an der Kirche, auf einem Plätzchen, einer Tenne sozusagen; die ist hartgestampft vom hundertjährigen Trampeln der Bundschuhe. In der Mitte geht der Dudelsackpfeifer um – im Kreis sind die Mädchen dicht gereiht. Hält jede ihre Arme auf den Schultern der zwei Nachbarinnen. Die Mädchen sind schön gekämmt, das Haar eine einzige Haube von feingeflochtenen Strähnen; haben Blumen angesteckt, Entenfedern an den Schläfen. Und die Gesichtchen sind weiß und rot geschminkt, und Hemden und Schürzen sind reich gestickt und sauber gestärkt, und die Röckchen bauschen sich und flattern. Und die Mädel wippen, daß die Halsketten klirren und die Brüste hüpfen.
Der Spielmann quäkt eine eintönige, traurige Melodie – viermal dasselbe Motiv, dann den Refrain. Malzumal, wenn ihm ein Vers eingefallen ist, setzt er die Pfeife ab und singt:

»Uns're Grafen
Ruhn im Bett und schlafen –
Hint und vorn
Wächst von selbst das Korn.«

Die Mädchen fallen ein mit hellen Stimmen – viermal die Worte, dann den Refrain:

»Hopp schallei und schallei.«

Und die Mädel wippen, daß die Halsketten klirren und die Brüste hüpfen.

Die Burschen rundum mustern den Kreis und wählen. Gefällt es einem, sprengt er für einen Augenblick den Reigen und spleißt sich zwischen zwei Mädchen. Und singt dem Pfeifer zurück:

»Arme Bauern,
Die sind zu bedauern;
Müssen darben,
Mager sind die Garben.«

Die Mädel fallen ein mit hellen Stimmen – viermal die Worte, dann den Refrain:

»Hopp schallei und schallei.«

Und die Mädel wippen, daß die Halsketten klirren und die Brüste hüpfen,

So tanzen die Bauern von Poldsdorf von Sonntagmittag, kaum daß sie den Löffel hingelegt haben, bis in die Nacht: immer dieselbe Melodie, viermal – dann den Refrain.

Eines schönen Sonntags will sich Albin den Poldsdorfer Nachwuchs ansehen – er hat Lust auf ein Bauernmädel – und läßt anspannen.

Schreitet aus dem Vorsaal hinab die Treppe, um nach seinem Wagen zu gehen: kniet da ein Bauernweibchen, alt und dürr wie ein Gespenst.

Wer ist es? Die Alte, nun schon steinalte Katze.

Kommt das Weibchen mit vielen Bücklingen auf Albin zu, küßt ihm die Hand und plinzt ihm nasse Tränen auf die Hand: »Ojojojoj!«

Albin ist ein guter Mensch. Er denkt sich: Sie kommt

wegen ihres Schwiegersohns, des Schullehrers; der Arme hat sich doch die Adern aufgeschnitten. – »Was hast du?« fragt Albin die Alte Katze, will sie trösten. »Wo fehlt es?« und: »Kann ich dir helfen?«
Sie darauf mit vielem Zuck und Muck: »Gräfliche Gnaden, es wird ein Unglück. Fahren Sie nach Poldsdorf, oder es wird ein Unglück! Glauben Sie mir – ich lieb euch ja.«
Mehr ist aus ihr nicht herauszubringen.
»Na, Alte! Na, Alte!« redet ihr Albin zu. »Es wird schon nicht so schlimm.« Läßt sie endlich stehen, als sie Laut durchaus nicht geben will, und kutscht seiner Wege in den Frühling. – Es war Frühling, kurz vor Georgi.

In Poldsdorf an der Kirche hat Albin was zu staunen: auf der Tenne kein Ton, kein Mensch. Wo stecken die Burschen? – die Mädel? Es ist doch Sonntag?
Die Mädel, die Burschen, sagt ein Gassenjunge, sind alle in der Schule.
»Was Teufel! Sind die Leute närrisch worden?«
»Es ist Versammlung«, sagt der Gassenjunge. »Der Herr Doktor predigt.«
Da fällt Albin ein, was Sofa heute morgen gestammelt hat; und was unlängst der Guardian gesagt hat: daß Doktor Hirsch sonntags Reden an die Bauern hält und die Bauern aufhußt.
Will sich's Albin mal anhören. Nur schade, daß der famose Doktor innehalten wird, wenn er den Herrn Grafen wahrnimmt.
Zu Albins neuerlicher Verwunderung aber schweigt der Doktor durchaus nicht still. Sondern, als wäre weit und breit kein Herr, kein Graf, keine Autorität, kurz gesagt – auf dem Katheder steht Doktor Hirsch, Bezirksarzt von Sokolowo, redet ruhig hin aus seinem Bart, und auf den

Bänkchen, wo sonst die Kinder sitzen, hockt stopfgedrängt und enggekrümmt ganz Poldsdorf, hocken sie alle: Der Lehrer – er hat das Verhältnis mit Kiki gehabt, hat sich dann die Adern aufgeschnitten. Die Frau Lehrerin – maulfertig hat sie Kiki den berühmten Skandal gemacht. Ferdo, der Bahnwächter, und seine Tochter Resa, die das Kind hat von den zwei Baronen. Die Tischlerin, was dereinst so oft ist zu Albin aufs Schloß gegangen, und ihr Mann, dem die gräfliche Liebschaft fein behagte. Die Patronessen der Ampergschen Jagden hocken da, ihre Väter, die Albin von je haben um Brotfrucht angebettelt, und ihre Mütter, die selbst so gern ins gräfliche Bett gestiegen sind, als sie noch jung und hübsch waren. Alle hocken sie stopfgedrängt und enggekrümmt auf den Bänkchen, wo sonst die Kinder sitzen — und oben auf dem Katheder redet der Bezirksarzt Doktor Hirsch, redet, als wäre weit und breit kein Herr, kein Graf, keine Autorität:

»Meine Brüder und Schwestern – seht ihr denn nicht, meine verblendeten Brüder, wie man Schindluder mit euch treibt, euch um die Menschenwürde bringt? Wie man euch betrügt um den Lohn eurer Arbeit – um euer Vertrauen – eure Unschuld – die Unschuld eurer Weiber und Töchter? Und man schenkt euch: einen Metzen Frucht, ein Kalb. Was laßt ihr euch beschenken? Die Schlösser, die Wälder und die Güter – wem sonst gehören sie als euch, die ihr die Schlösser erbaut habt, die Wälder gepflanzt, die Äcker gerodet und geackert, besät und abgeerntet? Von der Drau bis empor zum Wunderbaren Baum: ist ein Halm, der nicht wuchs aus eurem Schweiß?«

Albin, in einem einzigen Erstaunen über diesen Doktor, schüttelt nur den Kopf. Wie? Der Mann wagt, so zu reden? In Gegenwart des Grafen? Wo ihn Albin kann durch ein Wort an die Behörden in ewigen Kerker bringen? Und die

Bauern hocken, schuldbewußt wie die Schulknaben, dichtgedrängt und enggekrümmt auf den Bänkchen und schielen nach Albin: ob er nicht mit der Reitgerte auf sie einhauen wird, dafür, daß sie so lästerliche Reden anhören.

»Wir alle sind von Gott geschaffen«, sagt der Doktor, »aus demselben Lehm; sind Kinder der Erde gleichen Rechts. Was ist es für eine Ordnung wider Gott – was ist es für ein Vaterland, das dem einen die Fluren zu beherrschen gibt vom Wunderbaren Baum bis an die Drau, soweit das Auge reicht – und dem andern versagt es den Raum, seinen Kopf darauf zu legen? Damit er sagen dürfe: Dies Stück Erde, darauf ich liege, es ist mein.«

So weit war der Doktor – da rief Albin: »Genug!«

Und Hirsch, der es seit Minuten erwartet hatte, verstummte.

Die Bauern blieben geduckt.

Albin gebot: »Leute! Geht heim! Es ist Sonntag. Geht tanzen! Ferdo bleibt hier, der Dorfrichter. Und Sie, Herr Doktor!«

Als er mit dem Richter allein war und mit dem Doktor, sagte Albin: »Nehmen Sie Platz, Doktor!« und setzte sich selbst auf die erste Bank. Der Richter stand gesenkten Blicks und drehte den Hut; und begann ungefragt: »Jetzt ... natürlich: g'hören tut sich des net ... – Aber d' Herrschaft ist auch schuld: d' Herrschaft is hoffärtig.«

»Inwiefern hoffärtig?« fragte Albin mit ehrlicher Neugierde.

»No, alstern ... immer machen s' Jagden bein Herrn Amperg ...«

»Und ...? Seien Sie offen, Brunnschmidt! Sprechen Sie sich aus! Ich werde es nicht übelnehmen.«

»Herr Graf – i sag's, wie's is – des bringt die Leut auf:

immer des lustige Leben von die Herrschaften bein Herrn Amperg – aber daß s' Patronessen dazu rufen möchten – des net.«
»Und das kränkt euch?«
»D' Madeln wollen doch verdienen.«
»Geh!« sagte Albin. Und zu Hirsch: »Doktor! Diesen dummen Kindern geben sie Dynamit zum Spielen?«
»Herr Graf«, antwortete Hirsch, »glauben Sie ja nicht, daß ich Sie und Ihre Standesgenossen gering achte. Ich weiß sehr gut – ich müßte ja blind sein, wenn ich es nicht sähe – Ihr seid anders als wir, seid bessern Blutes, vollgesogen mit Kultur. Wenn Ihr nicht wärt – wir andern würden noch wie die Tiere leben, denn uns Proleten genügt eine feuchte Höhle zum Schlafen, zum Essen ein Klumpen Brei. Für Euch bereitet man die Zivilisation – Ihr schreitet uns voran, Ihr schafft die Bedürfnisse und Vorbilder. Jahrzehnte vor uns erfindet und genießt Ihr den Luxus, von dem wir noch gar nicht träumen, und schwerlich in Jahrzehnten werden wir Euch im Genuß des Lebens einholen.«
»Wie stimmt das zu Ihrer frühern Rede, Doktor?«
»Es stimmt zu meinem Verhalten: ein junger Adliger hat um meine Frau geworben – sie hat ihn geliebt, ich habe den Hut aufgesetzt, bin gegangen, hab ihm Platz gemacht; weil er der Edlere war, der Würdigere. Ihr aber begnügt Euch nicht mit dem Vorrecht der Kultur, Ihr wollt alles – und den andern laßt Ihr nur die Armut.«
»Doktor! Haben die Bauern nicht seit Jahrhunderten ihr Brot empfangen von der Herrschaft? Hat man sie nicht beschenkt mit vollen Händen? Wissen Sie, daß Sie sich an den Galgen reden, Doktor?«
»Ich weiß, Herr Graf. Einstweilen werde ich auf Ihre Anzeige hin sofort nach Gospitsch versetzt werden, ›wo

die große Uhr ist‹, nach dem Sibirien der Militärgrenze. Und dann: gerichtliche Untersuchung. Gnade mir Gott!«

»Nein. Ich werde Sie nicht anzeigen. Anhören werde ich Sie. Sie sollen mir predigen, mir. Nicht den Bauern. Ich will lernen; will erfahren, ob ich gefehlt habe und worin.«

»Ihr beutet uns aus. Ihr fehlt darin, daß Ihr es schlafend tut und nicht beizeiten erwacht; Euch nicht freiwillig in die neue Ordnung fügt.«

»Und Sie, Doktor – Sie werden die neue Ordnung stiften? Kurz, wir sollen hergeben, was wir zu viel haben – und ›die große Uhr‹ geht weiter?«

»Nein, Herr Graf. Die herrschende Klasse, so wertvoll sie ist, muß vernichtet sein. Ich und meinesgleichen führen den ersten Streich – vom hundertsten werdet Ihr fallen. Auf dem Land müssen wir anfangen – da geht es am leichtesten: da stehen tausend Hungrige gegen einen Gutsherrn. Ein wenig Geschrei – Besitzwechsel – und nachmittags ziehen wir die Uhr wieder auf.«

»Hoffentlich ist das Werk inzwischen nicht kaputtgegangen.«

»Hoffentlich. In der Stadt sind die Verhältnisse sehr kompliziert. Da wird es lange dauern, blutig zugehen.«

»Und Sie haben den Mut, die Bauern zu wecken, die schlafenden Bestien? Gnad Ihnen Gott!«

Übrigens waren die Poldsdorfer erregt aus einem ganz andern Grund:

Sie bildeten sich doch ein, sie seien adelig; und wirklich, bis zum Jahre 1848 sind sie frei von allen Abgaben gewesen. Seitdem müssen sie natürlich Steuern zahlen wie jeder andre auch.

Dem wirklichen Adel ergeht es ebenso, er hat sich damit abgefunden.

Den Poldsdorfern aber – wiewohl sie längst kaum mehr schwäbisch können – ist ihr Schwabenschädel geblieben bis auf den heutigen Tag; jeden Augenblick, unter den fadenscheinigsten Vorwänden, fällt ihnen ein, die Steuern zu verweigern.
Nun hatte das Parlament – weiß Gott, warum – unlängst eine Steuer nicht bewilligt, die das Ministerium verlangte.
Die Poldsdorfer lasen es in der Zeitung. Grund genug für sie, wieder einmal auf ihren Adelsstand zu pochen. Und soviel die Behörde mahnte und drohte: die Poldsdorfer zahlten keinen Deut.

Dann noch etwas:
Das Weiderecht im Sauspitz war doch den Poldsdorfern eingeräumt von der Sokolyschen Herrschaft »als stets widerrufliches Geschenk«. Um das Sokolysche Besitzrecht nicht verjähren zu lassen, sperrte die Herrschaft das Weiderecht alle neunundzwanzig Jahre.
Diese neunundzwanzig Jahre waren um. Forstmeister Rathsamer kündigte den Poldsdorfern das Weiderecht im Sauspitz für diesen Sommer.
Doch Graf Albin wollte die Bauern nicht lassen zu Schaden kommen – er gab ihnen eine Lichtung frei oben im Gebirge beim Wunderbaren Baum.
Die Lichtung war viel größer, der Graswuchs dort zehnmal ergiebiger als auf den vermoorten Wiesen unt' im Sauspitz.
Jedes Wort war vertan an die querköpfigen Bauern; sie beharrten auf dem Weiderecht im Sauspitz.
Albin, viel zu gut gegen diese aufsässigen Menschen, entschied:
Gut, sie sollen im Sauspitz weiden; nur müssen die drei

Ältesten der Gemeinde schriftlich geben, daß sie das Sokolysche Besitzrecht am Sauspitz anerkennen.

Das, wie gesagt, ließ Graf Albin ausschellen.

Nun wechseln doch aber die beiden Sokolyschen Forstmeister, Gunt und Rathsamer, jährlich ihre Posten zu Georgi; der aus der Ebene geht ins Gebirge – und umgekehrt.

Forstmeister Gunt kam zu Georgi aus den Bergen – er wußte nicht um Albins Befehl. Er fing ein paar Stück Vieh ein, die weideten – vermeintlich wider Recht – im Sauspitz.

Hätte man die Polsdorfer sehen müssen: zwar gab Graf Albin das Vieh allsogleich frei, sowie er um den Mißgriff des Forstmeisters erfuhr; die Poldsdorfer gebärdeten sich wie gereizte Tiger.

Zwischen dem Vorwerk Poldsdorf und dem Ort liegt eine schöne Tafel – kann messen zehn Hektar (ober siebzehn Joch), vielleicht mehr.

Das war das Paradefeld der Ampergs. Das bestellten sie mit besonderm Fleiß, schon weil es an der Straße liegt; da mußte der Weizen mannshoch gedeihen – und am liebsten pflanzten sie Mais: ein Reiter zu Pferd konnte sich darin verbergen.

Ampergs wachten wie die Luchse über ihr Paradefeld; überblickten es ja aus ihren Fenstern.

Und die Poldsdorfer traten jedes Frühjahr einen Pfad quer durch die Tafel, um sich den Weg vom Ort nach dem Vorwerk zu kürzen. Ließen Ampergs Gräben ziehen und Dornen legen auf den Pfad: traten sich die Poldsdorfer nebenan einen neuen. – Jährlich wiederholte sich der Zank.

Von seinen Fenstern aus, mit dem einen Auge, das ihm ge-

blieben war, erblickte Amperg die Lehrerin von Poldsdorf auf dem Pfad. Ließ sie sofort vom Schaffner hereinholen – der junge Amperg war am heißesten stolz auf das Paradefeld – und machte der Lehrerin Vorwürfe: was sie da suche auf Herrschaftsboden, auf dem verbotenen Pfad.
Nun ist Zeza, die Lehrerin, keine eben sanfte Natur, o nein – ein Satan ist sie, ein neungezackter Drache. Ihr Vater, das weiß man im Dorf, war ein Brunnschmidt.
Eine robuste Person. Nikola, der Lehrer, hat sich bei Kiki einiges Geld erspart – Zeza hat zwei Ketten Feld dafür gekauft und ein paar Ochsen. Nun pflügt und eggt sie, mäht; die andern Weiber sicheln. Sie trägt sich auch wie ein Mann – fast hat sie einen Schnurrbart. Und raucht Pfeife.
Nikola, der bleiche Lehrer, genügt ihr längst nicht mehr. Jede Nacht nimmt sie sich einen andern Burschen ins Bett; die fürchtet sich vor niemand.
Und an diese Zeza geriet Amperg – wegen des Pfades in der Weizentafel. Er fuhr sie hochmütig an, und sie blieb keine Antwort schuldig – immer mit der Pfeife im Maul. Bis ihr Amperg ein Kopfstück hieb, daß sie die Pfeife durchbiß.
Auch das wieder hat böses Blut gemacht in Poldsdorf.

56

Kiki also hatte ein Verhältnis mit Robida.
Monate blieb das Verhältnis in normalen Bahnen, das heißt: man mußte es nicht sehen, wenn man nicht eben wollte.
Eines Tages aber – wahrscheinlich auf Robidas Zureden – will Kiki den alten Verkehr mit Mali Amperg wieder auf-

frischen. Den Scherz mit dem Bett im Glashaus damals – Mali wird doch nicht so kindisch sein, ihn übelzunehmen? Wo sie überdies behauptet, sie habe das Glashaus gar nicht betreten.
Das mit dem Bett war gewiß ein burschikoser Streich, und keine Dame, mag sie noch so frei denken, wird sich dergleichen gefallen lassen. Aber die Ampergs lebten doch von Albins Gnaden – sie hatten das Vorwerk in Pacht, ohne Vertrag. Und den Zins stundete ihnen Albin mit eleganter Regelmäßigkeit ...
Da blieb Mali wohl nichts übrig, als die Kränkung zu schlucken wie bitteres Chinin, mit heiterer Miene.
Daß Kiki ihr aber hatte Robida abspenstig gemacht, das ließ Mali alle Vernunft vergessen. Als Kiki nächstens in Poldsdorf vorfuhr – sicherlich mit der Absicht, durch äußerste Liebenswürdigkeit Mali zu versöhnen – da ... da ließ Mali sagen: sie wäre »für Frau von Robida nicht zu sprechen«.
Nun, hätten sich die beteiligten Herren richtig benommen, so war die Sache glatt und einfach zu lösen: Mirkowitsch mußte Amperg fordern, man wechselte die unbedingt notwendigen Kugeln auf fünfundzwanzig Giraffenschritte, und das Weibergezänk war aus der Welt geschafft.
Aber nein. Dieser Mirkowitsch rührt sich nicht.
Es vergeht ein Tag, es vergehen zwei Tage – und Mirkowitsch läßt nichts von sich hören.
Alles was recht ist. Doch wenn einer so hart angegriffen wird in seiner Familienehre, darf er das nicht auf sich sitzen lassen. Tut er es trotzdem, muß man sich einfach von ihm irgendwie separieren. Das war die allgemeine Stimme in der Landschaft.
Ein paar Hitzköpfe wollten Mirko daraufhin kurzweg schneiden. Er hat nur dem alten Panzer zu danken, daß

die Affäre bei alldem zu einer halbwegs menschlichen Austragung kam.
Baron Panzer ging nämlich von der Erwägung aus, daß der Hader vor allem Angelegenheit wäre der Familie. – Wieso Familie? Ampergs sind doch gar nicht verwandt mit Mirko? Doch immer besser, solche Dinge möglichst gering zu nehmen; sonst kann einem passieren, daß er Mirkowitsch für satisfaktionsunfähig erklärt, den Verkehr mit ihm meidet – und auf einmal hat er nicht nur die ganze wiederversöhnte Familie gegen sich, sondern noch hundert andre Menschen, die eine solche Versöhnung anerkennen und den Verkehr aufrechterhalten.
Panzer brachte es also dahin, daß die Herren beschlossen, über Mirkos Zögern wegzusehen und einfach zu tun, als sei Mirkowitsch von der ihm angetanen Beleidigung noch nicht unterrichtet. Eine Konzession, die Mirkowitsch nach seinem bisherigen Vorgehen wahrlich nicht verdient hatte, die man aber machen mußte, um nicht unheilbaren Zwist in die landsche Gesellschaft zu tragen.
Es zeigte sich bald, wie gut man getan hatte, die Affäre nicht auf die Spitze zu treiben.
Zwei Herren wurden beauftragt, Mirkowitsch aufzusuchen und ihm sozusagen offiziell Kunde zu geben von dem Geheimnis.
Man bestimmte natürlich Turi Thaler. Eine sehr gelungene Wahl: alter Diplomat; Reserveoberleutnant der Ulanen; ist vielleicht schon hundertmal unangenehmer Herr gewesen, kann sekundieren aus dem Schlaf. Und weil Mirko ein so unberechenbarer Charakter ist, gab man Turi zur Begleitung Viki Preininger mit, den Athleten. Es war besprochen, daß Viki maulhalten muß – nur wenn Mirko etwa rabiat würde, sollte auch Viki aufbegehren – aber nur auf Turis Befehl und ja nicht früher.

Die beiden fuhren denn am andern Morgen feierlich zu Mirkowitsch aufs Wasserschloß Mirkowo.
Dem armen Turi Thaler muß nicht ganz heimlich gewesen sein – er fragte Viki aus, ob er noch immer so gut in Kondition sei wie damals in Budapest, wo Viki im Magnatenkasino drei Spiele Tarockkarten aufeinander hat durchgerissen.
Sie wurden aber wirklich honett empfangen. Mirkowitsch war nicht überströmend freundlich – er hielt die Herren anfangs für die Zeugen Ampergs – aber er drohte wenigstens nicht mit den Hunden, wie sie befürchtet hatten. Er ging im Zimmer auf und ab, mit den Händen in den Hosentaschen, und hörte Turi Thaler ruhig an.
Turi erzählte ihm den Hergang: daß nämlich die Amperg hat Kiki mit den Worten abweisen lassen: sie wünschte Frau von Robida nicht bei sich zu sehen.
Da hielt Mirko plötzlich an in seinem Hin- und Herpendeln und sagte gemütlich: »Ich dank dir, Turi. Du scheinst es ja ganz gut mit mir zu meinen. Aber sag selbst: hat die Mali Amperg nicht tausendmal recht, wenn sie meine Frau aussperrt? Weißt du auch, was meine Frau vorher der Mali angetan hat? Das mit dem Bett? – im Glashaus? Also – das ist doch gemein gewesen.«
Darauf war nun Turi Thaler freilich nicht gefaßt.
»Ja, hör mal, Mirkowitsch«, rief er ganz überrascht, »empfindest du denn die Bezeichnung ›Frau Robida‹ für deine Gemahlin nicht als brennende Kränkung?«
»Gewiß – eine brennende Kränkung – für sie. Ein andermal soll sie nicht in die Sonne gehen, wenn sie Butter auf dem Kopf hat. Dann wird sie sich solche Sticheleien ersparen.«
Man muß Viki Preininger sehen, wenn er nachmacht, was für ein Gesicht Turi Thaler in diesem Augenblick geschnit-

ten hat. Die reine Statue. Er soll eine geschlagene Viertelstunde gebraucht haben, den Zungenschlag zu überwinden. Turi ist Komiteemitglied vom Jockeyklub.
Endlich fand er dann doch sehr empörte, schöne Worte: »Mirkowitsch, du hast also Kenntnis von einem ... hm ... unlautern Beweggrund, der den Robida an dein Haus fesselt?«
Mirkowitsch zog erstaunt die pandurischen Brauen hoch und lachte.
»Turi«, sagte er, »du bist doch ein gescheiter Mensch. Du bist Weltmann. Du kennst mich seit so und so langer Zeit. Sag, hab ich dir je Ursache gegeben, mich für einen Dummkopf zu halten?«
»Wo soll das hinaus?«
»Na, wenn du mir zumutest, daß ich von einem Ereignis nicht wissen soll, das sich vor meinen Augen abspielt – und die ganze Gegend kennt es – dann hältst du mich für einen Dummkopf. – Ich bin ein sehr friedliebender Mensch, mein Bester, und hab allerhand Hochachtung vor dir. Wenn du dich aber unterstehst, mich noch einmal so verwundert zu fragen, ob ich von dem Verhältnis weiß zwischen Robida und meiner Frau – so ... so ... du, ich bin imstand und gehe dich direkt an. Alles muß seine Grenzen haben. Aber für blöd darf man einen Mirkowitsch nicht halten.«
Turi Thaler sah Viki an – und Viki den Turi Thaler.
Mirkowitsch schrie: »Was tut's ihr denn so zerbrechlich, meine Herren? Was wollt's ihr eigentlich von mir? Ich soll vielleicht den Amperg provozieren? Fallt mir nicht im Traum ein. Warum denn? Die Maltschi Amperg ist eine Dame – eine Dame, versteht's ihr? Die is viel zu anständig und zu erhaben – die würdigt eine Person wie meine Frau keiner Silbe.«

Da aber – da konnte Turi Thaler nicht länger ruhig bleiben. Ein Kavalier von den Locken bis zum Socken wie er – und soll anhören, wie einer despektierlich über Kiki spricht? – über Kiki, diese wunderbare Frau?
Turi Thaler hebt gebieterisch den Arm hoch und unterbricht Mirkos Redefluß fast mit Gewalt: »Mirko! Mensch! Was redest du da – entschuldig! – für krauses, giftiges Zeug? Wir alle kennen doch deine Gemahlin – wir verehren sie – wir wissen, daß du sie ebenso verehrst.«
»Himmelherrgott«, rief Mirkowitsch, »bin jetzt ich meschugge – oder seid ihr es? Ich kenn mich nicht mehr aus: du, Thaler, trittst für meine Frau ein? – gegen mich? Das ist doch der vollkommene Narrenturm.«
Und schneidend höhnisch: »Ihr kennt's meine Kiki, sagt's ihr? Ihr auch? Beide? Turi Thaler und du, Preininger? Na ja – möglich is alles bei ihr ... Aber jedenfalls kenn ich, ich meine Kiki doch besser – ich bin mit ihr aufgewachsen – bin so und so lang mit ihr verheirat – mir macht sie nichts vor. Ich weiß, wie man sie zu behandeln hat. Mali Amperg hat ganz recht getan, Kikis Besuch nicht anzunehmen. Im Gegenteil: Ich hätte jede Verbindung mit Ampergs sofort abgebrochen, wenn sie meine Frau nicht hinausgewiesen hätten – nach dieser Prachtleistung mit dem Glashaus. – Is das eine Aufführung? Is das eine Art? – Eine Person wie meine Frau ist nicht wert, von einem Zigeunerhund ange... schnuppert zu werden – und sie geht hin und wagt, einer Maltschi Amperg auf die Lackschuhe zu spukken?«
Das war ein Komplex von Anschauungen und Tatsachen, die dem armen Turi in seiner ganzen ruhmreichen Praxis als Sekundant nicht vorgekommen war.
Er dachte lange nach und sprach dann: »Mirkowitsch, wir haben freilich die Aufgabe gehabt, dich zu einem ritter-

lichen Vorgehen gegen Amperg zu veranlassen. Wenn aber die Dinge so stehen, wie du sie eben darstellst? Müssen wir allerdings zugeben, daß du in gewisser Beziehung recht hast, wenn du Amperg in Ruhe läßt. Ich erlaube mir nur, dir meinen Rat anzubieten – ohne aufdringlich sein zu wollen, ganz freundschaftlich – verstehst du? – von Ehrenmann zu Ehrenmann. Darf ich das?«
»Natürlich, Turi! Ich hab dir ja schon gesagt: ich hab allerhand Hochachtung vor dir.«
»Hör also, Mirkowitsch! Wie du über deine Frau Gemahlin denkst, ist deine Privatsache. Vor der Welt aber ist sie deine Frau. Du mußt sie vertreten und kannst nichts daran ändern. Deine Frau ist öffentlich des unerlaubten Umgangs mit Robida geziehen worden. Du sagst: ›Man hat wahr gesprochen‹, und fühlst dich durch die Feststellung der Wahrheit nicht verletzt. Au contraire, du kannst sogar recht gut den Standpunkt behaupten, daß du der Maltschi Amperg dankbar bist für die Aufdeckung einer dir bisher verborgen gebliebenen Sünde; ich wiederhole: einer dir bisher verborgen gebliebenen Sünde. Amperg bleibt also aus dem Spiel, er hat dich nicht beleidigt. Aber den Robida mußt du fordern, mein Lieber – das bist du dir und uns allen schuldig. Und dann ... mußt du deine Frau sofort, vom Fleck wegschicken. Da ihr Verhältnis nun einmal ... leider ... aufgekommen ist.«
Mirkowitsch furchte die Stirn und blickte beiseite, auf Viki Preininger. – »Kiki wegschicken. Vom Fleck. – Wie leicht sich das sagt – für die Herren Ulanen! Schau: Ihr seid's in Garnison hier – heute seid's ihr hier und morgen, weiß der Kuckuck, in Tirol oder in Lemberg. Aber wir sein doch die Eingesessenen – wir können nicht weg. Ihr sollt's euch in unsre Händel gar nicht einmengen:«
Turi Thaler antwortete ungehalten: »Mein lieber Mirko-

witsch, es gibt nur einen Kodex des Ehrenmannes – er lautet gleich für Zivil und Militär.«
»Aber, Turi! Wie kannst du mich nur mißverstehen? Ich weiß, es gibt nur einen Kodex – und du sollst ja sogar einen Kommentar dazu geschrieben haben, hör ich. Du bist ein Fachmann, eine Autorität in Ehrensachen. Es ist geradezu eine Auszeichnung für alle Beteiligten, wann du dich einer Sache annimmst – man weiß dann: sie is in guten Händen! Also wie kannst du, so ein Professor, so ein Gelehrter, ich bitte, mich mißverstehen? Aber wie kannst du, so ein Professor, mir sagen: ich soll Kiki wegschicken?«
»Das wirst du wohl müssen, lieber Mirkowitsch – wo du selbst zugibst, betrogen worden zu sein. Verzeih den harten Ausdruck: aber Hörner – Hörner können jedem Kavalier aufgesetzt werden ... dagegen kann man sich schwer schützen oder gar nicht; doch Hörner tragen, mein Lieber – tragen darf ein Kavalier sie gutwillig nicht.«
»Wer redet denn von gutwillig?« brauste Mirko auf. »Aber kann ich Kiki wegschicken, wo ich nichts als Gast bin in ihrem Haus?«
Turi horchte auf. – »Gast? Du? In Kikis Haus?«
»Ja, seid's ihr denn von Gott verlassen, meine Herren? Habt's ihr schon vergessen? Preininger is doch selber da gewesen zur Todesfallaufnahme. Hat doch das Testament gelesen. Er hat das Gut gewonnen, wie es steht – und meiner Frau hat er es letztwillig vermacht.«
»Aber, Mirko!« rief Turi Thaler lachend. »Von unserm Meier sprichst du? Dem verrückten Kerl?«
»Verrückt oder nicht – vielleicht war ich verrückt: ich hab Mirkowo verspielt, mein ererbtes Vermögen. Der Meier hat es gewonnen – und ihr hat er's vermacht. Sie ist Herrin – sie kann hier schalten, kann tun und lassen, was sie will.«

»Mirko! Was fällt dir ein? Dieses Spiel um Mirkowo – dieses Testament – das alles war doch nur Komödie.«
»Danke für Komödien, wo drin Blut fließt! Es gibt kein elftes Gebot. Aber wann eins wär, so müßt es lauten: du sollst den Willen eines Toten ehren.«
»Gewiß, Mirko, gewiß ... Trotzdem: irgendwelche Gesetzeskraft hat das doch alles selbstverständlich nicht gehabt – das Spiel nicht und nicht das Testament; ihr alle wart doch stinkvoll besoffen.«
»Ich bitte, ich weiß: gesetzlich gehört Mirkowo noch mein. Auf dem Papier, ja. Was ist Papier?? Damit wischt man sich den Hintern aus. – Aber in Wirklichkeit? Spielschulden sind Ehrenschulden, lieber Turi! Das weißt du so gut wie ich – oder noch besser. Ich, lieber Turi, ich zahl – jawohl, ich zahl meine Ehrenschulden – hab sie gezahlt: Mirkowo gehört der Kiki. Darum darf sie sich den Schullehrer halten, wann es ihr beliebt – und wann sie Lust hat, den Robida. Ich hab nicht das Recht, ihr dreinzureden. – – Ja, ich könnt gehen – fort aus diesem elenden Leben – wohin? Wann ich ein Ulan wär: nach Tirol oder Lemberg. Aber ich, mein Lieber, bin der Baron Mirkowitsch auf Mirkowo – hier haben meine Väter gelebt seit Urzeiten und liegen reihenweis in Mirkowo begraben – – für unsereinen is kein Zoll Boden anderswo als wie zu Haus – – das da hat mein g'hört – davon trag ich den Namen – hier muß ich bleiben, eingewachsen wie ein alter Baum – hier muß ich leben und sterben.«
Baron Mirkowitsch hatte sich eine Zigarre angezündet. »Siehst, Turi«, sagte er fast aufgeräumt, »was du mir da vorschlägst: mich auf den Standpunkt des Gesetzes zu stellen, wie ein Getreidehändler, und einfach sagen ›dem Grundbuch nach bin ich hier Besitzer‹, und die Kiki wegschicken – – diesen Gedanken hab ich selber schon, weiß

Gott, wie oft, gehabt und doch wieder verworfen. Denn warum? Kennst du meine Schwiegermutter? Wahrscheinlich nicht, sie lebt im Banat – weit von hier und sehr eingezogen. Aber die müßtest du kennen. Ich sag dir nicht zuviel: sie is eine goldne Frau; eine charmante Frau. Schneeweiß wie ein Lamm – und so gut und grundehrlich – die Güte und Ehrlichkeit selbst; das Musterbild einer Greisin und Edeldame. Ich hab meine Mutter schon als Bub verloren – und diese liebe Alte is mir mehr geworden als meine leibliche Mutter. Sie hat nicht mehr lang zu leben. Weißt, Turi – der Alten schick ich dieses Mensch von einer Tochter nicht ins Haus. So reich is keiner. – – Und Robida? – Ich hab meine eigene Ansicht über ihn. Sie is schwer zu verteidigen, denn man wird sie mir als Feigheit auslegen. Aber wann ich heut jeden niederschießen wollte, dem Kiki nachlaufen wird – paß auf: nächsten Monat könnt ich mir meine Pferde selber striegeln. Denn sie is noch lang nicht fertig, die Kiki; hat Blut geleckt und Appetit bekommen. Auch Robida is die letzte Liebschaft nicht, die ich wer dulden müssen. Und wo alle Schonzeit haben, soll ich grad für Robida eine Ausnahme machen? Wenn es ihm Vergnügen macht, eine so wohlfeile Frau zu karessieren? – Schau, Turi, nimm Vernunft an! Meine Frau wohnt im ersten Stock, die Tür gleich links is ihr Schlafzimmer. Du oder Viki – ihr braucht's nur bis Nachmittag dazubleiben und anzuklopfen – ich bin überzeugt, ich wette – ich hab schon Erfahrungen genug: sie wird gleich ›Herein‹ rufen. Also wozu dem Robida das Ohr abschießen – oder, Gott behüt – die Vorderzähne? Er ist ein äußerst diskreter, sehr gebildeter Mensch. Er is kaiserlicher Kämmerer, ich bitte. Wann ich ihn wegschaff – wer wird nach ihm kommen? Ich trau mich gar nicht, daran zu denken … Wieder ein Schullehrer? Am End ein Ziegen-

hirt? – Is nicht besser und weniger Skandal, so lang es Robida is? – Ich versicher dir, meine Frau hat schon seit Monaten keinen so salonfähigen Umgang mehr gehabt. Sie wird unter Robidas Einfluß sichtlich moralischer. – Dabei diese Tadellosigkeit Robidas mir gegenüber! Immer macht er zuerscht bei mir Visite und bittet mich, ihm zu erlauben, auch ›der Baronin seine Aufwartung machen zu dürfen‹. Is das nicht freundlich von dem Mann?«
Turi Thaler zuckte die Achseln; er mochte wollen oder nicht – er mußte lachen.
»Na siehst«, rief Mirkowitsch befriedigt, » das tu ich auch: ich lach. Am meisten lach ich übern Robida. Er ist der einzige Aufrichtige in der Meiße. Er hat sich nämlich in Kiki rasend verliebt und sieht in ihr eine Art Ableger von einem Engel – heißt das, wann mein Johann nicht lügt. Am gelungensten is, wie sich Robida vor mir fürchtet. Ein Jux, wie er seit der Sintflut nicht mehr da war. Denk dir nur, Turi: er paßt auf wie ein Haftelmacher, damit ich nur ja keinen Verdacht schöpfe. Die ganze Dienerschaft – vom erschten bis zum letzten – spickt er mit Trinkgeldern, und die Schufte machen sich seine Naivität zunutze und halten mit ernsten Mienen ihre Pratzen hin. Solang er bei mir verkehrt, spielt auch sie sich als die anständige, aber unverstandene, danebenverliebte Frau auf – erzählt mir mein Johann. Ich freu mich schon wie ein Schneekönig auf den Augenblick, wo der Robida sie durchschauen wird. Wann ich mir diese Enttäuschung vorstell – ich kann dir gar nicht sagen, wie leid mir der arme Kerl schon heute tut. Ein so netter, guterzogener Mensch. Schad um ihn. Turi – gilt's? Tausend gegen eins, er wird dann grad so ein intelligentes Gesicht machen wie du jetzt.«
Die Mission Turi Thalers und Viki Preiningers war zu Ende. Es war eine Blamage ohnegleichen gewesen.

57

Die Unterredung mit Doktor Hirsch muß Eindruck auf Albin gemacht haben. Er dachte an nichts andres mehr. Als hätte er vor, dem Doktor recht zu geben.
»Was hab ich von meinem Besitz?« sagte er zu Amperg. »Dem Luxus, der mich angeblich umgibt? Mehr als ein Stück Fleisch kann ich nicht essen – auch wenn zwei Stück in der Schüssel liegen. Und hab ich ein Mädel bei mir: nicht besser als der letzte Bauer; auch mein Mädel hat nur zwei Brüste. Elend oder Reichtum: die Erde hat viel Schönes nicht zu bieten. Mein Stückchen Fleisch ist etwas saftiger – mein Bett etwas weicher – mein Mädel etwas härter; das sind Nuancen, nicht der Rede wert. Es gibt nur ein echtes Gut: Jugend. Ein Bauernkerl hat sie – ich hab sie nicht. Und möchte alles mit ihm teilen, wenn er auch die Jahre mit mir teilen wollt.«
Mirko und Kiki waren eben zu Besuch da.
Herrgott, sagte Kiki, muß der Doktor Hirsch interessant sein; den möchte sie kennenlernen.
Mirko dachte sich: die fängt mir am Ende was mit dem Juden an – das fehlte mir grade. Und sprach: »So ein Schweinehund, was den Boden zumessen will den Bauern – der existiert für mich überhaupt nicht.«
Albin: »Warum teilt er gerade nur mit den Leuten hier? Es gibt doch in der übrigen Welt viel Ärmere – in Indien – die Wilden in Afrika? Wo ist da die Grenze? Wenn ich Sokolowo aufteile unter 500 Millionen Chinesen – wieviel fallt da auf einen?«
Mirko rechnete mit dem Bleistift aus: »Grad eine Arschbreit Land.«
Am Morgen ließ Kiki richtig den Doktor kommen. Man weiß nicht, was sie debattierten und stritten – sie stritten

den ganzen Tag. Hirsch blieb zum Essen – nachmittags stritten sie weiter.
Gegen Abend ging er. Agathe erzählt, er sei sehr aufgebracht gewesen und hätte Kiki zugerufen: »Frau Gräfin, Sie verstehen mich nicht, werden mich nie verstehen – wir scheiden als Feinde.«
Kiki atmete tief auf und sprach zu Agathe: »Mir hat der Plunder, den ich besitze, weiß Gott, nicht Liebe gebracht noch Segen. Am gescheitesten: das Zeug auf einen Haufen schichten und anzünden; dann hätte man es los und wäre nicht mehr bloßer Hüter des Plunders und sein Sklave.«
Dann trat sie ans Fenster und blickte dem Doktor nach; und weinte.

58

Das Steueramt in Sokolowo hat all die Jahre seine liebe Not mit den Poldsdorfern; steckt Fristen – »letzte« und »allerletzte« Fristen: die Bauern zahlen nicht. Der Posten des Steuerkassierers von Sokolowo ist gefürchtet von den Beamten im ganzen Land; immer wieder jagt die Regierung einen Kassierer als unfähig in Pension.
Als abermals eine siebente Gnadenfrist fruchtlos abgelaufen war, machte sich Onkel Pera auf, der Amtsdiener, um die Poldsdorfer pfänden zu gehen. Eine Woche nach Georgi, ersten Mai.
»Georgen ham die Bauern Sorgen«: da ist Getreide rar, und das Schwein von voriger Weihnacht ist gefressen.
Unterwegs begegnet der Amtsdiener den Sokolower Polizisten. Vielleicht war ihm nicht wohl zu Mut, vielleicht wollt

er Gesellschaft haben – er lud sie ein, mitzufahren. Sie stiegen gern zu ihm, sie hatten ohnehin Vorladungen in Poldsdorf. Zwei ganz junge, brave Menschen. Mirkower Kinder. Schad um sie.

Es war früh am Nachmittag, als die drei zu Ferdo Brunnschmidt kamen; fanden niemand zu Haus, denn alles war draußen an der Feldarbeit. Sie schickten einen Jungen nach dem Hausherrn und ruhten indessen im Kühlen.

Kommt der alte Brunnschmidt daher, mit drei Brüdern und drei Söhnen, und fragt, was man von ihm will. Statt einer Antwort reicht ihm der Amtsdiener die Pfändungsvollmacht. Man redet hin und her, bis der Alte einwilligt, sich das Papier wenigstens vorlesen zu lassen. Onkel Pera setzt die Brille auf und liest: daß Konjoslaw Bruschitsch in Poljana aufgefordert werde ...

»Jetz, i hoaß net Konjoslaw; i hoaß net Bruschitsch; des muß ganz wer andrer sein«, mault der Alte – und die Seinen bestätigen einmütig: »Ganz wer andrer muß des sein.«

Die Sache war die, daß ein Erlaß da war von der Regierung: der Ortsname »Poldsdorf« wird in »Poljana« umgeändert; und irgendein junger Beamter hatte aus Ferdinand »Konjoslaw« gemacht, weil Pferd »Konj« heißt – so wie man auf slawisch statt »Friedrich« »Miroslaw« sagt und »Lawoslaw« für »Leo«. Es gibt in Poldsdorf vier – oder noch mehr – Ferdo Brunnschmidt.

Der Amtsdiener fordert sein Geld – und der Bauer schmält, das Ganze sei nicht seine Sache, er nehme nichts an und gebe auch nichts her. Matia, der älteste Sohn, mischt sich ein und verlangt, die drei sollen ihm aus dem Haus.

Da kommen auch schon die Weiber vom Feld gelaufen – Resa, Matos Frau, gleich mit der Sichel. Resa fährt

schreiend auf den einen Polizisten los: wieso er ihren Mann berühren dürfe, und er sei ein besoffener Hund. Der Polizist erbleicht, blickt seinen Kumpan an und zieht das Taschenbuch.
»Gut. B'soffner Hund. I wer mir des notiere.«
»Notier drs nur, so wirst es nit vergesse, daß d' a b'soffner Hund bist.«
Vor den Fenstern sammeln sich Leute, die zufällig vorbeigekommen sind, durch den Lärm angelockt, und horchen.
Die Alte Katze aus dem Nachbarhaus, stocktaub, bekommt täglich um diese Stunde von Brunnschmidt ihren Hafen Magermilch geschenkt; sie möcht ihn eben holen – da drängt man von drin die Polizisten heraus, und die Alte Katze wird im Türrahmen umgestoßen.
»Seht's, ob sie nit b'soffen sein«, schreit Resa, schwingt ihre Sichel und will dem Polizisten die Augen auspieken.
Die Polizisten haben sich in der überfüllten Stube nicht rühren können und nicht wehren. An der freien Luft, vor den vielen Zeugen, werden sie Amtspersonen. Der eine, den Resa vorhin beschimpft hat, packt seinen Karabiner fester und will sie verhaften. Matia möchte seine Frau beruhigen, seine Brüder geben ihr brüllend recht, die Schwägerinnnen heulen. Über dem Körper der hilflosen Alten Katze zerren sich Resa und die Polizisten herum.
Springt ein neungezackter Drache durch den Kreis erregter Zuschauer, mitten in die balgende Gruppe: Zeza, der Alten Katze Tochter, Schullehrerin.
Mit einer Hand rafft sie die taube Katze auf, mit der andern haut sie den Polizisten ein paar an die Köpfe – jetzt dem einen und schon dem andern.
»He, Leuteln, was steht's ihr da und gafft's? Haut's sie nieder, dö Räuber!«

Den Tischler hat das Getöse aus der Werkstatt gelockt; er hat noch nicht gesehen, was es gibt, da hört er schreien: »Vom Steueramt saan s' da un derschlagen die Brunnschmidts.«
Es steht ein Gerüst mitten im Ort, mit der Feuerglocke. Der Tischler, nicht faul, rennt hin und läutet wie wahnsinnig. Daraus ist vielleicht das ganze Unglück entstanden; die Feuerglocke hat jung und alt weithin aufs höchste erregt.
Zeza schwingt den Karabiner. Als der Polizist davonläuft, wehrlos, schießt sie ihm nach – dem zweiten knien die jüngern Brunnschmidts auf der Brust und würgen ihn. Eine Meute von Zuschauern jagt den Flüchtigen.
Es ist dies Jahr Futternot in Poldsdorf – nur um das Vieh durch den Frühling zu bringen, schneiden die Leute vorzeitig Stoppelklee. Die Mäher draußen hören die Sturmglocke; alles strömt nach Haus. Zuerst heißt es: Feuer. Doch da kein Qualm aufsteigt: Graf Sokoly ist auf dem Sauspitz.
Um den Sauspitz, um das Weiderecht, dreht sich doch alle neunundzwanzig Jahre der Streit.
Ein keuchendes Rudel rennt heim von der Feldarbeit und kehrt halben Weges nach dem Sauspitz um – da vermuten sie die Gefahr. Sie dünken sich zu wenig und laufen um Hilfe ins Dorf: »Graf Sokoly is auf'm Sauspitz.«

Indessen sind dem Sokolower Steuerkassierer Bedenken aufgestiegen, ob der Amtsdiener allein würde was ausrichten können, und er hat ihm den Gemeindetrommler nachgeschickt mit allerhand guten Lehren für gesetzliches Verhalten.
Der Trommler trifft in Poldsdorf ein – eben, als die Leidenschaften an den Polizisten gestillt sind. Der eine ist er-

würgt, der andre eingeholt und totgeschlagen, der Amtsdiener bewußtlos. Rasend stürzt sich Zeza auf das neue Opfer.

»Aufn Sauspitz!« kreischen die Botenjungen, und Hunderte schreien es nach: »Der Graf will uns die Weide nehmen.«

Zeza trommelnd voraus, mit verzerrtem Gesicht und rotunterlaufenen Augen.

Die Gruppe, die geradenwegs vorausgerannt ist, mit den Sensen auf den Schultern, kommt auf die Weide und findet ... ihr friedliches Vieh. Ein Übervorsichtiger trifft seins zuerst und scheucht es zur Sicherheit heim. Die übrigen sehen es, umzingeln die Herde und treiben sie nach.

Von Poldsdorf nähert sich der große Bauernhaufe und merkt an der ungeheuern Staubwolke, daß irgendetwas mit der Herde vorgeht.

»Die gräflichen Heger fangen unser Viech.«

Wie die Bauern ergrimmt und drohend ausschreiten – die jammernden Weiber sind ihnen auf den Fersen – Zeza mit der Trommel immer vornan. Je weiter es geht, desto entschlossener, desto stummer wird der Zorn.

Da tönt mitten in die wortlos eilende Racheschar Gesang; Ferdo, der Reigenführer:

»Wann die Bauern ihnre Sensen
Gradaus nageln,
Werd es auf die Herrenhüte
Schläge hageln.
Schallei und schallei.«

Ein Kluger hat sich im Stall zu Haus aufs Pferd geschwungen und kehrt jetzt vom Sauspitz zurück: »Die Unsrigen haben's Viech von die Heger wiederkriegt.« Man sieht die Herde kommen.

Der Lehrer ist auf die Schüsse und das Läuten aus der Schule gestürzt. Sieht Blut – sieht Leichen. Schickt eilends seinen Musterschüler zu Ampergs, er soll nach Sokolowo telefonieren: »Um Gotteswillen, sofort den Bezirksarzt Doktor Hirsch«; und nach Mirkowo um den Guardian: »Es is wer im Sterben.«

Die Herde ist da – angeblich gerettet. Finden etliche Weiber nicht gleich ihre Kühe und meinen, die müßten noch auf der Weide sein, »in Gefahr« – oder gar schon eingetrieben von den gräflichen Hegern. – Vorwärts, vorwärts! Wer darf unser Viech nehmen?

Graf Albin besitzt hoch ober dem Sauspitz, am Wunderbaren Baum, eine Lehne, die hat er im Winter roden lassen.

Der Forstmeister mißt eben die Klafter nach und rechnet ahnungslos ab mit den Partieführern – als die Poldsdorfer kommen und verlangen wütend von ihm ihr Vieh.

Der Forstmeister ist wie aus den Wolken gefallen. Er wisse nichts von der Sache.

Die Bauern bedrängen ihn – er will sie abwehren; stößt die nächsten zurück und droht mit dem Gewehr. Die Gehilfen stehen fertig daneben.

Einige Bauern, nicht die schneidigsten, sehen sich gegenseitig an, ob man davonlaufen soll. Doch nicht einmal den Mut, Furcht zu zeigen, findet einer, eh es ihm ein andrer hat vorgemacht.

»Schieß zu, wanns dich traust!« kreischt Zeza; reißt das Hemd auf und zeigt die häßlichen Brüste. »Kerl, wo hast unser Viech hintrieben? Wo is des Viech?«

Plötzlich, als sie dem Förster schon am Kragen ist – ein Knall, ein Blitz hinter dem Wunderbaren Baum hervor – und Ferdo Brunnschmidt, der junge, der Reigenführer, ist getroffen. Ein Heger hat es getan.

Nun gibt es kein Halten mehr. Im Nu sind die Gräflichen umringt und zerfleischt. Nur die Partieführer entwischen auf das Vorwerk zu.

Gleich wendet sich die Bande nach dem Vorwerk. Neue Ankömmlinge hören nur, der Graf habe Vieh, das Vieh einfangen lassen, und lodern auf. Ein paar Zaghafte möchten zurückbleiben; die sich beraubt wähnen, führen an; die Schwankenden folgen der Menge.

»Mir wern frage, wo de Küh sein.«

Der Tischler johlt: »Mit Gendarme wern mir sie hole.«

»Gendarmen« hört einer und wiederholt es überlaut. Bald glaubt es die ganze Rotte: »Gendarme – Gendarme saan hinter uns her.«

Noch vor der Ampergschen Paradetafel gabelt sich der Weg, und Zeza geht den linken.

»He«, rufen die Leute, »wohin? – wohin?«

Man stutzt, doch die Megäre läßt sich nicht beirren. Seit sie trommelt, ist sie unbestrittene Herrin der Schar.

»So is. Kurasch antrinke«, grinsen sie, als Zeza entschlossen in die Schenke tritt.

Die Schenke ist herrschaftlich. Man knufft den Wirt zur Seite, hält auf den Verschlag los und öffnet die Pipen. Wein und Schnaps rinnen in die verdorrten Gurgeln, in Strömen auf den Estrich. Die Kannen kreisen, man stößt sich darum. Jeder tut ein paar Schluck. Menschen, die nüchtern leben, arbeiten, sind in dem Augenblick betrunken, wo sie Getränke sehen.

Wenn das böse Gewissen nicht wäre, die Angst vor den Gendarmen, den Verfolgern, man bliebe hier. Zeza schlägt einen lauten Wirbel: Auf nach dem Vorwerk!

Bei Ampergs auf der Veranda ist heitere Gesellschaft: obenan Graf Albin, Iwo Mirkowitsch und Kiki; der alte

Spaßmacher Panzer; Frau Amperg und Mali. Amperg, der Einäugige, fehlt – er ist zu Pferd im Schafeinfang.
Kiki hat sich mit Mali Amperg einigermaßen ausgesöhnt – auf Albins Zureden – und Mali mit Kiki wieder auf Zureden von Frau Amperg.
Man freut sich, diesen ersten Mai im Grünen zu sitzen. Albin raucht seinen Tschibuk. Von der Veranda schaut man weit hinaus – über die Paradetafel weg auf die Kirche von Poldsdorf und den Ort, dahinter auf die blauen Berge: alles Sokolysches Eigentum, so weit die Augen reichen.
Nur das Dorf gehört nicht Sokoly; es ist frei.
Und jenseits des Waldes fängt das Trenck'sche an.

Kiki hat schon vorhin geschienen, als höre sie fernen Tumult.
Da kriecht eine schwarze Raupe Menschen auf der Landstraße daher, und der Staub raucht von ihnen. Verwundert, lachend fragt Albin: »Was Teufel? Wallfahren die Poldsdorfer jetzt mit Sensen?«
Die Partieführer haben sich auf einen Wagen gerettet, der kommt auf das Vorwerk gejagt. Mit Schweißtropfen in den verängstigten Augenhöhlen melden sie das Unglaubliche, Unmögliche.
Panzer klemmt sein Monokel ein und fragt die Arbeiter so drollig aus, daß sich Kiki nicht ernsthalten kann. Zum Schluß verspricht er beiden die Tapferkeitsmedaille.
Aber sie hätten doch mit eig'nen Augen gesehen, wie man den Forstmeister erschlagen hat und die Gehilfen.
Nun, sagt Panzer, der Clown, dann mögen sie den Eindruck festhalten – man komme selten dazu, dergleichen mitzumachen, und es sei ungemein denkwürdig. Wendet sich an die Herrschaften, der Clown, und erzählt gleich die

Geschichte von den beiden toten Juden: »Der aane bin iach, ün der andre werd gleich kümmen.«
»Ist denn wirklich Bauernvieh eingetrieben worden, Papa?« fragt Kiki.
»Keine Spur.«
»Na, also?«
Kiki schenkt sich einen Tee ein.

Die jetzt mit Zeza daherkommen, sind lange nicht alle. Gut die Hälfte ist unvermerkt aus den vordern Reihen geschlichen – desto eifriger auf Frieden und Gesetzlichkeit bedacht, je näher es ans Vorwerk kommt.
»Komisch«, sagt Albin. »Wer hat diesen Menschen die Idee in den Kopf gesetzt, daß eine fremde Kuh hier ist?«
»Na, sie werden es ja bald heraussha… – Um Himmels willen, was ist das?« fährt Kiki auf.

»Wann die Bauern ihre Sensen
Gradaus nageln,
Werd es auf die Herrenhüte
Schläge hageln.«

Dem Grafen Sokoly kommt immer noch kein Gedanke an eine ernstliche Volkserhebung. Woher auch? Ist er selbst nicht, waren sein Vater, sein Großvater nicht seit Menschengedenken Schützer und Pfleger ihrer Bauern, der Untertanen Gönner, Götter und Gebieter? Hat er für sie je ein andres Gefühl gehabt als väterliche Herablassung? Und haben sie nicht aufgeblickt zu ihm in Demut und Vertrauen?

Zeza, die Furie, marschiert trommelnd den kurzen, den verbotenen Pfad quer durch die Weizentafel – frech durch das Ampergsche Paradefeld, vor den Augen der Herrschaft, die da auf der Veranda sitzt. Hinter ihrer Tromm-

lerin in langlangem Gänsemarsch die Bauern. So ergrimmt sie sind und trunken von Gewalt und Schnaps: sie spüren heilige Scheu vor Saat und Halm; schreiten einzeln abgefallen auf dem Pfad, um nicht den Weizen zu zertreten.
Der Haufe ist am äußern Hoftor. Kommt Willi Amperg angesprengt, der Einäugige: »Was wollt ihr hier?«
Ihn sehen – und Zeza geifert vor Wut. Er hat sie doch letzthin geohrfeigt.
»Schlagt's ihn tot!« Sie haut in die Trommel. Willis Pferd schreckt und steigt. Die Megäre reißt eine Latte vom Zaun, und mit dem Nagel in der Latte fährt sie dem Pferd an den Bauch. – Das Pferd davon – Amperg kann es nicht halten.
Im Nu – wie damals das deutsche Regiment Poldsdorf den Türken abnahm durch die Bresche der Palisade – im Nu wälzen sich die Bauern in den Hof und schwingen die Sensen.
Ampergs Dienerschaft, so viel ihrer da sind frühen Nachmittags, an die zwanzig – Kutscher, Schaffner, Knecht und Schmiede –, sie blicken verständnislos.
Wo man zu raufen begonnen hat, weiß Gott allein. Vielleicht an zehn Orten auf einmal.
Nur vor der Veranda noch nicht. Graf Albin hat die Damen ins Haus gedrängt – Kiki und die beiden Ampergdamen – hat nicht Arme genug, sie abzudrängen, denn sie widerreden; Albin beschwört die Herren, stillzuhalten – Mirko und den alten Panzer – er, Albin, will es allein aufnehmen mit den Bauern.
Da steigt hinter den Stallungen eine schwarze Wolke auf: die Schober brennen. Wer hat sie angezündet? Von den Feiglingen einer, den die Förster haben fürs Wildern bestrafen lassen – vielleicht einer, der nicht einmal soviel Grund zur Vergeltung hat.

Auf der Veranda steht der Graf, Mirkowitsch ihm zur Seite, und Albin gestikuliert und redet auf die Bauern ein. Da steigt der Unstern:
Einer keilt sich mit aller Kraft durch die Menge und springt von unten auf die Stufen, zu Albin empor: Doktor Hirsch. Sein Gesicht ist verzerrt, die Augen flackern, das Haar gesträubt vor Zorn. Wutglühend wendet er sich an die Bauern: »Ihr Luder!« keucht er. »Ihr Rohlinge!« Wirft sich der Horde entgegen: »Zurück! Zurück, ihr Luder! Wer die Grafen anrührt, den erdrossel ich.« – Und zur Lehrerin: »Du Furie! Rabenaas! Zurück!« Wirft sich auf Zeza und möcht ihr an die Kehle.
Bückt sich Zeza – und blitzschnell schmeißt sie dem Doktor ein Stück Dreck in den Bart, gerade auf den Mund. »Selber Rabenaas!«
Zwischen ihr und dem Doktor ist das erste Geräufe gewesen.
Doktor Anton Hirsch mit dem beschissenen Bart.
Und Iwo Mirkowitsch, der Enkel – wie ein Berserker will er Hirsch aus Zezas Krallen holen; der Baron den Tribunen. Die Bauern mähen. Zeza und Iwo Mirkowitsch wälzen sich ringend im Staub. Panzer, gelähmt von Todesangst – im letzten Augenblick findet er die Kraft, zu fliehen. Er kommt nicht weit; strauchelt über die Verandatreppe und fällt: ins Getümmel der Sensen, als sie Mirko abstechen. Albin – mit dem Kopf, den Fäusten stürmt er in die Rotte und haut und würgt.
Ihm weichen die Bauern, ihm weichen sie. Keiner rafft sich auf, ihn zu berühren. Ihn nicht. So wild ist keine Poldsdorfer Katze, so ungeschlacht kein Saubär, daß sie sich an den Herrn Grafen wagten. Seine Würde schwebt selbst im Tumult vor ihm, hochheilig, leuchtend, Ehre heischend wie eine Monstranz.

Er kann noch gebieten. Und das Ärgste wär ungeschehen blieben.
Steht plötzlich – wie damals die türkische Kadune – Kiki groß auf der Veranda. Sie will Tod.
Sie will Tod. Büchsenlauf starrt den Bauern entgegen – schwarze Pupille mit silberner Iris: Büchsenmündung; darüber Kikis Braue. Pandurenbraue wie ein Auerhahn.
Tut das schwarze Auge einen Flammenblitz – und noch einen – und noch einen : fünf Schuß von Kiki – fünf Bauern im Blut.
Neue fünf Kugeln hat sie laden können – nicht mehr verfeuern: Albin, von einer Sense ins Herz gepiekt; vielleicht hat Kiki es noch gesehen; dann fiel auch sie.
Sie als letzte.
Der Kampf ist um. Das Bauernpack im Haus.

Aus guten, fleißigen, dummen Menschen sind gräßliche Raubtiere geworden. Sie schlagen nieder, was ihnen begegnet. Beim Schaffner im Zimmer haben sie eine Lampe ins Bett geschleudert – es brennt. Sie stürmen das Wirtschaftsmagazin durch die eingerannte Brettertür, knüppeln auf das Petroleumfaß los und zünden das Magazin an. Sie stehlen, was sie können, zerstampfen und verwüsten, was sie nicht stehlen können. Sie stürmen in den Stall und werfen auch da die Lampe ins Stroh.
Alles geht zugrund in dieser fürchterlichen Stunde: Menschen, Pferde, Häuser – alles.
Da schreit man: »Soldaten kommen.«
Es ist nicht wahr. Woher sollten sie auch? Doch da sie sich alle schuldig fühlen, flüchten auch alle.
Sie flüchten in den Wald, nach Haus, in die Berge, die Ernüchterten gar noch weiter weg.

Was sie zurücklassen: glühende Ruinen, in denen Menschen gewimmert haben und verkohlt sind.

Pater Cyrill, Guardian der Franziskaner von Mirkowo, allen Panduren – Kiki, Hirsch und Mirko – hat er die Augen geschlossen, er, der letzte Pandur.

Im Land ist die Erregung ungeheuer.
Am dritten Tag rücken wirklich Soldaten an. Standrecht wird verkündigt, und der Henker ist da aus Budapest.
Poldsdorf wird in Massen zu Gericht getrieben.
Durch die Maisfelder und Buchenwälder streifen Soldaten und fangen die Leute.
Doch: wer ist schuldig und wer nicht? Gar mancher, der zehn Morde begangen hat, wird frei wegkommen.
Der »Aufruhr von Poljana«, von dem so bunt in den Zeitungen zu lesen war – er ist noch nicht unter das Standrecht gefallen, kommt vor das ordentliche Gericht.

59

Wenn man sie nun auf der Bank sitzen sieht, die zagen Tölpel, und hört, wie sie einander anklagen, verraten und beschuldigen – da kennt man keinen der Wilden wieder.
Die Frage des Staatsanwalts ist immer wieder: wer den Grafen, wer die Baronin Kiki Mirkowitsch ermordet hat.
Allein das hat keiner getan und keiner gesehen.
Und wenn das Gericht hundert Tage saß – die Vorgänge, wie sie geschehen waren, kann kein Gott ergründen.
Da machten die Herren in Essegg nicht viel Umstände – lieber Himmel, mit Bauern: was Brunnschmidt hieß und

männlich war – acht Mann wurden zum Strang verurteilt; die schlimmsten Schelme von Poldsdorf, das weiß man. Zeza ist als letzte gehenkt worden; mit der rauchenden Pfeife ist sie unter den Galgen getreten und hat unflätig geschimpft, als der Henker ihr sie aus dem Mund nahm. Etliche neunzig Bauern sind ins Zuchthaus kommen. Poldsdorf war wie ausgestorben.

60

Man hat das Wappen der Sokoly-Sokolowo mit Albin und Kiki zerbrochen ins Grab gesenkt.

Und Erbe des Gutes Sokolowo – auch das hat er erlebt – ist der steinalte Kajetan Sokoly-Walpo.
Sogar um Mirkowo prozessiert er: weil Kiki Mirkowitsch ein paar Augenblicke später umgekommen ist als ihr Mann; und eine Schrift ist da von Iwo Mirkowitsch: daß Kiki Besitzerin ist von Mirkowo.
Und Poldsdorf haftet solidarisch für die Schäden – nach dem Aufruhrgesetz: erbt der alte Kajetan auch das freie Poldsdorf.

61

Drei Monate ist das Militär hiergeblieben. In dieser Zeit ist keine Stecknadel verlorengegangen.
Dann zogen die Soldaten ab, von Musik begleitet. Man hatte sie liebgewonnen in diesen drei Monaten. Es waren

so gute Burschen dabei. Mara, eine junge Brunnschmidt-Tochter, ist ihnen nachgelaufen.

... In Mirkowo der Guardian ist seinen ewigen Plagegeist los, den aufsässigen Patronatsherrn; seine Laune hat er doch nicht wieder.
In Sokolowo vermissen sie wehmütig ihren alten Grafen Albin. Der Forstmeister, den man ihnen aus Walpo geschickt hat, ist geizig und sauer.
Das Leben in Poldsdorf kam wieder in Gang. Die Ernte gut, nur Mais und Kartoffeln hatten etwas gelitten – der Herbst war kühl gewesen und regnerisch. – Von den acht Witwen der Gehängten heirateten fünf noch im selben Jahr; die übrigen im Frühling.
Nachkommen des Barons Trenck aber gibt es, außer dem Guardian, keine mehr – Panduren mit wildem Geschau und Brauen wie ein Auerhahn.

Die Panduren sind untergangen, wie sie es nicht besser verdienten – untergangen mit Stumpf und Stiel – ersoffen in Blut und Wut.
So hatten sie gelebt, so sind sie gestorben – in Blut und Wut – Trencks Panduren.

Ein bunter Reigen bisher noch nicht veröffentlichter Geschichten des großen Erzählers, Dramatikes und Essayisten Roda Roda. Die zum Teil heiter-satirischen, zum Teil hintergründig-melancholischen, immer treffsicher pointierten Miniaturen zeigen den Meister des »Feldherrnhügel« in seiner Höchstform. Sie stellen einen wertvollen Fund dar und runden das Bild des bedeutenden Chronisten der einstigen Donaumonarchie ab.

264 Seiten · Efalin